近现代书信丛刊

003

U0863082

浙江古籍出版社

近现代书信丛刊 003

梅冷生师友书札

卢礼阳 编注

图书在版编目(CIP)数据

梅泠生师友书札 / 卢礼阳编注 . -- 杭州 : 浙江古籍出版社，2020.1
（近现代书信丛刊）
ISBN 978-7-5540-1632-9

Ⅰ. ①梅… Ⅱ. ①卢… Ⅲ. ①书信集—中国—现代 ②书信集—中国—当代 Ⅳ. ①I266.5

中国版本图书馆CIP数据核字（2019）第275582号

梅泠生师友书札

卢礼阳　编注

出版发行	浙江古籍出版社 （杭州市体育场路347号　邮编：310006）
网　　址	www.zjguji.com
责任编辑	伍姬颖
整体装帧	刘　欣
责任校对	吴颖胤
责任印务	楼浩凯
照　　排	浙江时代出版服务有限公司
印　　刷	浙江新华印刷技术有限公司
开　　本	710 mm × 1000 mm　1/16
印　　张	20
彩　　插	8
字　　数	260千字
版　　次	2020年1月第1版
印　　次	2020年1月第1次印刷
书　　号	ISBN 978-7-5540-1632-9
定　　价	78.00元

梅冷生（一八九五—一九七六）

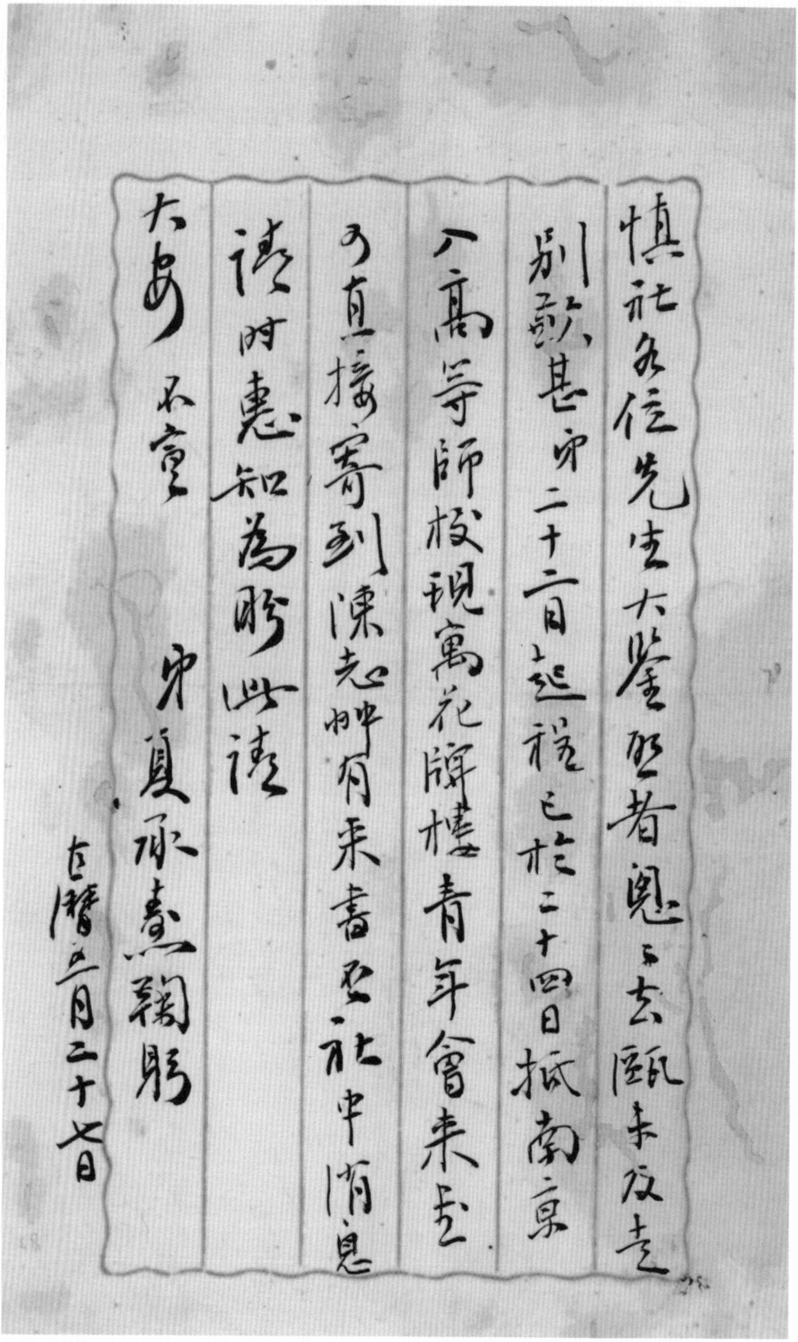

慎社各位先生大鑒：頃者悤悤去甌，未及走別，歉甚。弟二十二日起程，已於二十四日抵南京，入高等師校，現寓花牌樓青年會，來書可直接寄到。陳志帥有來書否？社中消息請時惠知為盼。此請

大安。不宣。

弟夏承燾鞠躬

古曆五月二十七日

夏承焘致慎社（一九二〇年七月十二日）

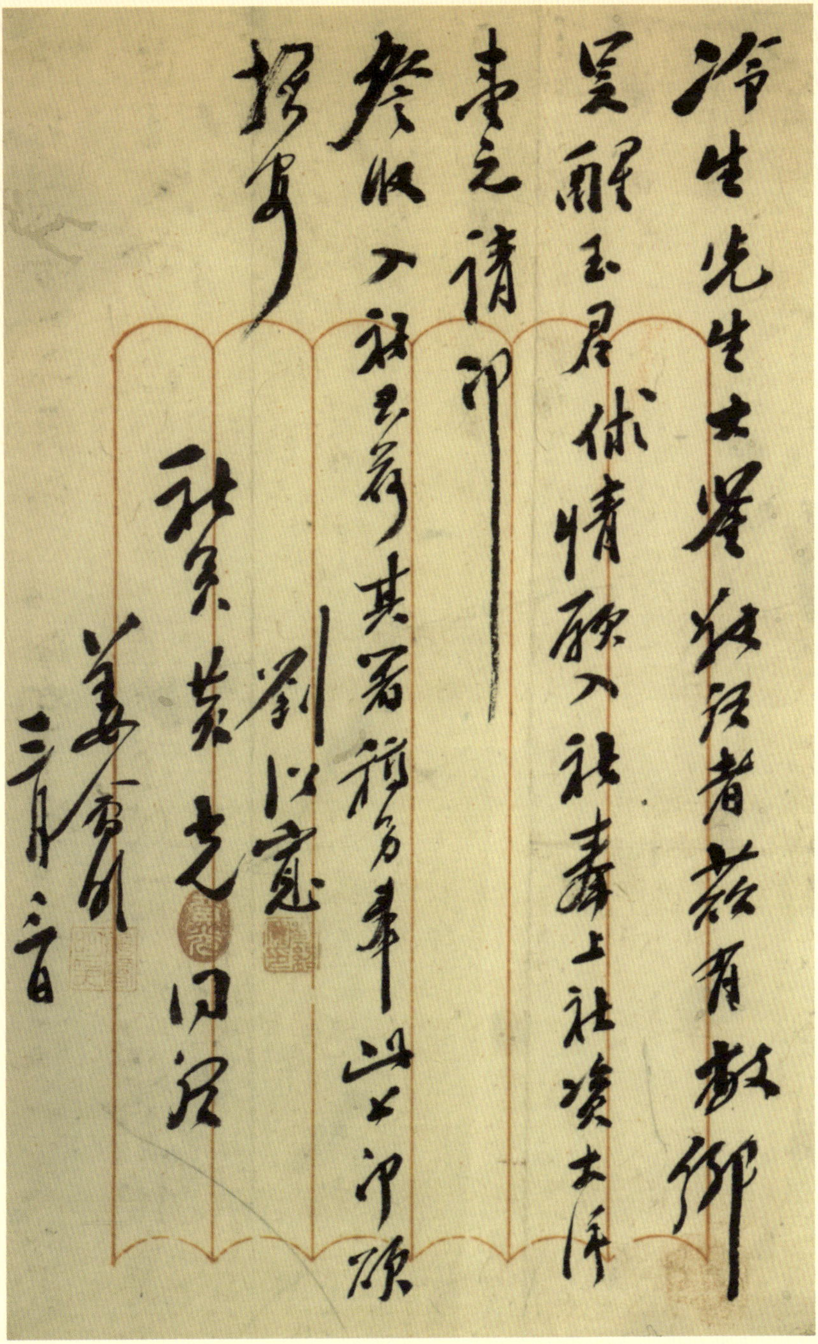

刘绍宽、黄梅生、姜会明致梅冷生（一九二一年三月三日）

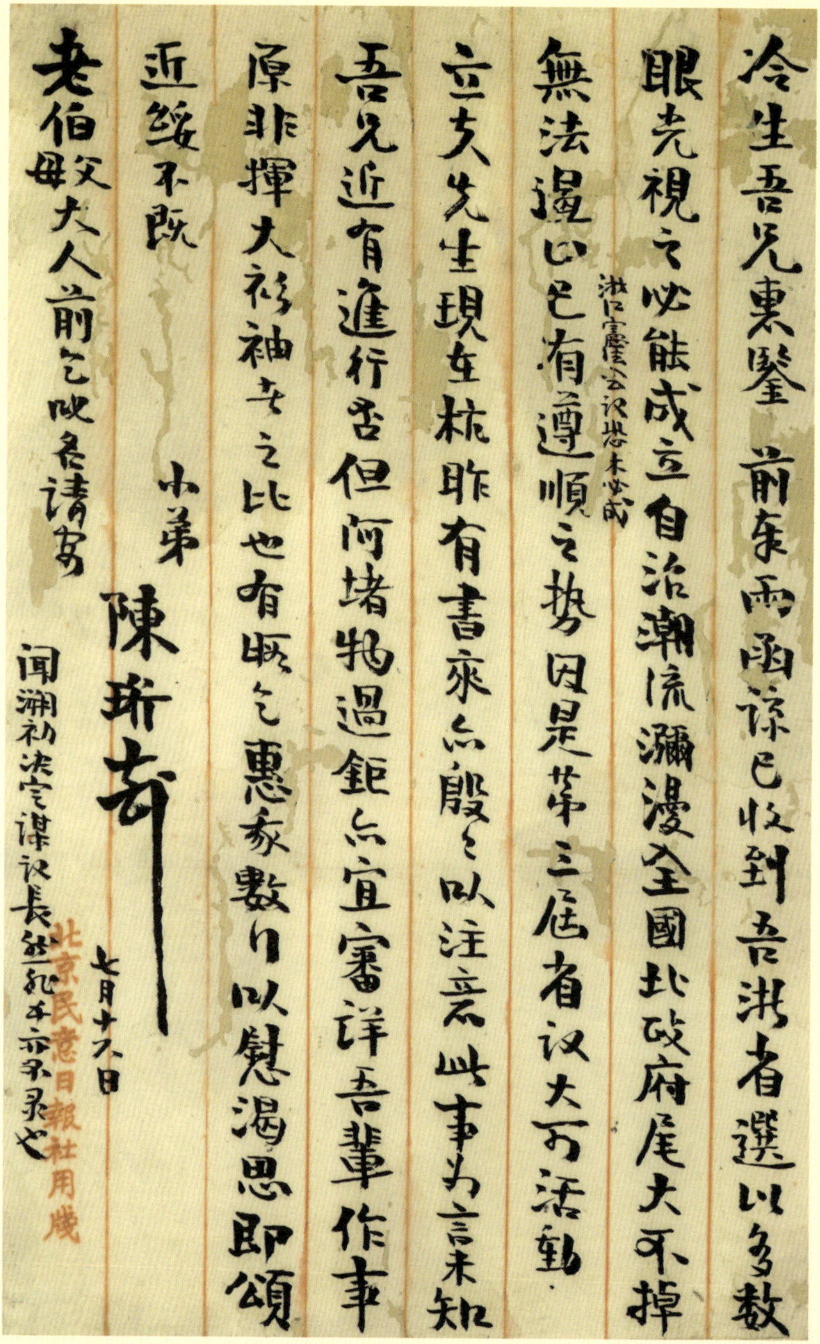

冷生吾兄惠鑒 前奉兩函諒已收到吾洪者選以多數眼光視之必能成立自治潮流瀰漫全國北政府尾大不掉無法遏止已有遵順之勢因是第三屆省議大可活動（洪江富屋公議恐未必成）立夫先生現在杭昨有書來亦殷殷以注意此事為言未知吾兄近有進行否但何堵牠過鉅亦宜審詳吾輩作事原非揮大袖長袖之比也有暇乞惠教數行以慰渴思即頌近綏不既

小弟 陳琳奇 七月十八日

老伯父母大人前乞代名請安

聞潮初決定謀議長然犯本亦予錄也

北京民意日報社用箋

陈纯白致梅冷生（一九二一年七月十八日）

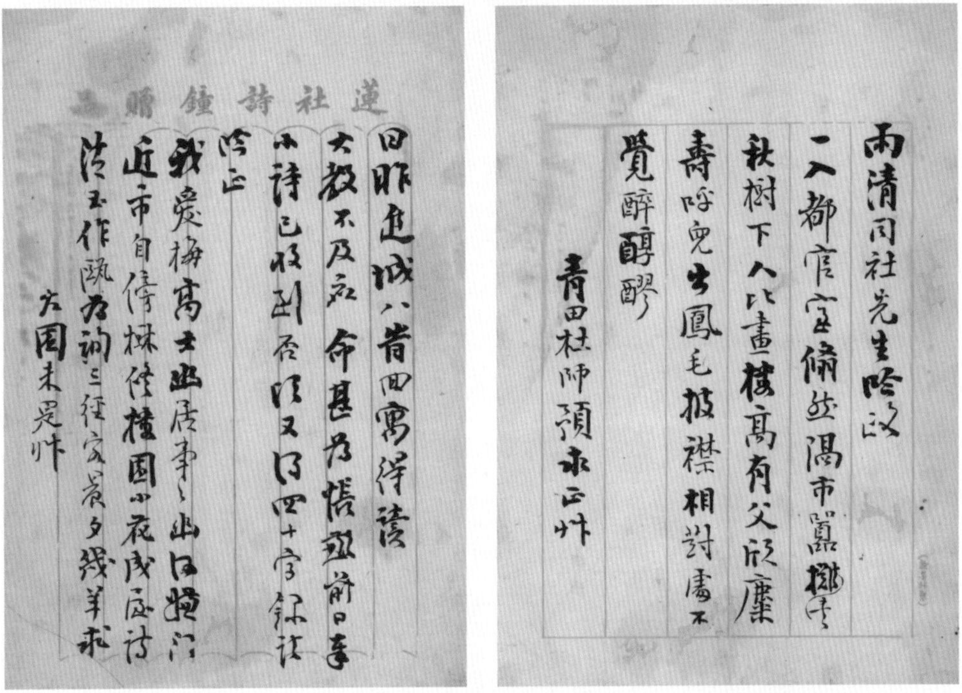

杜师预致梅冷生（一九二一年春）

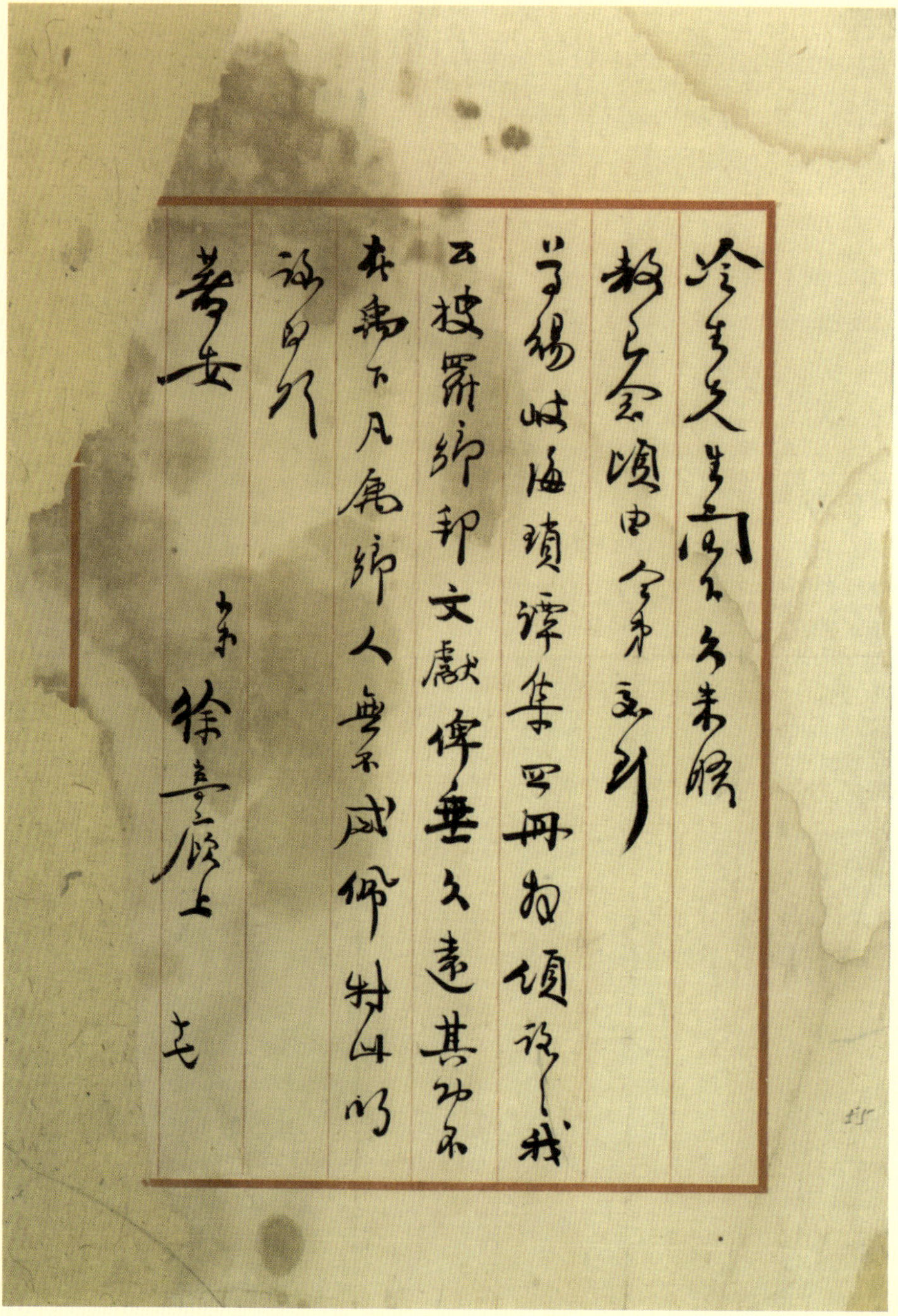

冷生先生閣下：久未晤
教，念念。頃由金泉兄轉到
尊編岐海瑣譚集四冊，拜領謝謝。我
公搜羅鄉邦文獻，俾無久遠湮沒，其功不
在禹下，凡屬鄉人，無不感佩。特此鳴
謝，即頌
著安

弟徐寄廎上
廿七

徐寄廎复梅冷生（一九三六年）

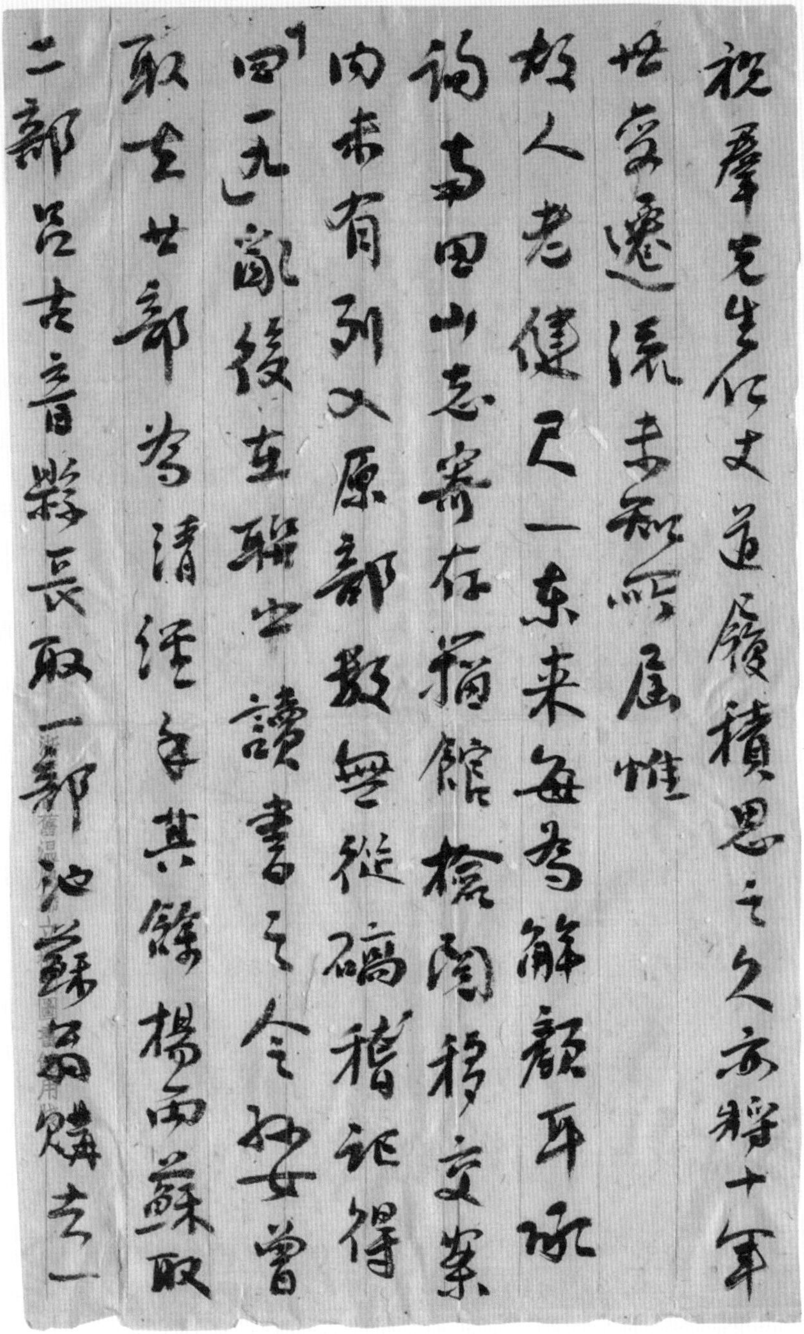
祝羣先生仁丈道鑒：積思之久，忽將十年。
世事遷流，未知所屆。惟
故人老健，足一东来，每為解顔耳。承
詢《南田山志》，寄存在稽館檔移交案
内未有列入，原部數無從稽覈，詎得
四一九亂後在聯中讀書之人，今知曾
取全廿部，為清經手其餘，楊君蘇取
二部，呂吉縣長取一部，池蘇取之一

梅冷生致刘祝群之一（一九四四年三月廿五日）

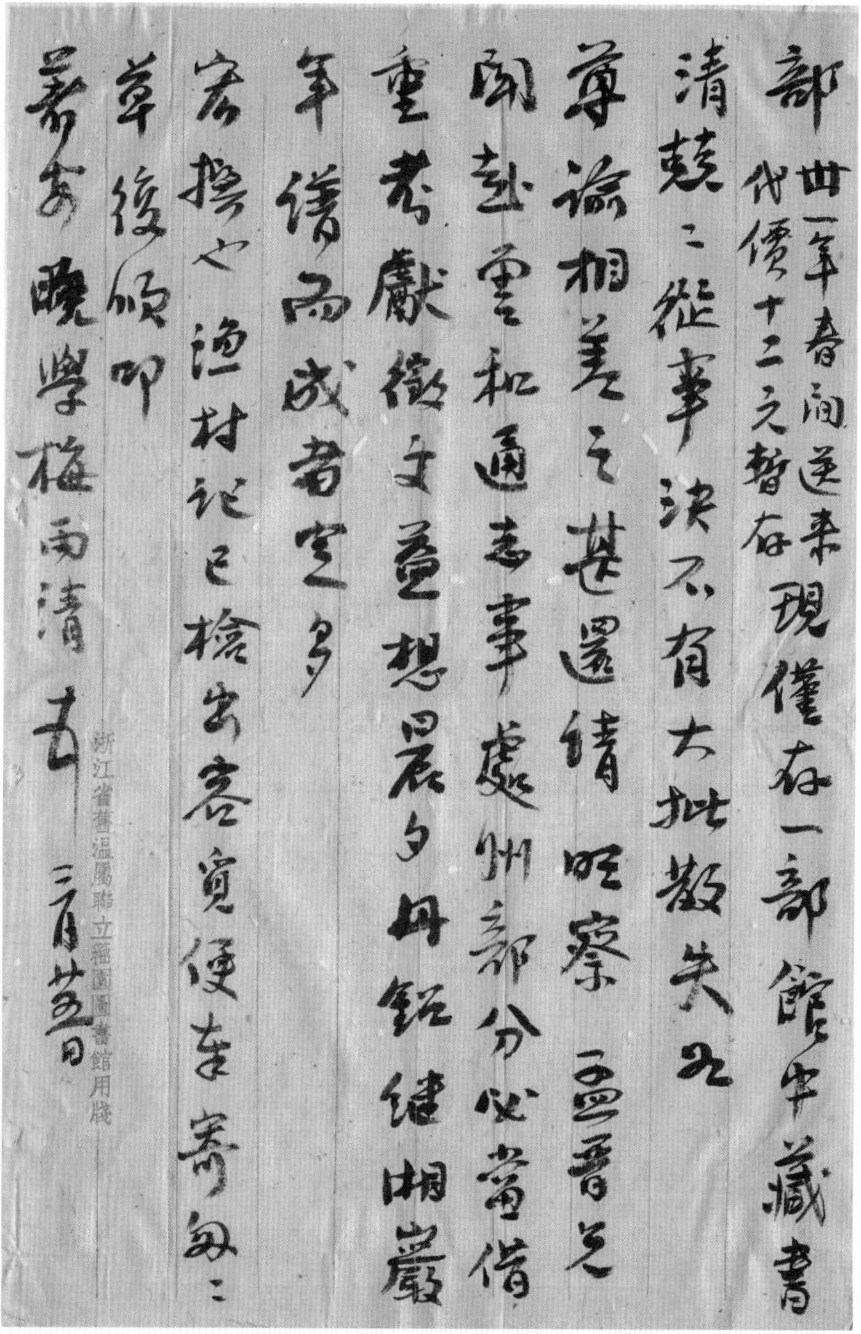
部卅一年春間送來（代價十二元暫存）現僅存一部館中藏書
清鑒之從事決不肯大批散失也
尊論相差之甚還請明察兩晉之
閣誌空和通志事處州部分必當借
重考獻徵文益想見晨夕丹鉛鍵緗巖
年積而成者實多
容換也漁村記已檢出容覓便奉寄匆匆
草復順叩
著安 晚學梅雨清 上
二月廿五日

浙江省舊溫屬聯立籀園圖書館用牋

梅冷生致刘祝群之二（一九四四年三月廿五日）

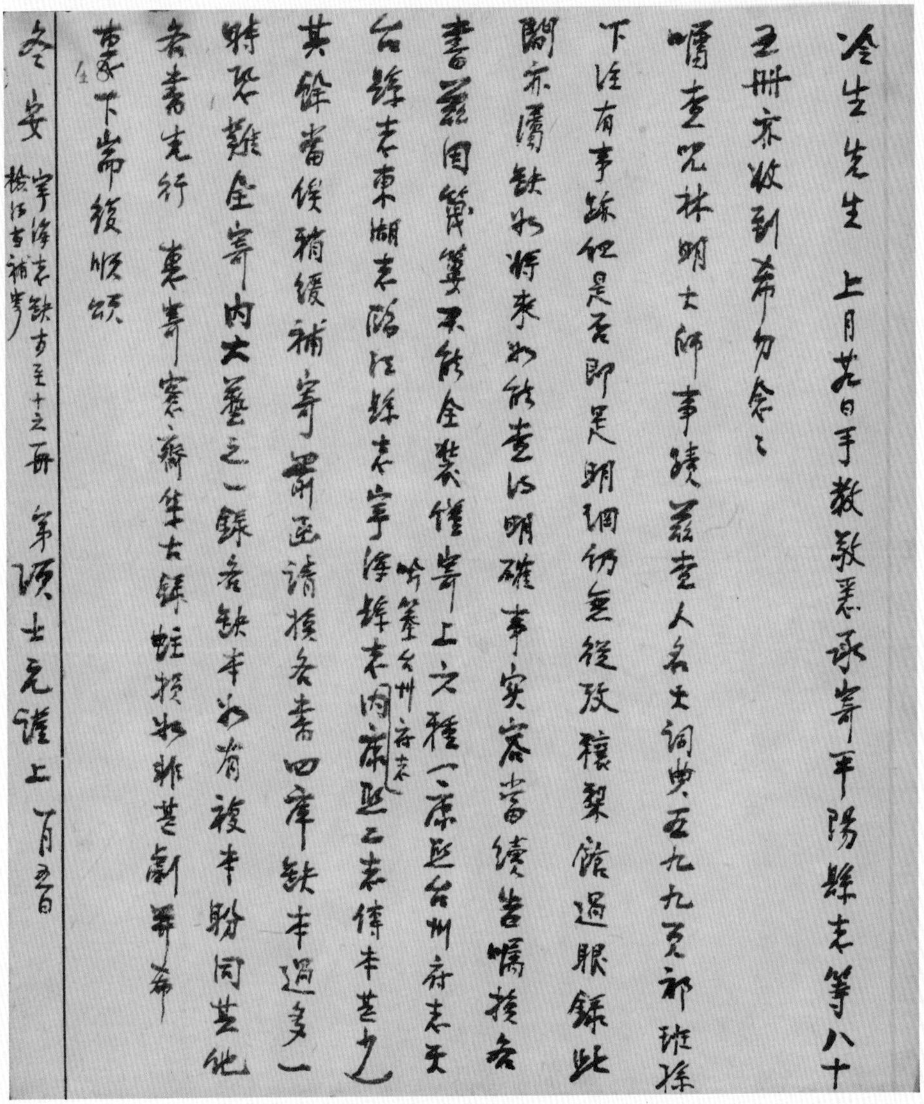
冷生先生：上月廿日手教敬悉，承寄平阳县志等八十五册亦收到，希勿念念。嘱查咒林明大师事迹，兹查人名大词典五九九页祁班孙下注有事迹，但是否即是明调，仍无从證。穰梨馆过眼录此阙亦属缺如，将来如能查得明确事实，容当续告。嘱换各书，兹因筐篓不能全装，仅寄上六种：（一）康熙台州府志、天台县志、东湖志、路桥志、温岭县志、宁海县志、喻纂台州府志，内康熙之志传本甚少，其余当俟稍缓补寄。尊函请换各书，四库缺本过多，一时恐难全寄，内大藏之一录，各缺本如有复本，盼同其他各书先行惠寄。寒斋集古录蛀损如非甚剧，希惠下。耑复，顺颂
冬安
弟项士元谨上 一月五日
宁海县志缺五至十之二册，检得当补寄。

项士元致梅冷生（一九五四年一月五日）

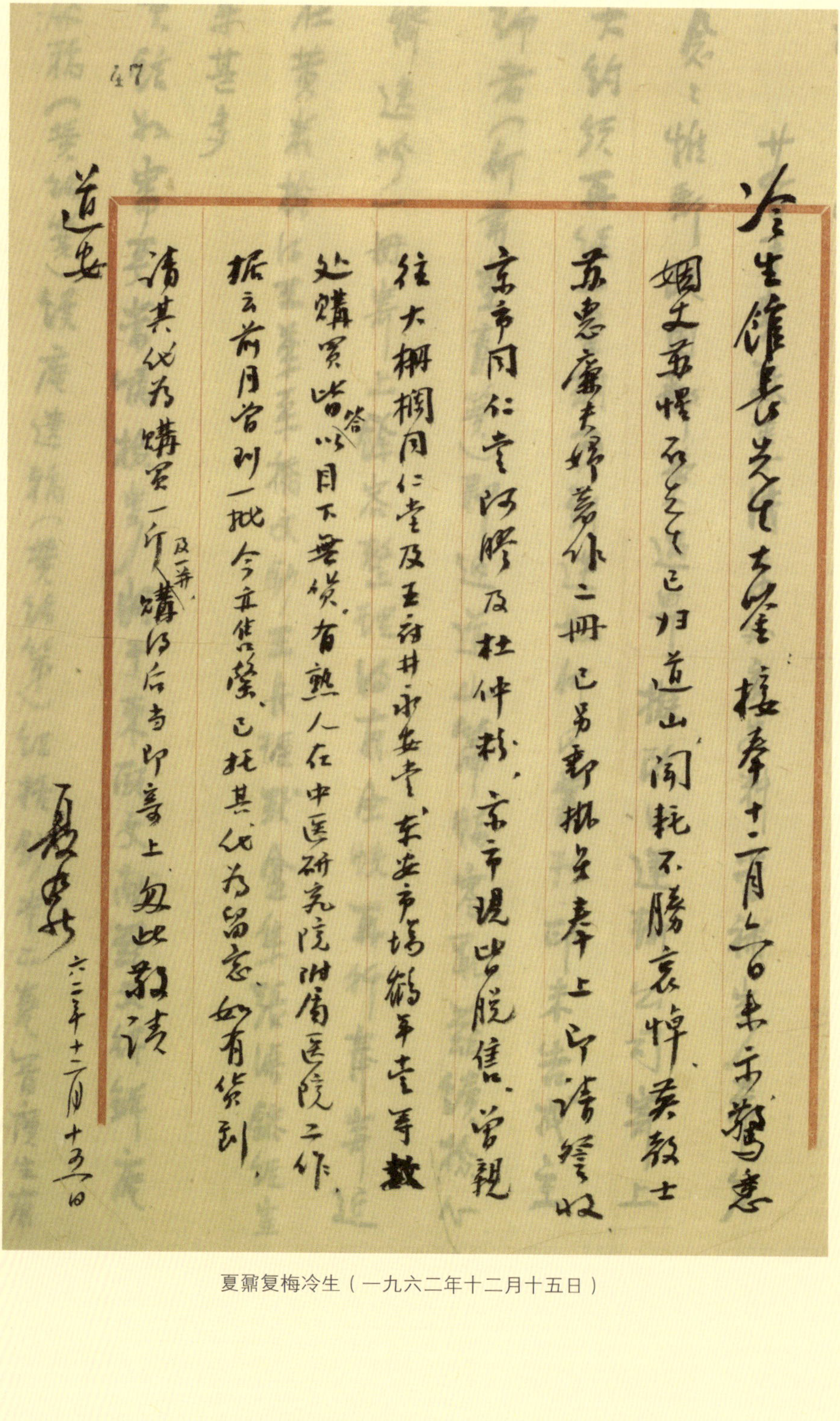
冷生馆长先生左右：接奉十二月六日来示，惊悉
姻丈苏[illegible]先生已归道山，闻耗不胜哀悼。英教士
苏惠廉夫妇著作二册已另邮挂号奉上，即请签收。
京市同仁堂阿胶及杜仲粉，京市现出脱售，曾亲
往大栅栏同仁堂及王府井、永安堂、东安市场鹤年堂等数
处购买，皆答以目下无货。有熟人在中医研究院附属医院工作，
据云前月曾到一批，今亦售罄，已托其代为留意，如有货到，
请其代为购买一斤及一并，购得后当即寄上。匆此，敬请
道安
夏鼐 六二年十二月十五日

夏鼐复梅冷生（一九六二年十二月十五日）

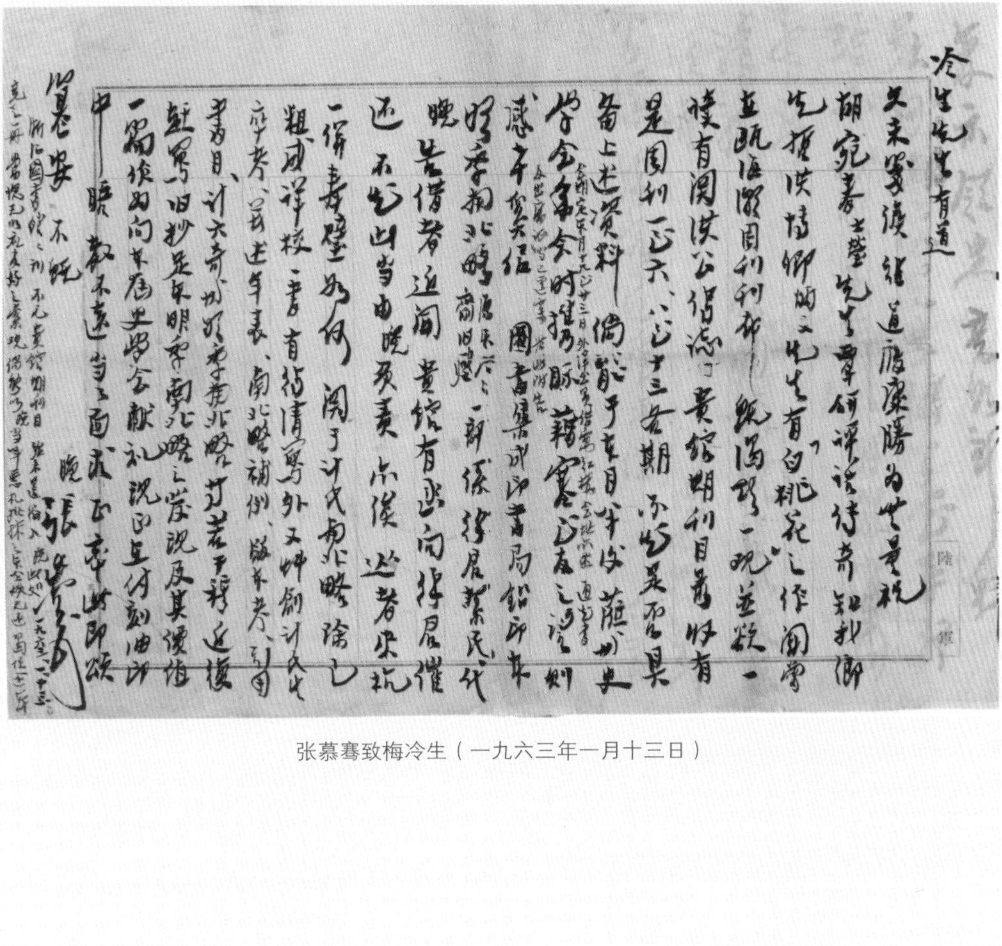

张慕骞致梅冷生（一九六三年一月十三日）

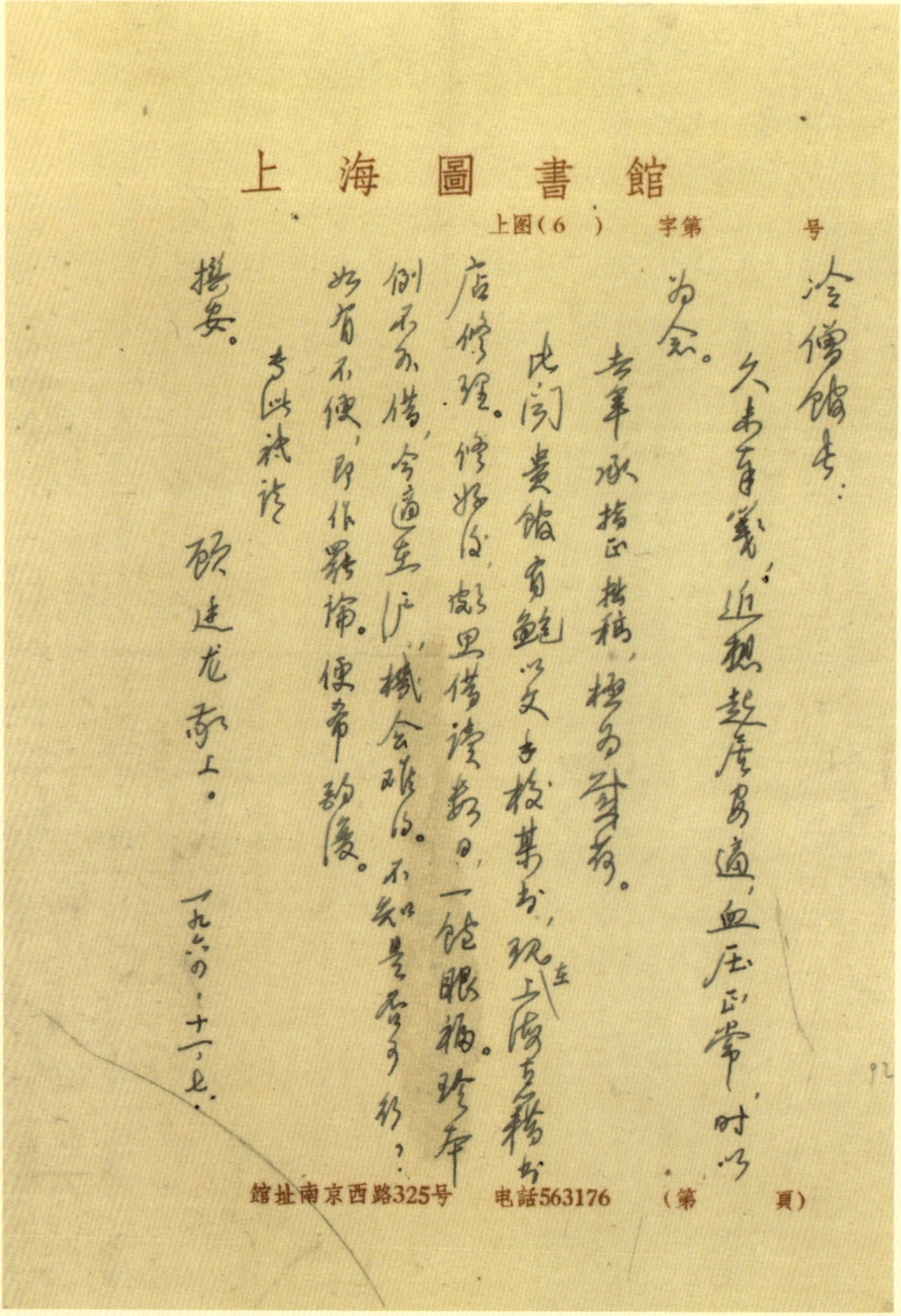

上海圖書館

上图（6　）　字第　　号

冷僧館長：

久未奉箋，近想起居安適，血壓正常，時以為念。

去年承指正拙稿，極為感荷。

比聞貴館有鮑以文手校某書，現在上海古籍書店修理。修好後，欲思借讀數日，一飽眼福。珍本例不外借，今適在沪，機會難得。不知是否可行？如有不便，即作罷論。便希示復。

專此祇請

撰安。

顧廷龍敬上。

一九六四．十一．七．

館址南京西路325号　电話563176　（第　　頁）

顾廷龙致梅冷生（一九六四年十一月七日）

前　记

晚近温州文化圈流传“事必言籀，言必怀梅”一语，所谓“籀”，即指籀园图书馆（温州市图书馆前身），而“梅”，则为本书的主角老馆长梅冷生先生。

梅冷生（一八九五—一九七六），名雨清，浙江永嘉城区（今温州市鹿城区）人。浙南图书馆事业的杰出代表，现代知名的诗人和民主人士。

梅先生平生以继承永嘉学派的优良传统为己任，以文章气节相砥砺，倾注全力于地方文化建设，在诗词创作、方志整理，尤其是乡邦文献（包括文物）的征集保存方面劳苦功高，贡献卓越。

回顾他的一生，至少有三点值得称道。

第一，只有合作才能共赢。

一九二〇年，梅先生作为主要发起人，与薛钟斗、夏承焘、陈纯白、王梅伯、王毓英等友好参照南社的宗旨，在温州组织文学团体——慎社，集资出版同人作品四册。次年又结合一批志同道合的词友建立瓯社，并刊印《瓯社词钞》两集。正是他们的切磋交流，共同努力，现代温州迎来诗词创作的一个高峰期，温州才得以走出一代词宗（夏承焘）。又如，一九三五年四月，浙江省第三特区（永嘉区）征辑乡先哲遗著委员会成立，梅先生担任委员、总务兼印行股主任，与驻会副主任刘绍宽、委员孙孟晋等和衷共济，联合各县分会，搜罗、写录乡贤遗著四百零二种。尽管由于抗日战争的爆发，这项工作被迫搁浅，但所有征集得来的地方文献随后移交图书馆妥善收藏，成为社会共享的公共资源，至今在《温州文献丛书》《乐清文献丛书》《温州市图书馆藏日记稿钞本丛刊》等乡邦文献的整理出版，《温州市志》《温州通史》的编纂和其他方面发挥着不可替代的作用。

第二，关键时刻举足轻重。

梅先生主持图书馆馆务之前就关注乡邦文献的安危。一九一七年夏，存放《永嘉诗人祠堂丛刻》板片的瓯海关监督署，进驻一支部队，士兵打算把《丛刻》板片当作柴烧。先生闻讯后，即挺身而出，与驻军交涉，连夜移藏于籀公祠内。

梅先生一九四一年起接任籀园图书馆馆长，时值抗战高峰，为避免日寇轰炸或抢掠，他先后三次把善本图书迁移到瞿溪、高楼、大岀等山区，安排馆员日夜守护，直至抗战胜利才运回温州城区，从而保全了这笔珍贵的文化遗产。新中国成立初期，各地“土改”，文物图籍多被弃毁，又是梅先生主动进谒军管会负责人，反映情况，请求政府给予重视。地委当即转令各地土改队暂加保管，再交由市图书馆集中接收。先生为此披星戴月，足足忙碌好几个月，抢救出民间藏书数万册，大大丰富了馆藏古籍的品种与数量。正是这一次又一次不失时机的把握与奔波，温州地区乡邦文献蔚为大观，后来才有条件成为我国文献资源调查时唯一研究级文献。

“文化大革命”开始，温州市政协机关瘫痪，文史资料工作被迫搁置多年。兼任市政协文史工作组副组长的梅先生，将市政协征集到的未刊文史稿（两百多篇）及时转移到市图书馆收藏，妥善保存，得以躲过一劫。饮水思源，不能不归功于梅先生关键时刻所表现的过人胆识和牺牲精神。

第三，以身作则公而忘私。

梅先生的二公子梅之芳二十世纪三十年代曾在籀园图书馆当管理员，一九四一年梅先生接任伊始，郑重其事地找他谈话，一家两口同在馆里不方便，让他离馆另谋出路。之芳先生第二天就毅然离开图书馆，隔了好长时间，才另外找到一份差使。梅先生到任后，一边搜求古籍、采集新书，一边抓图书馆内部建设，制订规章制度。其中有一条“按时还书”，即使是自己的朋友也不例外，为此与一位世交还闹了矛盾。他坚持说公私分清，一视同仁，公共图书馆应当公众阅览。正由于包括他在内前几任馆长率先垂范，全体馆员自律意识逐渐提高，一代代图书馆工作者敬业爱岗，温州公共图书馆事业才得以蒸蒸日上。

解放前，为了维持馆务，他自掏腰包，毫不含糊；解放初期，为了充实馆藏，爱书如命的梅先生将自家数十年积累起来的劲风阁藏书二〇一九册捐献归公，十分慷慨。兼任市文管会主任、副主任期间，先后捐赠名家书法册页、梅花扇面等二十四件。他的这些举措，无不在社会上产生示范效应，促进了馆藏建设和其他方面的工作。

即使“文革”动荡时期，梅先生已中风卧病，记挂的仍不是他个人的健康，而是读者的需要和藏书的安危。一位被错划成为“右派”的读者，需要查阅一部书籍。梅先生毫不歧视，设法替他借到喜爱的图书，这使他异常感动。

晚年梅先生曾经语重心长地交代：“馆里的古籍，是浙南几百年来图书的精华，是国家的珍贵财产。抗战中，温州三度沦陷，我不怕道路远离，将馆藏善本移置山区，幸得保全。今后如由于保管不善，遭受损失，我们是对不起前人，对不起子孙后代的。”梅先生将他的一生毫无保留地献给温州的图书馆事业，献给温州的学术文化建设。几十年过去了，他的这番话仍值得当今图书馆同人重温与记取。

梅先生生前并没有担任显赫的职务，身后也没有留下大量的著作，但他却以爱书、爱馆、爱才、爱乡的“四爱”精神，深深打动人们的心坎；他的道德文章，人品风范，已经成为我们永久的精神财富。梅先生离开我们四十多年了，却依然活在大家的脑海之中。

今年适逢温州图书馆建馆一百周年，浙江古籍出版社委托我整理梅冷生师友书札，我忻然接受任务。我以为，这既是对温图百年馆庆的一份献礼，也是对这位温州乡邦文化的“守护神”的告慰与纪念。

收入本书的手札共两百零八通，其中关涉慎社、瓯社的不下九十通。时间跨度为一九二〇年至一九六六年。除了小部分曾披露之外，百分之八十以上属于初次刊布。这批信札对于理解梅冷生的生平、事业、秉性与交谊提供了不可多得的线索，同时，对于把握温州乡邦文献事业的发展轨迹，以及温州与台州、宁波等地乃至上海、北京的文化互动、学术联系，也是难得的第一手资料。

在整理过程中，承蒙黄瑞庚、李继朗、吴常云、杨瑞明、王新宇、郑金才、谢作拳诸先生一如既往给予帮助，同事王昀费心扫描手札图片，对他们的支持和浙江古籍出版社的信任，谨此表示诚挚的感谢。

卢礼阳

二〇一九年九月二十六日于温州

例 言

一、本书所收诸家书札，以温州市图书馆藏《冷生先生师友信札》未刊稿为主体，少数选自温州市图书馆档案，个别采自温州博物馆或私家藏品，慎社、瓯社社刊等相关出版物以及网络文件。

二、收录书札时，酌情保留其格式，受信人、落款与年月之外，其他敬称，如大启、老伯大人、足下、惠顾、贵馆、先生、面允等文字之前的抬头格或空格不再保留，弟、仆、敝同乡、鄙馆等谦称，原札小号字，现改用同样字号。

三、致、复、与，“致”指去函，“复”指复函，“与”则包含致、复，或难以判定。

四、原件落款多数无年份，笔者尽量考证出，并交代依据，按各家第一通发信时间先后编次，以便读者检索与欣赏。残缺以及难以辨认文字，以□或（？）代替。

五、正文除照录原书札之外，发信人首见处加作者简介，释文之后说明书札来源与格式，择要交代相关人物、事件、书刊等背景，以便读者参考。

六、行文中的数字，原札多数为汉字，少数汉字、阿拉伯数字混用或单用阿拉伯数字，本书不予统一，以存其真。

七、附录，包括慎社社约、慎社交信录、瓯社词钞姓氏录，以为知人论世之助。

目　录

薛钟斗与梅冷生 二通

（一九二〇年）

薛钟斗（一八九二——一九二〇），字储石，号守拙，别号西岘山民，瑞安人。洪炳文族侄婿。早年肄业于杭州法政专门学校。一九一七年，赴杭州游学，发起晦鸣社，以“振起朴学，砥砺名节”为宗旨，主张以上海国学保存会之事业为楷模。同年应瓯海关监督冒广生之聘，任瓯海关邮电检查员。一九一八年，任瑞安中学教员。同年九月，由松江姚石子介绍加入南社。与另一位立社人高旭（天梅）及其侄高吹万友好。次年任瑞安公立图书馆馆长。慎社骨干成员。著有《永嘉诗人祠堂丛刻札记》，遗稿《东瓯词徵》由余振棠整理后收入《温州文献丛书》第二辑出版。

第一通（一九二〇年春）

冷生足下：

损书敬承。朴学沦胥，国故废弛，振起宗风，责在吾辈。瓯社之建，盖心乎久矣。昔吾乡任太常（道逊）优游林下，与吴通判（祚）、蔡寺副（鼎）共结清乐会，而《游瓯纪闻》所称周菊香女士之结十番社，《瓯乘补》所称高博泉之集凌云社，虽流风馀韵，不可追溯，要亦吾辈先师也。近时若陈孝廉（虬）之布衣会，冒榷使（广生）之瓯隐园社，尤宜借鉴。仆夏间发起晦鸣社于湖上，同社诸子，多属瓯产；虽无登高一呼之举，亦颇能各尽心力。

忆当时仆有复罗溪施丈槁蟫（赞唐）书云：“晦鸣社旨在于振起朴学，表章节义。前明几、复之所以独脍炙人口者，不在于风流文采，而以能辨贤奸、好节义为可称耳，文章犹其馀事也。然论者谓明季门户见盛，意气过深，宗社沦亡，当日清流，亦不能尽辞其责，是矫俗不如合污，岂其数然哉！今惟南社尚能号召一时，亦未必其文章之足以信今传后，由社中革命事业，多所尽力，以文人而为烈士也。馀则等诸自郐。晦鸣之建，于学术方面言，以从前海上国学保存会之事业为模型；编辑文字须以关于朴学为前提，决不以饾饤为贵、挦扯足尚也。于人格方面言，原以几、复诸子为先师，列社者自宜在野遗老，断不以利害祸福稍萦心绪。至如彼辈激烈行动，素所不喜。以此二义，故晦鸣社友必不能多，抑不容多也。”且狂诞之言，颇发一笑，录之亦所以备一说也。

窃惟学问之道，不在境界广狭，眼光大小，而惟求真实，切忌虚浮。遵是二者，必有成功之一日。每怪村学究以高头讲章为学问，而新少年又以算数格致为学问，稍进乎是者，亦仅以吟成五七言律诗，发挥论议记载，为尽学问之能事。前者固人知其是，后者几习非成是也。善乎冒榷使之言曰：“吾辈读书须为学人，为学人不成，犹不失为文人。若一自命为文人，则无足观矣。”瓯社之设，尚未深悉同人意旨。如蒙不吝教诲，敢贡一得之愚，幸鉴纳焉。

士处今日，一国之粹固宜保存，然无大力者之提倡，终成绝膑之叹。且社以瓯名，注重乡邦，今日吾瓯学术之粹，亦几中绝矣。故吾侪保存一乡之粹，尤急于一国之粹也。瓯自唐元觉印证曹溪，未见嗣法，宋之景山开伊洛先河，亦早世不传，固无论矣。至元丰九先生或亲炙程门，或私淑先贤，厥后薛（士龙）经于始，陈（傅良）纬于后，永嘉经制之学，彪炳称盛。宋平子甚谓其学为近日救国良方，其言或不欺也。降至元明，流风未衰，近代孙太仆（衣言）父子兄弟颇以表章为己任，而冒榷使今又绍述遗绪。瓯社崛起，适逢其会，循此以往，事半功倍，先哲有灵，其亦默佑于地下乎！此吾侪所当努力自奋者也。

至如仆驽骀，既未窥先贤著述，更无论于能力也。诸君阐微彰幽，痌瘝在抱，风雨鸡声，岂异人任？虽为之执鞭，亦所愿焉。抑亦区区发起晦鸣社之初心也欤？

顺布，即请

撰安

诸公均此不另

薛钟斗顿首

录自《温州区地方资料汇编》，抄本，政治类第四十九函（社会团体），温州市图书馆藏。

按，梅冷生以编者名义按语："一九二〇年梅冷生等在永嘉发起慎社，与薛储石商榷社务，薛君表示意见独多。初拟名为瓯社，薛君以瓯江亦名慎江，不如以'慎'为名。当时人皆愿以关门治学为旨，不愿涉及政治，而藉此号召，易消顾虑，人多乐于聚集，故'慎社'遂留为温州掌故焉。"

慎社，梅冷生（雨清）作为主要发起人，在回忆录《慎社与瓯社》自述缘起："一九二〇年，我与郑猷（姜门）、吴劲（性健）、林仲（默君）、沈翔（墨池）、郑任重（远夫）等友人，创办了《瓯海潮》周报，共办了十五期停刊。那时，我寻思变换一个花样，再立旗帜。因我与柳亚子常有通信，就想模仿他主办南社的办法，在温州创立一个文社。瑞安友人薛钟斗（储石）首先表示赞成，他写了一封长信给我，建议取名为'慎社'。他在信中说：'瓯江又名慎江，文社不宜标榜声气，择友应该谨慎，以免招致物议，引人攻击。明季东林、复社之祸，可为殷鉴。'那时，我年少气盛，正热衷于名利之途，想借此结纳朋友，形成地方上一股政治力量，扩大影响，冀能爬上绅士地位。但我又胆小，唯恐为此事招灾惹祸，为使招牌上不露马脚，深以薛说为是，遂采取其议，定名'慎社'，并在《慎社》第一集上写了序文，竭力加以说明，以防非议。慎社最初的社友，除在温州任清理官产处处长的馀杭人王渡（梅伯）及他的幕僚湖北人龚均（雪澄）外，以永嘉人居多，大都为爱好古典文学的青壮年，老年人极少参加。最先参加的只有王毓英（隽庼）、汪如渊（香禅）二人，随后永嘉有江步瀛（蓬仙）、夏承焘（瞿禅）、陈闳慧（仲陶）、李骧（仲骞）、陈珩（纯白）、严文黼（琴隐）、陈经（竺同）等人参加。瑞安先有薛钟斗（储石）、宋慈抱（墨庵），后又有李笠（雁晴）、郑闳达（剑西）、李翘（孟楚）、许达（达初）等人参加。"（梅冷生口述，孙孟桓记录《慎社与瓯社》，见《温州文史资料》第七辑，温州市政协文史委一九九一年编印，二四一至二四二页）

一九二〇年五月三十日慎社成立，第一次雅集在温州怡园（曾家花园），到会社友三十九人。此信当写于此前，姑断为春季。

社刊《慎社》第一集于雅集后编印，内容、体例仿南社刊物，分文录、诗录、词录三项，下附社友通讯处，名曰“交信录”，与慎社之“慎”字关合，表示信义相孚。卷首刊登《社约》十条，第三条称：“本社不设社长，社事分书记、会计、庶务三部董之，各设理事二人，由社友推任。”可惜三部六名理事名单未见披露。第十条称：“社址暂设浙江永嘉城内道前街。”道前街即梅冷生寓所，梅为实际主持人。

《慎社》第一集刊行后，引起温属六县人士的注意。社友第三次雅集多达八十七人，步入最盛时期。浙江省内丽水、诸暨、镇海、绍县、鄞县等地，甚至福建、陕西等省，也有诗人踊跃入社。

第二通（一九二〇年秋）

前寄书件，谅登入王处，请即一询。翟楚材诗名甚著，今来永嘉，无任欣幸。停云何处，希示。时有晤面否？二集《慎社》拟以《雁山游记》录入，俟写副呈政。

即请

冷生吾兄大鉴

弟钟斗顿首

见《冷生先生师友信札》（以下凡自此录出者不再说明）。

按，王处，王当指社友馀杭王梅伯，当时供职于温州清理官产分处。此函称“翟楚材诗名甚著”，夏承焘日记一九二〇年十月二十九日所记翟楚材印象：“阴冷。上午在冷生家遇楚材，少谈。此君近时颇有诗名，人亦洒落可喜。”两者可相印证。《慎社》第二集一九二〇年下半年出版，故此札当作于是时。

宋慈抱与梅冷生　八通

（一九二〇年三月至一九五一年十月）

宋慈抱（一八九五—一九五八），字墨庵，一作墨哀，号觳斋，少名阿育，瑞安人。曾从游瓯海关监督冒广生，颇受器重。抗战期间，任瑞安中学高中国文教员。先后供职于瑞安县修志委员会、浙江省通志馆。一九五三年受聘为浙江省文史研究馆馆员。著有《墨庵骈文甲乙集》《寥天庐诗话》《寥天庐诗钞》《寥天庐文集》等。遗著《两浙著述考》，经项士元审订后分上下册，由浙江人民出版社出版。

第一通（一九二〇年三月）

冷生仁兄阁下：

弟自廿二日动身，次日至海门，廿四日由舟山转轮至上海，寓南康旅馆一天，廿六日上午七句钟乘火车至镇江，下午一句钟到。寓□鸣旅馆一天，次日始乘小火轮到高邮。下午四句钟开行，次早六句钟到。路中风浪安稳，行人无恙，私为幸事，惟樗栎庸材，仅博升斗，为承欢地，有负故人厚望耳，言之哽咽。

瓯社事有头绪否，永嘉健者殆推阁下，不可不勠（力）进行也。

弟慈抱顿首

通信处：江苏高邮宝高税务公所。

按，刘祝群一九一九年一月二十二日接办宝高税务，次年初聘宋慈抱至高邮任所当次儿的家庭教师。

刘祝群《疚庼日记》庚申年二月初三日（一九二〇年三月廿二日）行程与任课安排交代十分具体："正月十八日，携内子及次季两儿出门。廿日到永嘉，刘次饶、宋墨庵先生先数日来候，以次饶介聘墨庵教授季儿，并晤杨志龄先生。廿二日发永嘉，廿五到沪上，廿六过润州，随赴金陵谒当路。廿七返润州，送妻孥先渡江赴秦邮。廿九复由润州赴金陵，张子京、郭于野偕行。二月初二日，伊通齐振岩省长五十九岁生日，从大夫后循例祝釐，乃还秦邮。初三黎明，到榷廨，与宋墨庵先生商定季儿课程：上午读经，午后习字毕，讲《说文》，次讲《通鉴》，夜读古文辞。墨庵通博，于小学有心得，著作亦力追古人，时年仅二十有六，洵读书种子也。"

原来介绍人是刘绍宽。日记对宋慈抱赞誉有加："通博，于小学有心得，著作亦力追古人"，"洵读书种子也"。下文提到"过永嘉时，与平阳刘次饶，瑞安杨志龄、宋墨庵，泰顺刘赞文，永嘉马公驭、陈志冲聚，照小象。次饶、志龄、赞文皆十馀年旧友，须发多白矣"。宋墨庵即席纪以诗云："云间日下萃名流，春水离筵骊唱留。我愧辕驹形局促，俨然日粲赋依刘。"可惜七人合影今不见踪影。

第二通（一九二〇年八月）

冷生仁兄阁下：

久阔，念念。《慎社》第二期已出版否？弟于进行手续拟有宗旨数条列下，是否，伏祈頫察为感。此地自皖直兴戎以后，局面大变，省长不日辞职，敝居停当亦撤差矣。届时弟即回里，再赴青田与否，意尚未定。

贵地图书馆馆长王俊老前自称年老，急待代庖，不知信有其事否，乞阁下费神探明确信，或运动俊老代荐，实为无涯大德。即弟再赴敝居停家中教读，亦尚可兼也。至贵地图书馆局面，尚可逐渐扩充，苟能依弟所行，于文化上不无少补，非敢希冀权利也。事宜秘密，幸勿以此函示人。

至慎社约，弟虽发过几分，而此地无一人首肯者，殊有章甫适越之忧，奈何？

弟慈抱拜

《慎社》体例分五门，曰政治，曰学术，曰记载，曰文艺，曰附录。

政治，专刊经济撰著，或考订古三礼九通之类；

学术，专刊经史小学及讨论周秦诸子、汉宋大儒绪论；

记载，则有关文献，或前辈未刻墓志、家传或年谱等可取；

文艺，诗古文辞杂体不拘；

附录，仅刊谈屑、谐著，或诗钟、灯□、竹枝词、歌谣耳。

《慎社》月出一册，或年出六册、四册未定，其有长篇专著，均可登载，厥法无他，依马夷初印《国故月刊》式，与刻书一样，板心署“慎社丛刊”四字，每类每种，自相连属，不必署云“未完”，则折装时可自成一部，无首尾断绝之患矣。

按，查刘祝群《疚庼日记》，系一九二〇年八月二十一日交卸宝高税务，由张树森接替。而王毓英（字俊卿，时年六十九岁，故作者尊称为俊老）鉴于籀园图书馆连年遭受四次台风，打坏图书馆外墙及玻璃各窗，损失不轻，亟待修复，于是呈永嘉县知事汪楚生文称：“至另筑石墙及修补藏书室换椽铺砖之缺点，须待另选贤劳，召集六邑各绅，议商善后办法，以符公立性质，而保图书久远。英年衰力倦，馆务责重，敢不见几而作，翘祈知事另选接办，察核施行，洵为德便。”落款时间在民国九年九月。（《王毓英集》，四四一至四四二页）这是正式公文递交时间，消息传出或许稍早。则此信当作于是年八月前后。但知事汪楚生并未接受王毓英的辞职请求，宋慈抱谋职未遂。

关于《慎社》出版体例，作者另纸所谈，内容分五门，每年出四至六册，尤其是强调效仿《国故月刊》。按《国故月刊》创刊于一九一九年三月，“以昌明中国固有之学术为宗旨”，所载文章全用文言，直排，不施标点。马叙伦（夷初）虽与刘师培、朱希祖、康宝忠、梁漱溟、孟寿椿、伍一比诸人一道被推为编辑，但核心人物是刘师培。这里单单举出马叙伦为代表，或许因为马系瑞安陈介石得意弟子，加之马在《国故月刊》连载的《列子伪书考》等文章受其关注所致。实际上《慎社》只出四集，第一年大体半年一集，次年与第三年各出一集，内容不外乎文录、诗录两大部分，侧重于文艺。

第三通（一九二〇年秋）

冷生仁兄阁下：

数日前曾上一函，已达记室否？敝居停不日调省，新任为张树森，已见明文，弟之讲席随而解散，秋后敝居停需次省垣，或回里，报间亦尚未定，故弟此刻决意先归。昨说图书馆一事，有隙可乘否？乞阁下鼎力，或转托有资望者游扬推毂，实深蝼蚁之感。如此事实无可设法，别处可也。

弟此番旋归，适在盛暑，真非初料所及，况远出江北，行李提携，讨厌之至。唯同伴定有多人，堪资臂助耳。慎社进行，弟他日于专署等所当负完全责任，以通讯渐便也。此请

文安，并希鉴纳不宣

弟慈抱顿首

弟归期约在阴历六月尽或七月初，现尚未定，大约七月上旬或中旬定行敏谒矣。又及。

按，刘祝群《疚庼日记》庚申年七月初八日（一九二〇年八月廿一日）："今日交卸宝高税务，替人为张茂林树森。计自戊午二月初九日即民国七年三月廿一日。接办运北统捐，至是年十二月十五日即民国八年一月十六日。交卸，旋于是月二十一日即八年一月廿二日。接办宝高税务，迄今交卸，以阳历计之，适满二十九月，中间由运北交卸，赴宝高接办，计休息五日。禄糈所入约五千馀圆。廿年奔走，讫未少休，此后亟宜归田修墓，先人有知，当欣然谓予：子归来也。"

此信内言"昨说图书馆一事，有隙可乘否？"显然此信紧接上一通之后。再次提醒梅冷生设法，足见宋慈抱求职之迫切。至于"专署"，当指瓯海道尹公署，宋慈抱返回温州，应聘瓯海道尹公署秘书。

四年之后，王毓英故于任上，严琴隐接掌图书馆，因不洽舆情，不过一年即遭罢免。宋慈抱再次活动，馆长不成，退而求其次，"会办"之职，亦属因人设事。张棡日记民国十三年十二月初八（一九二五年一月二日）点评："看《瓯海公报》载：永嘉图书馆馆长严某斥退，六属代表公举钱君伯吹及宋君墨哀为馆长、会办；而代表中平阳刘次饶登报声明，并未预闻，且中间责原禀攻讦严氏之不实，乃以曝龘之地为逐

鹿之场，亦属不合。似嘲似讽，文颇尖冷。醒同亦言‘永嘉代表沙某亦禀揭捏名瑞安陈谧并控宋墨哀学行未孚，文多剽窃，不胜会办之任’云云。噫！图书馆自吾友王隽庼先生逝世后，永嘉严氏以行贿得之，已失馆长资格，今钱、宋二人又以运动捍名为得计，更卑卑不足道矣。风雅道衰，斯文扫地，岂徒一图书馆而已哉！”鉴于各界强烈反对，瓯海道尹沈致坚被迫收回成命，宋慈抱又一次与图书馆失之交臂。

第四通（一九二〇年）

冷生仁兄阁下：

前上拙刻二册分致姜门、玫伯，想已收到。储石逝矣，老母弱息，寸断柔肠，殊足惨也。弟昨成诔词一章，尚称真挚，他日可刊登《慎社》否？至其传状哀启等作，储石交游颇广，当有人为之表章焉。唯图书馆遗缺，同邑数耆宿多欲为弟张罗，然内容复杂，外界拥挤，弟亦何能孤鸣，众狺之地，举手老拳之间哉，唯有婉词谢却而已。昨于乐臣处读阁下大札，慨然欲为死者谋不朽之名，检点遗稿，俾他日輶轩采录，古道照人，钦佩奚似。然平心论之，储石著述，龙而不精，使鄙人逞一得之愚，必使愈少而愈能传。然此语殊不能与俗人言也。唯阁下及乐臣闻之可耳。

兹呈《粤雅堂丛书》十一册、李莼客诗六册，馀存敝处另奉。乞察收。拙作《瞉斋笔记》一册，并希掷下为感。

弟慈抱顿首

按，姜门、玫伯，即郑猷、王渡（梅伯）。此言“储石逝矣”，说明写于薛钟斗病故不久，在一九二〇年秋冬之间。乐臣，即李笠，慎社社友。

第五通（一九二一年）

冷生仁兄阁下：

久阔，念念。《慎社》三集出版否？尊惠四妇人诗课，投卷者未悉多少，然题目甚好，惜仆于说部过目甚少，不能向壁虚造也。披露时尚待一览。

兹因《慎社》末数页向刊广告，敝地如许志远辈亦曾厕入，仆窃不敏，欲以卖文启一事附焉，能惠纳为感。奉赠字画数件，哂存为感，不一一。

弟慈抱顿首

按，此札书于上海九华堂薛涛笺，无落款日期。《慎社》三集出版于一九二一年，故此札当作于是年。

许志远，即瑞安许子浑，其《顽石书画篆刻润格》刊登于《慎社》第二集广告栏，末尾代收件处：永嘉道前廿五号慎社、府前六斋裱画店。而薛立夫中和医院即开设于道前街廿五号，可见慎社借用中和医院为通讯处。

《瞉斋卖文启》随后刊于《慎社》第三集，分寿序、墓志铭、杂记、传、序跋、颂赞等六类，每篇六元至十二元不等。启事称："以上各体，无论骈散文，均可答应，远道邮寄者面书瑞安西门外宋乾大纸号转致宋墨庵收勿误，唯润笔未惠者恕不答复，节略未来者亦然。"

第六通（一九二一年）

（前缺）文老已动身否，如承以通讯处相告，弟当补寄也。温州图书馆弟前寄去一册，未悉收到否，并希代询王俊老为荷。

《慎社》第三集尚印否？候复不宣。

弟慈抱顿首

按，文老、王俊老，指吕文起、王毓英。

第七通（一九二一年八月）

冷生仁兄阁下：

久阔，念念。比维起居纳福，撰述宏富为颂。

昨阅瓯报，欣悉阁下为省会复选议员，不禁弹冠相庆也，聊呈小诗数章，藉伸景慕，谫陋之处，并希郢政为荷。拙作《墨庵骈文甲集》现已付城内考古斋刊刻，十月后当可蒇事。前印《三国志乐府》太少，致慎社同志多未遂赠，《骈文》印成，当将此重印数十部呈正诸友也。《慎社》第四集何时出版？弟有近作，尚未录出，殊以疏慵为愆耳。

书不尽言，诸希

亮察

弟慈抱顿首

拙诗附后。

按，“阁下为省会复选议员”，省会，当年指省议会，梅冷生当选为浙江省第三届省议员在一九二一年八月，故此函当作于是时。

第八通（一九五一年十月十八日）

冷生仁兄足下：

昨接芝宇，良慰倾想。籀园图书馆成立于民国六年，王俊卿主其事，仅有浙局书及他书数百种，以云藏书，真所谓太仓一粟。自得黄仲弢提学蔘绥阁藏书，遂有贫儿暴富之概。嗣后吕文起太守寄书而稍多。自刘次饶为馆长，承张冷声为乞张咏霓《四明丛书》、胡幼樵《金华丛书》、刘翰怡嘉业堂《求恕斋丛书》、张石铭《适园丛书》而又稍多。然当次饶未接事及撤瑟以后，中间主者，屡易其人，至有寄存书板如《永嘉县志》等，损失颇多，郅为恨事。直至吾兄履新，以舞袖难旋之经费，处离省至远之地方，于故家之秘籍，新出之名著，不惜重金，求充邺架，其苦心孤诣，在全省固有其人，在吾郡可称无双。至今日追思功绩，如赵氏尔巽《清史稿》，省立图书馆所藏尚为关外本，尊购则为关内本；徐氏世昌《晚晴簃诗选》，张孟劬乞赠浙省图书馆而不得，尊购则亦有之：皆吾兄之功也。

前日晤谈时，至发痴愿，云惜不得见姜准所云《永嘉谱》及金钱义民蔡华拔贡硃卷其文，而好事至老不少衰，贤矣。仆窃以为籀园收藏既富，仿陆氏《皕宋楼藏书志》之例，取秘本序跋或内容掞张之，可以为《籀园藏书志》。解放以后，故家书籍散出日多，乡哲遗著未刻本，或刻本、钞本有异同，可以为补《温州经籍志》。吾兄其有意乎？仆请得而备言之。

著书首贵有专一之毅力。当仆任本省通志馆编纂时，以圣湖山水之明秀，不喜扶筇探胜；以省城人士之殷盛，不喜怀刺访友；以全省文献资料之繁，新旧府县志已数百种，毋论他书，而不以望洋向若，废然自返。同事数十人，有驰逐声气，历数载无片纸交卷；而仆不肯随波效尤，故自乙酉八月至己丑六月，成《两浙著述考》四十四卷，约百馀万言，迄今逐渐增改，虽未见尚夥，十一府艺文，拙著必可得崖略。宋卿知之最详，则以有专一毅力故也。

二贵有考证之定识。府县志伪造引书，往往而有。乾隆《绍兴志》谓虞翻有《史记注》见《隋志》，今《隋志》无此目。李莼客为此《志》校记，但校列传，实则经籍之误不少于列传，兹不细举。杨定甫《三国会要》引书如《太平御览》《册府元龟》，皆煌煌巨册，彼所引有寥寥数十字，不著明何篇何卷，此等皆不足与言考证。某君为其父《温州经籍志校记》载《瓯风杂志》中，如云：家藏本某条跳行，浙刻本无跳行；家藏本某条校语未作，留空格，浙刻本无空格，可谓校雠至详矣。实则孙氏此书系少作，当时禁书及乡邦遗著未出者甚多，如林增志《玉署初编》，不载钱谦益序文；张綦毋《船屯渔唱》，今有印本，孙氏注“佚”字，皆其明证。能于原书此等加以补订及著录，此书成后，新出之书则为有考证定识，不必争家藏本、浙刻本异同也。

三贵有鉴别之眼光。泰顺林亨甫得罗昭谏《江东外纪》，孙仲容断为伪书，列证至多。书之善恶，固贵鉴别。王氏舟瑶《台州志·经籍》列戚学标著述数十种，仆谓戚氏《汉学谐声》及诗文并传不朽，如《回头想》《回头再想》等体近小说，何必录。项慈园《台州经籍志》于陈函辉著述数十种，并八股文而亦载之。“生存”有宁海《屠一新文集》，一新于民国廿九年任通志分纂，仆识其人，非以诗文当行，慈园原书印于民国初年，即称其有文集，奇矣。皆由无鉴别眼光，故致斯失耳。

四贵有光明之心地。史贵三长，尤贵史德。所谓史德者，知人论世，开诚布公，不以好恶为去取也。《瓯风杂志》载有刘祝封《钱发纪略》，文内谓金钱义民败时尸骸遍野，陈介石先生先大父主张埋葬如京观。夫祝封，号莼村，吾邑诸生，为黄仲弢叔岳父，年长于介石数十岁，不必称“先生”，而临文不讳；介石祖父有功，宜书名，备后人考证，称他人祖父为“先大父”尤不词。此必有人过尊陈氏，留此笑话矣。又载宋衡文集，仅孙仲容、陈介石二寿序，亦必有人以此见孙、陈可具足并立。夫衡尽有佳文，舍他文不载，专取此二篇何为？故著述贵心地光明，刻书亦不可存有私见也。

右列四端，谬恃知爱，故发狂言，幸勿以示诸他人。

贵馆有文物保管会，近拟推广否？如以束帛见采，愿竭一得之愚。仆往于贵郡设整辑乡哲遗著委员会时，有《瑞安诗徵》稿，又于贵县设修志委员会时，有《永志经籍》稿。此二书仆家固无存稿，然《诗徵》选诗太滥，诗传则有可采；《永志经籍》取提要序跋删繁为一篇，当光绪《志》尚存时如此编辑，亦一方法，幸勿以烧薪覆瓿耳。

书不尽言，乞

亮察为祷

弟慈抱顿首

十月十八日

按，《梅冷生集》依据《温州区地方史资料汇编》抄本收入附录，“幸勿以示诸他人”以下一段“（下略）”，今查温州市图书馆档案（H-7-1936~1962，29至36页），补齐最后一段约一百五十六字。原信写于竖格宣纸上，八开四叶，半叶十行，装订时一叶折叠为两页，故编号有八页之多。

此信结尾“贵馆有文物保管会，近拟推广否？”表明当时温州市文管会业已成立，并附设于图书馆，查梅冷生以馆长兼文管会主任，为时两年（一九五一年初至一九五二年底），其间一九五二年九月在市文管会工作会议上提出，本会改组，他辞卸主任兼职。故此信作于一九五一年的可能性高于一九五二年。

张冷声，即张冷僧，名宗祥，海宁人。时任瓯海道尹。

信中提到作者任省通志馆编纂时，“同事数十人，有驰逐声气，历数载无片纸交卷；而仆不肯随波效尤，故自乙酉八月至己丑六月，成《两浙著述考》四十四卷，约百馀万言，迄今逐渐增改，虽未见尚夥，十一府艺文，拙著必可得崖略。宋卿知之最详，则以有专一毅力故也”。宋卿，张宋庼，瑞安人，前籀园图书馆馆员。《两浙著述考》一九八五年由浙江人民出版社出版，美中不足的是未交代成书经过，此信不经意间透露撰作起始时间，乙酉（一九四五）八月至己丑（一九四九）六月，一目了然，四年时间不随波逐流，全力以赴，前辈风范，令人肃然起敬。

宋慈抱致梅冷生陈纯白

（一九二〇年五月）

冷生、志翀二兄钧鉴：

瓯城一别，倏忽数月，比惟起居纳福为颂。

弟在此间设帐授徒尚可，教学相长，惟高邮僻处江北，离扬州百里，赴南京须越镇江，而京快车交通甚烦，闻见尤狭。幸署中报章甚多，尚堪度日耳。祝群先生性情伉爽，待友绝无城府之见，郅深知己之感。拙著《三国志乐府》，本不欲以此雕虫小技灾梨祸枣，现承祝群先生怂恿付梓，且助洋数十元，为付敝地戴咏古斋举行矣，六月后当可竣事也。弟于夏后拟将《骈文》一卷自行刻木，未知可遂愿否。事业无所就，出几行文字供人涂抹，亦南越王赵佗所云聊以自娱也，一笑。

瓯社实行组织否，今日尚未出板，想有别种妨碍，念念。敝地郑剑西现在南京，据他来函说，为黄述西司笔札，述西系部派试办沪宁电话工程，想必美缺可以位置清客也，甚好。储石近有通讯耶？王亦聆前寄来《贞寿录》一册索题，弟尚未答复，诚以近日在馆，同署中索撰应酬文字如寿诗应征之类者甚多，不暇兼顾也，谀墓强颜，成何事体耶？

诸不宣

弟慈抱顿首

按，手札两页，书于“上海九华堂宝记制笺”上，六行格。此信谈到《三国志乐府》付刊得到刘祝群鼓励与资助，作者为此赋诗道谢。这在《疚庼日记》中也有相应记载。庚申年四月初六日（阳历九年五月廿三日）：“宋墨庵著《三国志乐府》五十首未梓，予佽以廿金，速其刊行。墨庵谢予以诗云：‘平生愁覆瓿，易世恐缄縢。敢向词林厕，断难纸价增。解囊钦子敬，载笔有延陵。谓吴炯斋太史赠序。知己无涯感，衔环愧未能。’”则此信当作于一九二〇年五月或稍后。

黄述西（一八八七—一九三四），名曾铭，瑞安人，作家黄宗英之父。留学日本。归国后供职于交通部，当时以工程师身份在上海试办沪宁电话工程。

王梅伯致梅冷生　四通

（一九二〇年）

王梅伯，一作梅白，名渡，浙江馀杭人。清末为省咨议局议员。慎社骨干。瓯社社友。当时官游温州，任清理官产分处处长。公寓在永嘉如园。张宗祥任瓯海道尹，王梅伯改任道尹公署科长。

第一通（一九二〇年）

冷生社兄鉴：

前送“十年别绪说缘悭”一首（系和颜怡如君者）请删去之，其中尚多未妥处也。此首颇得意，希采入为盼。暇当走谭。

梅伯手书

送

梅冷生先生

奇才共策济时艰，来与仙灵接古欢。树色参□呼卧起，霞光虚壁待飞还。

几番风雨爱眼陆，数亩楼台恋好山。此日登觞二三子，兰成词赋满江关。

第二通（一九二一年）

昨见林公面，云此番词人不必再得，已九人矣，立名瓯社。

又第一集题录后：

满江红 西湖白文公祠附祀樊谏议敬赋用平韵

鹧鸪天 赋茶山桃花

并望通知各位。诸君不愿填词，作古近体诗均可。

冷生吾兄惠览

按，林公，即瓯海道尹林鹍翔，字铁尊，瓯社主盟人，生平简介见后。下一通称铁师。从此札可知，林鹍翔不赞成过多吸收社友，从《瓯社词钞》卷首“姓氏录”看，社友总共十四人，远不及慎社之众，也印证了这一条。《瓯社词钞》第一集一九二一年由同文印书局刊行，则此札当作于是年。

第三通

铁师来谕，谓尊作可为诸君冠，其思笔之精刻，吾不能不畏之耳云云。刻弟抄读数过，爱不释手，若无老词人，几不能削改只字。今送来之稿即刻送去，岂知此信已于昨晚交号房，懒不送来。今信接到，反不接头，非训斥不可也。豪奴之咎由自取，其罪真不可恕也。

冷生知己阅之

渡复

按，此札称梅冷生为“知己”，可见两人之相得。

第四通

昨日因与吾兄商妥后，再到翰墨林议定付刊，价目极廉。印成后亦不分送，瓯社以外人要此本者，随便作赠。故刊资已由弟自认，下次再说添印一层，恐临时来要，或□□变故，先接洽，非欲集资也。

肃此奉复，此请

冷生兄大安

弟渡顿首

按，《瓯社词钞》第一集，即交温州翰墨林代印，温图馆藏系敬乡楼家属捐赠，首叶林鹍翔致王梅伯函札（代序），右下角钤有“黄群过目”与“永嘉黄氏敬乡楼藏”两枚朱文章，卷端“瓯社词钞”书名下标“吴兴林铁尊先生审定”字样。后来重印，则交由同文印书局代印。

王梅伯龚雪澄致梅冷生

（一九二〇年）

兹送上乐清友人卢霞九君敏入社经费一元并诗一卷，祈掣给收据为何。

此请

冷生社兄大鉴

弟王渡龚均顿首

此函即请卢君面呈。

卢君通讯处：乐清东乡虹桥牛鼻硐地方。

按，此函书于“温属官营产兼沙涂事务所用笺”，开头“温属”两字被裁，底下有“广大利制”字样。

卢霞九（一八八三——一九五九），名敏，号啸园，乐清东乡牛鼻硐人。慎社社员。诗《题梅湾云山草堂》《春日怀梅兄冷生》《简王梅伯先生》等七章收入《慎社》第三集。晚年应聘为浙江省文史馆馆员。

夏承焘日记一九二〇年十二月初七日：“午后与姜门、张缊华及新社友乐清卢敏君集冷生，晚方归。”此处称卢敏为新社友，说明入社不久。此札当作于此时之前。

一九四二年卢霞九六旬大庆，梅冷生赋诗致贺：“行年六十庆悬弧，作健逢辰杖不扶。山水结邻牛鼻硐，才华著胜虎头卢。旧游慎社题襟集，新续随园请业图。天末凉风惊乍起，忆君还欲访菰芦。（《啸园六秩寿言录》，乐清民国三十一年铅印本，二十叶）以牛鼻硐对虎头卢，既切地名又切主人姓。而以慎社对随园，颇可玩味，随园三千弟子半红妆，卢霞九创立虹桥女子职业学校，办学十三年，颇有随园之风。

龚雪澄致梅冷生

（一九二〇年）

龚雪澄，名均，一字血忱，湖北汉阳人。慎社社友。当时供职于温州官产分理处。

冷生先生大鉴：

奉上入社费洋一枚，请即察收为祷。此请

大安

弟雪叩

初六日

按，此札书于“两浙日报社赠笺”上，六行笺，绿色框。

叶景辉致梅冷生　四通

叶景辉，字次萼，永嘉人。慎社社友。曾供职于温州普华电灯公司。

第一通（一九二〇年）

第一集已收到。兹奉上社金银币一圆，乞转交会计课照收。闻十三日全体社友摄影，弟恐先期赴闽，不克赴约，心殊歉歉。族弟增溥，佐亭其甫也，颇工诗文，亦欲附骥，弟与雨田、立夫诸同志均乐为之绍介，希嘱书记课允将补入为感。

此上

冷生姻兄大鉴

景辉拜手

四月三日

按，雨田，叶毓芳字，永嘉人，见《慎社交信录》（一）。叶增溥似未入社。

第二通

冷生学弟姻先生如握：

接奉手教，敬悉一是。执事倡组慎社，硕达志士纷纷加入，洵盛举也。

永嘉学派从兹复活，不仅作吾侪一时消遣计也，进而求之，厥功伟矣。

第一期样本过于短少，装订有欠讲究，似不雅观，可否设法改良，能仿照上海各丛报样子，用新闻纸套印，则更佳矣。更觉豁人眉目，未悉卓见何如？社友除特别捐外，年可纳两元常金，分两次缴，亦可轻而易举，想大家无不赞成也。辉近年于役海邦，学业荒落，百无一成，安敢向雷门布鼓哉？但雅命谆谆，勉录近作两律郢政，可否附骥尾而披露之，仍俟裁决。

燕北风云愈演愈烈，殊无谓耳。此颂

著安

景辉拜手

七月二十五日

再，上年所有几篇末作多散佚无存，嗣后如有撰成，遵续呈。

按，此札书于八行笺，两页，格纸左下方印有“书林堂制”字样。“永嘉学派从兹复活，不仅作吾侪一时消遣计也，进而求之，厥功伟矣。”这是作者期待，也是梅冷生与社友的心愿。他们计划编印慎社丛书，设立社所，可惜因为人事变迁，薛钟斗早逝，梅冷生膺选省议员，夏承焘外出游学与求职，等等，最后未能如愿。

第三通

冷生主任览：

昨上一函，谅蒙鉴及，附呈诗草中所有《游闽中西湖》两绝，系一时脱口而成，有未妥语，请勿录入，如公暇加以斧政更感。弟因家务匆忙，未克走候，至为歉率。约后日可上郡也。

此请

著安

景辉

廿八日

按，抬头称梅冷生为主任，当时慎社设书记、会计、庶务三部，其中书记部负责社刊的编辑工作，或许梅冷生系书记部主任。

第四通

（前缺）谅知己当亦不我弃也。秋风多厉，珍重千万。匆此，敬叩
时安

弟景辉拜上言

六月十九日

按，此通写于普华电灯公司用笺。

池雨时与梅冷生　三通

（一九二〇年四月二十六日至八月二十九日）

池雨时，字泽民，瑞安人。慎社社友。

第一通（一九二〇年四月二十六日）

冷生先生左右：

手教拜悉。慎社章亦敬览矣。弟才绌能鲜，何敢滥竽斯席，致污大雅。惟既荷不弃，自当不避谫陋，冀附骥尾，一切纳费日期及雅集地点并望惠示，俾资遵循。

匆复，不仅缕缕。即颂

伟安

弟雨时顿首

二十六日

立夫先生均此。

按，立夫指薛显名，永嘉人，同为慎社社友。慎社第一次雅集一九二〇年五月三十日举行，鉴于社友分散各县，交通不便，社章（社约）与聚会通知不至于五月下旬才邮递，故而将月份暂定为四月。

第二通（一九二〇年七月十日）

立夫先生、冷生先生有道：

久仰清标，时深驰系。比维左图右史，精神盎然，至颂无量。昨承惠诒《慎社》志刊一书，搜罗宏富，美备东南，翻读一过，顿开茅塞。此邦文献赖以不坠，具见风流大雅，钦佩无既。雨时生不工学，学不及时，致不能追随大君子后步，实愧我心。倘荷许收可发之列，尚祈不吝珠玉，时赐箴言，则幸甚矣。

谨伸下忱，不尽拳拳。顺颂

著安

制池雨时顿首

五月二十五日

按，《慎社》第一集系雅集之后出版，而雅集在五月三十日举行，此处五月二十五日当属夏历日期。制，表明当时作者正处于守丧期内。

第三通（一九二〇年八月廿九日）

冷生先生道右：

惠示拜悉。弟终日纷纠，俗务缠身，致将此二事惄置度外，屡承下问，殊愧我心。刻饬送大洋壹元，至望察收，并乞转交会计处入册为荷。闷坐斗室，郁郁无聊。何时得暇当走敏德座，饫聆教益，未知如愿否。

□颂

著安

弟制池雨时顿首

七月十六

按，会计处，即会计部。当时慎社分书记、会计、庶务三部，承办日常事务。池雨时列名《慎社交信录》（二），表明一九二〇年夏秋之间入社，加之落款依然注明“制”，此信当作于一九二〇年。七月十六为夏历，公历当为八月廿九日。

郑任重致梅冷生

（一九二〇年五月廿六日）

郑任重，字渔父，一作远夫，永嘉人。参与创办《瓯海潮》周刊。慎社社友。

冷生社兄大鉴：

径启者。社刊暨客星《上巳竹枝词》均已收到，祈毋念。兹寄上拙作并叶君遂庐诗草共三纸，乞即斧正，录入第二集中，是所至盼。本社临时雅集，弟因俗务羁身，不克前来，深以为憾，唯有伫听好音，略志盛况耳。

匆匆走笔，顺颂

日祺，并叩

墨池、姜门、客星、旸湖、默庐、秋桐诸社兄均好

弟渔父上言

四月初九日

查《慎社》第二集，郑任重发表诗作《题清史集遗》《次栩园四十感赋原韵》《将之馀杭告别西子湖兼赠诸同志》《醉题叶君可笏影梅庵诗钞后》等五题十五章，而未见叶君遂庐诗草。叶遂庐与叶可笏是否一人，难以断定。

黄梅生复陈翰香

（一九二〇年八月一日）

黄梅生（一八七二—一九四五），原名益谦，后名光，一字梅僧，以字行，浙江平阳人。开明士绅。少游瑞安陈介石门，治文字训诂。光绪卅二年（一九〇六）东渡日本考察教育，撰《樱岛闲吟》百首纪事。宣统元年（一九〇九）举孝廉方正。民国十年（一九二一）参加温州慎社、瓯社。晚年诗作尤富，国内外大事多所反映。有《飞情阁集》四卷。注重民间文学，将《桃花扇》《玉蜻蜓》改编为鼓词，别具只眼。《辛亥光复日记》《甲子兵事日记》《丙寅兵事日记》乃当地三个时期的社会记录，价值尤高，影印本收入《温州市图书馆藏日记稿钞本丛刊》。

暗香老哥大鉴：

昨拜大教，祇悉种切。

拙作须少择二三首去登，以希为贵，多则令人生厌也。如前稿已发刻，请向各家收回换过，所费示知，当照奉也。便面已绘就，请察收。再奉上大洋叁元，作为慎社捐款，区区之数，聊助纸笔之资，烦转致为盼。

贱内比甚平安，前病根株已绝故也。

嫂夫人前便乞致意。此颂

大安

弟光顿首

八月一号

按，此札两纸，用笺系“平阳贫儿院制”，六行笺，以“长相思”三字为底纹，下注“集汉荡阴令/张迁碑字”两行小字。

所谓贱内，指蔡笑秋（一八八五——九七四），名巽，号语香居主人，系东瓯名画家蔡英（声甫）之女。与张红薇同出汪如渊（香禅）之门。早年就学于黄梅生创办的毓秀女校。光绪三十年（一九〇四）考入天津北洋女子师范攻读美术。毕业后留校任教一年，转任广州秀实美专教席、平阳县立第一女子高等小学校长。民国七年（一九一八）与黄梅生成婚后，谢绝教职，潜心绘事。擅长工笔花鸟，尤工牡丹、菊花。刘绍宽誉之“好古如李清照，工画如管仲姬”。一九五六年受聘为省文史研究馆馆员。

宁波钧和印刷公司复梅冷生

（一九二〇年六月廿七日）

钧和印刷公司，民国时期宁波一家颇著声名的现代印刷企业。光绪卅二年（一九〇六）初设于宁波江北岸英国领事馆西侧，四年后迁址洋船衙。系宁波旅沪实业家裘知如创办。天一阁书目、募捐册等多种印刷品即委托该公司代印。

冷生先生大鉴：

今展大示并书样一页，均经收悉。承嘱定印诗文集价目，今将敝地所通行最克己价目：用洋毛边，照来样六开连排印纸钉，每页计洋捌角算，底面外加洋1δ^Δ，以二百本为限，七十页作率。多加少减。校对如嫌路远往返需时，敝处代为细校亦可，惟稍有讹字，不能负责，盖校讹名为校雠，极言校对之难也。自稿寄到至出书，以四十天为限，请洽。

专此布复，顺颂

著安

钧和印刷公司启

六月廿七日

按，此函写于宁波钧和印刷公司用笺。

“1δ^Δ”，意为15角。《慎社》一共出过四集，尽管钧和印刷公司声称愿出“最克己价”，梅冷生与同人均未交宁波这家公司印刷。第二集、第四集由温州美成和书局石印，第三集交温州务本石印公司承印，第一集则未注明印刷所。

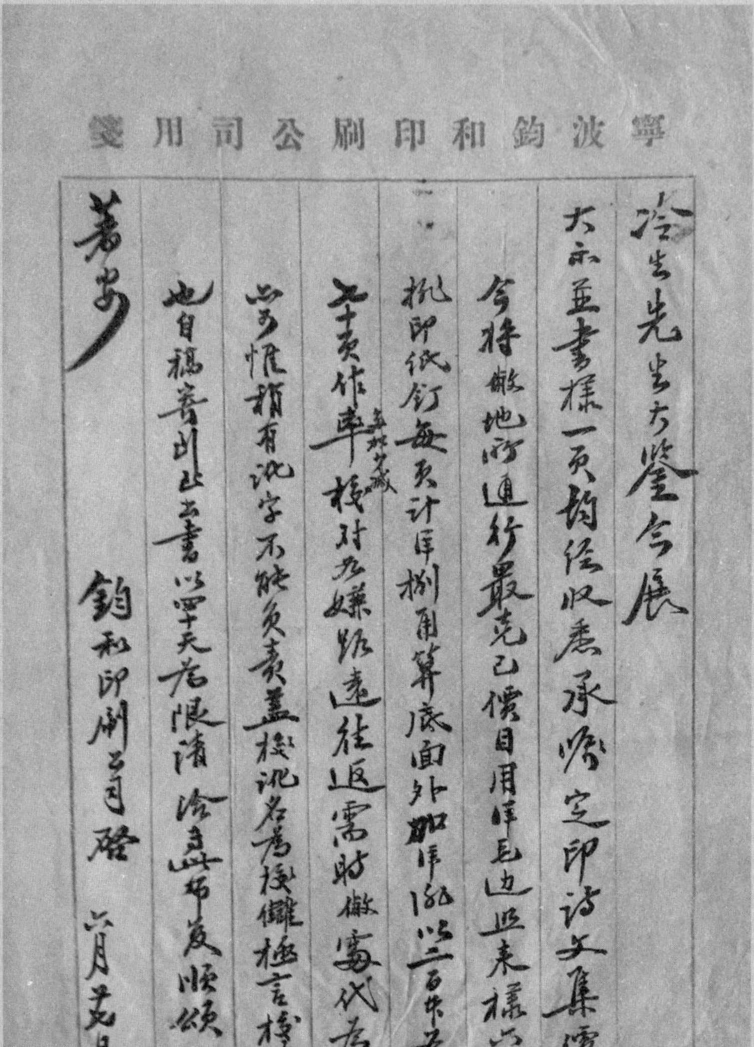

寧波鈞和印刷公司用箋

冷生先生大鑒：今展

大示並書樣一頁，均經收悉。承囑定印詩文集價目，

今將敝地所通行最克己價目用洋呈边。照來樣六開連

排印紙釘，每頁計洋捌角算，底面外加洋1.80。以上各項限

五千頁作準（每頁校二次）。校對乃嫌路遠，往返需時，敝處代為細校，

不過恨稍有訛字，不能負責。蓋校訛者為校讎，極言校對之難

也。自稿齊到止，出書以四十天為限。請冷生先生察復。順頌

著安

鈞和印刷公司啓　六月廿日

宁波钧和公司函札

陈纯白与梅冷生 十一通

（一九二〇年七月至一九二二年）

陈纯白（一八九七——一九六四），名珩，字志翀，一作志冲，永嘉人。慎社社友，与梅冷生、夏承焘为知己。夏承焘之妹畹兰未婚夫。后赴京供职于民意日报社。兼全国报界联合会干事。考入内务部高等警官学校就读。一九二七年任省防军司令陈其蔚（熙甫）副官。后辗转在杭县、馀杭、建德、永嘉、乐清等地任县长，其间做过省会警察局局长。一九四八年永嘉县长任上兼籀园图书馆筹募基金董事会董事长，拟聘梅冷生为永嘉县政府主任秘书，梅冷生未应允。一九四九年之后执教于上海私立江淮中学。

第一通（一九二〇年七月九日）

冷生吾兄如晤：

弟于本月十六日乘广济轮船赴沪，十七日抵埠，在沪过宿两宵，十九日早搭车北上，二十日抵京。一路布帆武阳，差可告慰。现在此间民意报任编辑之职，月薪所入，尚堪糊口，惟京中近日政局不靖，然亦意中事，无足怪也。

《慎社》第一集请检几本寄下，因弟箧中无此物，各处接洽，难以措辞。第二集何日出版，奉上诗稿一纸，乞削正登入为盼。社中诸事以谨慎为要，不良分子决不可令其羼入。

弟此次晋京，寓林立夫先生公馆，现已迁居前青厂民意报内。旬日之间，得闻崔云松、张树铭诸公之谈论，始知平日所学为非，读书以实用为主，作官亦偶然事，今人动骂政界为下流，不知古来圣贤，如孔丘、孟轲、董仲舒、郑康成无一非政界中人，若能具济世救民之志，乌乎不可！吾辈所创之社，名为以文会友，然亦不可不具活动社会之思想。时局若无大变化，已未系势力必定扩张，他日有事，亦可为吾社之臂助也。

仲炎近况如何，念甚。老伯大人玉体强健否？引领南望，白云在目，良朋不见，吾劳如何？

匆匆，顺请

著安，并颂

同社诸公安好

小弟珩顿首

古五月廿四日

旸湖、姜门、秋桐、立夫、佛伦、仲骞、俊卿、南庵、雪庵、心存、玉夫、昂青、客星、仲炎诸先生均此问候。俊卿先生、坎园老伯前请代提及。

京中政局不靖，招生各校考期难免更动，故弟未去报名，知关廑念，并以奉闻。

此函作于北京民意日报社用笺。

按，崔云松（一八七八—一九五八），名叠生，陕西咸宁（今西安）人。光绪卅一年（一九〇五）留学日本明治大学。宣统三年（一九一一）毕业归国，参加留学生考试，获法政科举人头衔。一九一二年任西北大学创设会委员、文科学长。一九一八年八月，选为安福国会众议员，携眷赴京任职至一九二一年。作为西北大学创始人，他对西北大学首批留日学生寄予莫大希望，勉励他们“志向务须远大，学科必求精深，毋蹈嚣张之恶习，务求精进之实功，他日学就归国，扶持世运，巩固共和，行见太华增辉，关辅生色，西北长城将惟诸君是赖”。于此可窥见其言论风采，陈纯白闻听之下，深受触动，不难想象。

仲炎，即夏承焘。夏承焘民国九年庚申日记八月初三日：“午后作书寄志冲，通知布业教席事。且托其于京中有相当位置代为留意。书成，交其家中附去。（中略）夜自如园归，中途遇陈幼明，怀出陈志冲来书见示，内有‘如有刘厚庄之文章，夏仲炎之性情，何患不能养亲’云云。读竟为之感激，綦何人，敢与次饶先生媲，语云：‘得一知己，死而无憾。’舍志冲，吾其谁归哉！”陈纯白对夏承焘推崇之情，溢于言表，于此可见一斑。

第二通（一九二一年三月廿五日）

冷生吾兄惠鉴：

弟于本月初六日乘图南轮船赴沪，初七日下午抵埠，在客寓过宿两宵，初九日早乘快车晋京，初十晚到地。十一日星期，十二日赴校上课。此间天气尚冷，连日下雪。敝校离报馆有十馀里之遥，旦暮往返，在霜天雪地之中大足磨砺心志。惟忆我故乡，当此阳春时候，双柑斗酒，出郭听鹂，不无南北之感耳。有暇尚希惠我数行，以为他山之助。

匆匆，即颂

著安

小弟陈珩顿首

古二月十六日

老伯父老伯母大人前，乞代请安。

慎社诸社友希为致意。

按，当时陈纯白就读于内务部高等警官学校，仍然在民意报馆兼职。

第三通（一九二一年五月廿八日）

冷生足下：

本月廿三日接到瑶笺，藉稔起居纳福为慰。仲炎事备承费心，至为感谢。闻希逸反对仍甚烈，仲炎为兄垂青之人，想兄必能始终斡全，固毋庸鄙虑也。省议会将来以吾国现状观之，比前必较活动，省长民选之言，虽为吾人所不愿闻，但潮流所趋，难免有实行之日。黄溯初于前月回里，外间传其有谋省议长之说，兄有知之否？果然，黄之志亦大略可知矣。林云龙兄亦有意于斯，凡事请兄与其提携而行。林兄为人极义气，且有干才，将来兄在议会中活动，尤不可无此人。其兄立夫先生在京，地位不在溯初之下，且与弟知己，有事又易于接洽也。惟今日人心不古，选举场中鬼蜮百出，兄平日所交尚多朴厚之人，此中危险固未尽知，望兄格外留心，步步稳健为盼。此事以兄之力量，成功可以预贺，慎社地位必因兄而增高，又为吾人所欢喜不已也。

弟在此间境况比前为佳。近数日北京开全国报界联合会，弟被推为干事，昨与狄平子、梁玉芝（泰晤士报女记者、美国文学硕士）诸先生在中央公园摄影，今晚靳翼青总理在东方饭店招宴报界代表，弟亦在被邀之列。说来甚俗，老友勿笑。以吾瓯人眼光观之，可谓不大出风头矣。但吾人志岂屑在是，所以愿与周全者，盖为将来谋活动之地位，非他人所知也。

孟夏渐热，伏惟为国珍重。匆匆，即颂

近绥不既

小弟陈珩顿首

五月廿八日

老伯父、老伯母大人前乞代叱名请安。

慎社诸社友均此道候。

《春明日刊》早已停刊，无从买寄。

嘱书之联，只有姚筑甫先生所书（名华，贵州名士），已取来，今先寄上。姚外，尚有马夷初、陈师曾、刘三诸先生，当陆续乞来寄上。

《慎社》乞多寄几册，社费当交邮汇上。

按，此函言“黄溯初于前月回里，外间传其有谋省议长之说，兄有知之否？果然，黄之志亦大略可知矣”，并非空穴来风。知情人汪惺时晚年撰《黄溯初先生事略》披露："回顾一九二二年十月间，我在上海华商证券交易所工作，正值浙省改选省议会议长，黄欲有所图，约我赴杭游览。同行尚有杜冠卿等人。适值月夜，共同泛舟西湖，黄谓不出一年，时局当有所转变。未及一年，齐卢之战起。"（《温州文史资料》第九辑，七十六页）可供佐证。

希逸，即王学羲，王季思之兄，何事"反对"夏承焘，未详。

靳翼青总理，指北京政府国务总理靳云鹏（一八七七—一九五一），字翼青，山东邹县人。皖系"四大金刚"之首。

第四通（一九二一年七月十八日）

冷生吾兄惠鉴：

前奉两函，谅已收到。吾浙省选以多数眼光视之，必能成立。自治潮流弥漫全国，北政府尾大不掉，无法遏止，已有遵顺之势，浙江宪法会议恐未必成。因是第三届省议大可活动。立夫先生现在杭，昨有书来，亦殷殷以注意此事为言，未知吾兄近有进行否。但阿堵物过巨，亦宜审详。吾辈作事原非挥大衫袖者之比也。有暇乞惠我数行，以慰渴思。

即颂

近绥不既

小弟陈珩顿首

七月十八日

老伯父老伯母大人前乞叱名请安。

闻溯初决定谋议长，然非钱亦不灵也。

按，此函书于北京民意日报社用笺。"阿堵物过巨，亦宜审详"，说明竞选省议员，活动经费是一笔不小的支出，作者就此提醒梅冷生慎重其事，不打无把握之仗。

第五通（一九二一年七月二十日）

冷生哥如见：

顷有友人自杭来京，述杭事颇详，并言黄溯初欲树地方势力，决计运动第三届省议长，温州方面已嘱益生布置。又闻台州杜蕴藏（名棣华，众议员）君亦欲得此席。杜君系立夫先生把兄，与弟相识，渠在台州势力尚居周屏□之上，浙西且多数拥他□。吾哥如组织省议，弟当与立夫先生代杜君介绍，事成可在省会兼秘书（议员可兼秘书），每月多得六十元进款，则本钱可以减轻（秘书月薪六十元，合议员八十元，月可得一百四十元，系议长任命）。吾哥学识瞻（赡）博，惟欠外交手腕，若从杜君活动，多交几个朋友，三年期满，定有扩展之望（做议员不能活动，则三年期满，归来依旧，少花二三千块钱，亦不值得）。

况今日金融界势力风起潮涌，上海天津之间交易所、信托公司纷纷设立，吾们有一二万番钱借议员招牌去做十二分稳当生意，冒险毋须。不怕不多趁几个钱（去岁黄溯初通易公司趁钱十馀万，周守良亦得万馀）。惟闻故乡初选开盘已达五千金之谱，为数颇巨，究其原因，皆被杨雨农、王永山好挥大衫袖所致。此等人正是吾党利用品，正不必以与同伍为羞也。

此布，即颂

大安

乞即复。

弟珩顿首

七月二十日快信

按，此函亦写于北京民意日报社用笺。

益生，即吴益生，系吴钟镕之兄，黄溯初亲戚。长袖善舞，时人称为“头号抬轿客”。

杜蕴藏（一八八四—一九二三），名棣华，浙江临海人。早年毕业于浙江官立法政学堂。宣统二年（一九一〇）于台州府城校士馆创办自治研究所。辛亥武昌起义，奔走杭甬间，参加革命。民国元年二月至八月任象山县知事。辞职回里执律师业。民国七年（一九一八），当选安福国会（新国会）众议院议员，兼财政部顾问。后当选浙江省第三届议会副议长。杨雨农、王永山均如愿当选本届省议员。

第六通（一九二一年九月三十日）

冷生吾兄台鉴：

顷奉吾兄武林来教，欣悉一切。前书曾复二札，一系北京阳历九月十七日发，一系十九日发，想兄已动身赴杭，故未过目。复札封面俱已注明，如兄已赴杭，请老伯加封转寄。此信寄到之日，或已先至也。款事已商之和靖，允假番饼数百尊，已于前日致函云龙兄，从家中代措矣。（详见前札）

省议长闻叔度、休文呼声为最高，兄可先去见杜子美（子美住上皮市巷二三八号），言与和靖至交（和靖有信与子美，亦言兄与渠系肝胆至交），彼必将心腹事告诉与兄，看其风头如何，再定行止。子美如无望，当以金钱为标准，或假作游逛，秘密赴湖州一见半樱（半樱与休文极好。赴湖州乘城站车赴拱宸桥，至拱宸桥下车，改趁小火轮到湖州，来往不过两天）。但须联络几个人在一起，使人有贪头，切不可单桨划，因我人尚未及此资格也。谋事亦已与和靖提及，十日内是否，当有报命。杭州有要紧新闻，请代撰几条寄下做材料，王韦刃、张织孙如在杭州，兄可去访他，王、张识杭垣报界人甚多，可以借此出风头也。

匆匆，即颂

近安

弟雪泥两隐顿首

九月三十日

按，信中“议长闻叔度、休文呼声为最高”，叔度、休文分别指代黄溯初、沈钧业。后议长为沈钧业所得。沈钧业（一八八四—一九五一），字馥生，晚号复庵，绍兴人。光绪二十五年（一八九九）秀才。后留学日本早稻田大学政治经济科。光复会会员，南社社友。辛亥光复，历任浙江教育司司长、政务厅厅长、金华道尹，山东政务厅厅长等职。民国十三年（一九二四），孙传芳入浙，杭州各界开欢迎会，谀词连篇，而钧业以省议长身份致词谓："馨帅武功彪炳，然终属煮豆燃萁，若能致力于外敌，复金瓯而张国权，则我当代表浙江人民，泥首军门。"可谓胆识独具。遗有日记六十二册未刊。

杜子美指代杜棣华，和靖指代林立夫。此函表明梅冷生竞选经费，一部分系国会议员林立夫所借，中间介绍人正是陈纯白。担心事机泄露，作者落款以"雪泥两隐"代替。

第七通（一九二一年十二月一日）

冷生我兄如见：

连奉二函，想蒙披览。瞿禅已由立夫先生荐充陕西省视学，每月薪俸七十元、公费三十元，准于本月初八九日随新任陕西教育厅长沙月坡明远君赴陕。京陕路程相隔遥远，盘费须费三四十元，加以瞿禅新出茅庐，衣服铺设为体面不得不稍稍置备，所费亦不赀。弟在京进款过微，本年下学期转入内务部高等警官学校肄业，该校学费甚巨，每年定壹佰元，分两期缴纳，又制厚呢制服，耗去十八圆，以致捉襟见肘，再四设法，所缺尚巨，不得已肃函上恳大哥假渠大洋四十元，即行交邮汇下。瞿禅到陕第一月薪俸发下，即以奉还，决不食言。明知吾哥现在经济不大活动，然惟哥外则无可启齿，不情之处，望原之。

匆此，即颂

近安，并望

复音

弟珩顿首

上两函所言各节，亦祈一并详知。

复信请仍寄民意报社。

按，此函写于内务部警官高等学校用笺。

关于西安之行始末，夏承焘日记有比较具体的记载。一九二一年十一月初一日："接家书。陕西之行二亲无所可否，只云听予自便。炎生荆门，年内不动身。晚乘车赴北城花枝胡同纯白寓，夜寄宿。不相见只两日，有三秋之感也。"当时陈、夏两人均在京。

十一月初三日："在纯白寓，与纯白作数书寄温州诸友人。夜饭后徒步返温州馆，二三十里，抵馆才八时许。"温州馆，即温州同乡会馆。

初四日："陕西之行决定初七八首途。上午过立夫先生家，托其作数书致陕地友人为绍介。夜与纯白话家常，十时寝。"托林立夫写介绍信。

初五日："上午将冷生杭州寄来票款向中国银行兑现。午后过访郑剑西问贷秦行资斧。发家书一封，告动身日期，命家中张罗现款二十金寄西安。纯白允代筹二十元，合冷生款四十馀金，只够起身时零用及路费，到地尚须支持也。灯下过笃仁谈甚久。"

初十日："上午赴东交民巷兑现洋，以夏衣数件命赵魁付宝盛质得五金，方足资斧。理行李毕，遂于晚十一时乘京汉火车首途。过同馆傅仲华师说、王荻秋朝熙、许督慎超、杨炽冈世贤诸君辞别，纯白与铭芳送至车站，黯然言别。入京才四阅月，又数千里西行，人生如飞鸟，到处无定栖也。上车少时即思睡，过芦沟桥、保定桥等处皆不之觉。"路费，梅冷生、陈纯白借与一部分，鼎力玉成，家中也资助一部分，此外不足之数，抵押衣服换取，可谓煞费苦心。（郑剑西有否相借，日记未见明文。）谋职之不易，于此可见一斑，令人感慨系之。

夏承焘初到西安，借住厅长沙明远寓所几十天。日记一九五一年六月廿五日留有一段难忘的回忆："晨往大学中文系，开《武训传》讨论会。今日武训学生，唯一可考者，唯临清沙明远一人。此君计年当七十馀，不知尚在世否。忆一九二一年冬往陕，寓其家数旬，迄今三十年矣。惜当时不知其与武训之关系。"

第八通（一九二二年四月廿六日）

冷生吾兄如晤：

前奉寸笺，谅蒙赐览。近惟公私均吉，定符臆颂。

启者：敝校浙籍同学因求学经济困难，由周代殷君领衔备文呈请省公署饬令有警校学生之各县酌量津贴，此种办法仿自江苏、安徽等省，非创举。请兄就近与叔詹省长一言，或转烦复生议长、蕴藏先生去亦可。倘得邀准，乞致函谨庵为弟说项，吾邑警校学生只弟一人，能多弄些津贴更感。

京师平安如常，惟京汉路之长辛店、离京卅里。京奉路之廊坊、津浦路之马厂、杨柳青一带，皆有奉直军队发现，如报载吾浙闻已宣布中立，慰甚。若能坚持到底，实浙民之福。此事关系重要，兄为人民代表，当有建议，以慰喁喁之望也。

专此上烦，即颂

台绥不既

珩再拜

四月廿六日

翰仙、寿如诸先生便乞道候。

附呈文原稿一纸。

按，此函写于警官高等学校用笺。“致函谨庵”与“说项”六字下方圈加着重号，可见作者的急迫之情。

叔詹省长，指浙江省长沈金鉴（一八六六—一九二六），字叔詹，吴兴（今湖州）人。一九二〇年六月任浙江省长。在任期间，制定并宣布《中华民国浙江省宪法》，孙中山斥之为“分省割据”，未必站得住脚。曾与浙江督军卢永祥联名致电北京政府，反对华盛顿会议出卖中国主权、讨好日本的无理要求。决定筹款赎回沪杭铁路主权。一九二二年十月，因反对曹锟贿选总统，随徐世昌下台而闲居北京。

复生议长，指浙江省议会议长沈钧业，绍兴人。著有《绍兴县氏族考》《睫巢诗话》等。谨庵，时永嘉县知事为张濂，字谨庵，云南澄江人。

第九通（一九二一年）

冷生吾兄有道：

正深驰系，得手书，就稔台候佳胜，至慰至慰。

浙局变动，弟已于杭各报得其概略，如果各走极端，相持不下，实非地方之福。青田诸公若能调停得当，设立参议会，树民治之基础，弥患无形，尤为吾侪所感佩。弟蛰处已久，深望于本省有所树立，屡承私谈获案情，□大于唐，甚长面子，位置均有关系，倘有变动，请杜君代为设法谋代，并请其就近一探为盼。切托切托。

吾兄节前旋里否，杨志朗此番忽然免职，究被何人告发，又前吴乾源事有结果否，便乞示及。

耑此上复，即请

议安，并颂节釐

弟翀顿首

卅日

杜君乞代致候。

陈远香、潘寿儒、张焕绅、侯亦白诸兄，均此候之。

按，青田，代指夏超（一八八二——九二六），字定侯，浙江青田人。浙江武备学堂毕业，光复会会员。时任浙江全省警务处处长兼省会警察厅厅长。据说全省七十六个县警察所长，青田人占三十二席之多。故有“浙江警官，青田人占十之七”之传言。杜君，指省议会副议长杜棣华。

第十通（一九二二年五月十五日）

冷生足下：

顷奉手教，欣悉一切。敝校同学向浙省署请求津贴，已得批示云：“浙江各县县议会已成立，地方费省署不能主张”，命向各县会请愿。如此前函（由省会转）乞兄或转央韫公赴省长处说项，可勿去。

承嘱征文，当竭棉薄去求。奉直战事，结果直胜奉败。此间近无别消息，惟王士珍组阁声浪甚嚣尘上，大约可成事实。然今日中央元气已丧，纵房、杜复生，亦难整顿也。

匆匆，此布，藉承

旅安

弟珩手奏

五月十五日

陕中平靖，瞿禅时有信来，近况尚可敷衍，幸勿念。

按，此函写于警官高等学校用笺。“勿去”两字右侧圈加着重号。

所谓县会，即前文县议会简称。当年省议会、县议会，分别简称省会、县会。韫公，指省议会副议长杜棣华。瞿禅，即夏承焘，当时在陕西任中学教员。

第十一通

冷生吾兄如见：

仲炎来京，得悉尊况，慰甚。删电想已达览，省选事沈鉴湖昨有电抵京，言卢督已赞成由渠主张，孙慕老、汪伯老、钱幹老本月十三日在浙江公会开浙江自治讨论会，议决发出通电，主张省选总投票权付之各县县议会选出之制宪会议议员及各法团代表，以免省会专擅之弊，其用意亦约略可知。杜君前日曾来京，亦为此事有所活动，昨已返浙。兄事弟已与言及。看来省选必

不致停顿，若价钱低廉，请（下缺）

此函书于北京民意日报用笺。

沈鉴湖，指省长沈金鉴，绍兴人，绍兴有鉴湖，故以鉴湖指代之。

孙慕老、汪伯老、钱幹老，分别指孙宝琦（一八六七—一九三一），字幕韩，晚年署名孟晋老人，浙江仁和（今杭州）人，入民国曾任外交总长、财政总长。汪大燮（一八五九—一九二九），原名尧俞，字伯唐，一字伯棠，浙江钱塘（今杭州）人，晚清至民国时期外交官，北京政府国务总理。钱能训（一八六九—一九二四），字幹臣，浙江嘉善人，历任平政院院长、内务总长、国务总理，一九二一年夏任华盛顿会议中国后援会主席，主张山东应无条件归还中国。孙、汪、钱一时有“三老”之称。

胡振霖致梅冷生　四通

（一九二〇年八月至一九二一年三月）

胡振霖，字药农，浙江镇海人。慎社社友。设养正药号于宁波。

第一通（一九二〇年八月十九日）

冷生足下：

已寒天气，壹郁煞人。吾子近况佳耶？弟眠食无恙，持堪告慰。

昨抄录新旧拙作文二首、诗廿二首，计五纸，兹呈斧削，能得吾子或社友加以增损，弟不胜铭感，亦知文字之道，集思广益，方不至有孤陋寡闻之诮。质之吾子，以为然否？亚子处信已发否，吾意其必惠然肯来也。姑持吾言以观其后。

匆此，顺颂

覃安

社小弟胡振霖顿首

七月初六日

按，此处亚子，当指柳亚子。梅冷生回忆录《慎社与瓯社》自述缘起："一九二〇年，我与郑猷（姜门）、吴劲（性健）、林仲（默君）、沈翔（墨池）、郑任重（远夫）等友人，创办了《瓯海潮》周报，共办了十五期停刊。那时，我寻思变换一个花样，再立旗帜。因我与柳亚子常有通信，就想模仿他主办南社的办法，在温州创立一个文社。”致函柳亚子，估计是邀请柳出席慎社第二次雅集，但柳亚子并未前去温州赴会。

第二通（一九二〇年）

冷生足下：

怡园别后殊念，想时祺叶吉为颂。雅集拈韵诗本早蒇事，因生性疏懒，延未检奉。昨承函催，特为抄呈，即希斧削后刊入为感。

此上，即请

撰安

弟胡振霖顿首

诗录另纸。

按，怡园，即曾家花园，系五月三十日社友初次雅集之所，位于温州城内三角门。此信称“别后殊念”，梅作函催稿，胡复函当写于夏秋之间。惜“另纸”未见。

第三通

冷生足下：

昨日匆匆一面，致语焉不详。兹遣管城子重为吾兄一道之。

初承惠借《正始社丛刻》，披阅告竣，本拟即行奉赵，适卷面污损不堪，爰托船友至上海往购，岂知遍询书肆，均以无此书对。不得已附邮至周庄，并附短札，昨得复，即与君所阅之函也。窃弟不学无术，与文人墨客竭力追随，恐亦厌其效颦西施。吾兄学问迥出侪辈，弟拟请吾兄前往加入。质之吾兄，以为何如，幸其有以教我来。至于弟致正始社原札稿在弟处，暇当奉阅，书中以弟个人措辞，并未涉慎社字样，附及之。此请

覃安

弟胡振霖顿首

即日

按，正始社，系一九一七年南社社友王大觉（江苏昆山人）与费公直、朱璧人、朱琢人、柳抟霄、柳率初、朱云光等在江苏昆山周庄成立，王大觉被推为正始社社长。正始社团结了邻近乡镇的中青年文人诗友数十名，积极宣传南社倡导的共和宗旨。后来，王大觉辑成《正始社丛刻》第一集面世，社友受到新文化的影响，文章大半使用白话文写作，倡导共和，反对军阀独裁统治，王大觉也因此声名大振。第二集已收入曹辛华、钟振振选编《清末民国旧体诗词结社文献续编》第一册，国家图书馆出版社二〇一五年六月版。

第四通（一九二一年三月廿八日）

冷生社兄大雅鉴：

别来以阁下起居为念，维迩况佳绥至颂。

兹启者。三期社刊想已完竣，见函希即交邮寄宁波柴桥养正药号转递可也。并恳代留四册为幸，该价到瓯面奉。此布，即请

文祺

弟胡药农顿首

三月廿八日

社友均此。

按，《慎社》第三集收入胡振霖《赠叶君乃衡旋定序》《与马寄尘书》等两篇。

夏承焘致慎社社友

（一九二〇年七月十二日）

夏承焘（一九〇〇—一九八六），字瞿禅，号谢邻，晚号瞿髯，永嘉（今温州市鹿城区）人。早年师从张棡（震轩）。慎社、瓯社社友。历任瞿溪高小、省立第九中学（严州）、之江大学、浙江大学、浙江师院、杭州大学等校教职。长年研究词学，成就突出，被誉为“一代词宗”。著作结集为《夏承焘集》。

本书所录夏承焘手札十七通，《夏承焘集》八卷本（浙江古籍出版社、浙江教育出版社一九九七年版）未收。十五通录自《冷生先生师友信札》，其中致梅冷生十三通，致慎社一通，复曹昌麟一通。另一通引自夏承焘早年日记未刊稿，一通据《慎社》收录，一通转录自老馆友张宪文先生文集。

这批手札，对了解夏承焘先生早年的交游，与慎社、瓯社、午社等文学社团的渊源，与故里学人、籀园图书馆的关系，均不乏参考价值。

夏承焘外出他乡，对慎社活动旨向，依然十分关切，他曾致信梅冷生提出自己的主张。日记一九二四年二月十二日透露：“灯下作复冷生书，言慎社不可注全力于社刊一局部。结集数百人为一团体，须为地方上做一点事，免使人讥我辈为风雅闲人。”见地不俗。遗憾的是此通信札已佚。

慎社各位先生大鉴：

启者。匆匆去瓯，未及走别，歉甚。弟二十二日起程，已于二十四日抵南京，入高等师校，现寓花牌楼青年会，来书可直接寄到。

陈志翀有来书否？社中消息，请时惠知为盼。此请

大安，不宣

弟夏承焘鞠躬

古历五月二十七日

按，一九二〇年上半年，夏承焘任永嘉任桥小学及温州布业国民小学教员。吴无闻辑《夏承焘教授学术活动年表》一九二〇年记载：五月“乘海轮离温经上海至南京高等师范暑期学校学习，教师有胡适、梅光迪等”。（吴无闻等编《夏承焘教授纪念集》，中国文联出版公司一九八八年版，二一五页）古历五月二十七日，换算为公历，即七月十二日。

陈志翀，一作志冲，原名珩，即慎社社友陈纯白，与夏承焘为莫逆之交。后来离温赴京供职于民意日报社。

夏承焘与梅冷生　十五通

（一九二〇年八月至一九四七年十二月）

第一通（一九二〇年八月于南京）

冷生社兄大鉴：

敬启者。前奉一书谅已达，久未得回玉，想诸维纳福为颂。南京月前因裁沪上护军使风声甚恶，近幸有人从中调停，料可免战事矣。高师上课已两星期，学界中人大都皆所见不逮所闻。此行本不为求学，只借此游览一番耳。南京名胜虽多，风景实不及武林，除明孝陵、莫愁湖外，馀皆荒落殆尽，秦淮河只一渠碧水耳，不知何由得此盛名也。

《慎社》第二集（下缺）

按，当时夏承焘就读于南京高等师范学校。“沪上护军使”，全称为淞沪护军使。此番风波缘于一九二〇年七月初，北京政府发表卢永祥为浙江督军（原系署职），改淞沪护军使为镇守使，由何丰林出任，以削弱皖系卢永祥之权，卢、何拒不奉命。则此函当作于本年八月间，“前奉一书”即上引致慎社者。《慎社》第二集截稿于五月三十日，由青田杜师预题签，永嘉吕文起、王毓英作叙，当时尚未成书，身为社友探询社刊进度，十分自然。

第二通（一九二一年九月于南京）

冷生社兄大鉴：

径启者。前于临行之时辱承厚谊资助，知己之感，深篆五中。弟自月之十一日到宁，本应早日函达足下，徒以生不逢辰，宫临磨蝎，到地之后，即得赤痢之症，状颇危险，淹留于病院者十有馀日，今病虽告痊，而资斧已罄。运也命也，夫复何言？故迟延至今，未奉寸楮，简慢之处，罪何可辞？

弟前与吕先生文溪、林道尹铁尊同舟，纵谈一切，颇不寂寞；临行之时，并蒙文翁惠赠资斧英洋十元。此老与弟本止一面之缘，而竟能慷慨如此，实足令人心感。弟前在申，闻杨雨农君说，浙省省选风潮业经解决，并闻于八月廿六号复选，今时间已过，足下谅已当选，可喜可贺！

弟下学期暂在高等师范国文史地部特别生肄业，藉资托足。省中及本县倘有相当位置，即请足下代为留意介绍，盖弟经济困难，高师年限又长，与其不能维持到底，不如早日抽身之为愈也。弟于壬子年与王君木生负笈同客秣陵，弹指流光，恰逾十载重来，梦得情景都非，旧恨新愁，一时枨触，吟成四律，聊志（下缺）

按，此函称"闻杨雨农君说，浙省省选风潮业经解决，并闻于八月廿六号复选"，查当事人谢仲伟回忆《一九二一年省议会选举亲历记》（《温州文史资料》第七辑，温州市政协文史委一九九一年十二月排印本，二二五页），第三届省议会第十选区（温州六县）复选揭选，共二十一名当选，包括永嘉梅雨清、杨雨农等九名；瑞安谢仲伟（谢谭）等三名，时为一九二一年八月下旬，两相吻合，则此函当作于是年，大致为九月下旬。

吕文溪，即吕文起，温州实业家，也是慎社社友。林铁尊，即林鹍翔，湖州人，是时代理瓯海道尹，任内加入慎社，支持梅冷生、夏承焘等举办瓯社。寄自南京高师的这三通手札，对于了解夏承焘先生早年外出求学经历与谋职意向，不无帮助，可补充吴无闻《夏承焘教授学术活动年表》"一九二一年"部分的缺漏，夏承焘就读的并不止暑期班，只不过下学期未结束，即赴西安谋职。

又，《天风阁诗集》收录起自一九二二年，先此一年的感怀组诗四章当属佚作，然而第二通于“吟成四律，聊志”戛然而止，令人遗憾。

第三通（一九二二年于西安）

冷生吾兄左右：

顷介富平景君莘农、山东陈君悦霖入社，文稿两本、诗稿八纸望即察收。景君陕西名士，现任省长公署第一科科长兼秘书，陈君临清老儒，现充教育厅顾问。第四集印成，可多寄下几本，此间大可展吾党声教也。

顷拟作书邀瑞安李孟楚入社，如有稿来望检收，此君前曾以诗文投《民意报》，楚于纯白书中问及本社征稿时期，亦有心人也。四集何日有成书，用铅印否？

陕地平靖无事，各校已放假，厅事甚闲，近几天皆在图书馆中度日。

郑州萧阶奉两片谅达。

阁下今年官运佳否？纯白已南归未？

姜门、公侠、陈仲、琴隐、墨庵、岳青诸君，谅各安好。

近有作诗钟否？

老伯大人前乞叨名请安。

客舍缺纸，潦草书此，祈恕。

按，原函无落款。

此前一九二一年七月，应陈纯白之招，夏承焘离温赴京任《民意报》副刊编辑。同年十二月，以《民意报》主办人、国会议员林立夫之荐，随新任陕西教育厅厅长沙明远赴西安任职。函内所云“厅事甚闲”，“厅”即指陕西教育厅。次年正月，以景莘农之介，任西安中华圣公会中学（西京中学前身）国文教员，兼陕西第一中学、成德中学教职。

关于诗钟创作，作者未刊稿《书卷养寿室日注》民国十七年一月廿七日记载：

“与止水诣冷生，方举行诗钟会，晤曾公侠、翟楚材、谢立珊、李葛夫、汤楚臣、杨淡风、徐辛历十馀人，予成一卷先归。”以下追叙缘起：“诗钟社起于民国十年间，予出门后消歇半载，李、徐、汤诸老赓续至今五六年不辍，此亦所谓艺术生活，然雅兴逊前远矣。”（温州市图书馆藏）

景莘农（一八八四——一九六四），名志伊，号恧翁、柏叶庵主，祖籍陕西富平，生于湖南衡阳。清末协和医学堂毕业。历任陕西省长公署第一科科长，省政府秘书处主任秘书、秘书处法制室主任，西安市中医师公会理事长。中华人民共和国成立后，任陕西省文史研究馆馆长、农工党陕西省委会组织部长。

陈悦霖，名恩普，山东临清人，廪生。早年设帐授徒。光绪三十四年（一九〇八）沂州府等处司选员，一九二一年充陕西省教育厅秘书，次年应聘为顾问。同年三月，夏承焘作七律《答陈悦霖先生》。陈故于一九二三年九月。

李孟楚（一八九八——一九六三），名翘，浙江瑞安人。历任温州浙江省立第十中学教员、广州中山大学副教授、安徽大学教授、瓯风社编辑等。一九五六年受聘为浙江省文史研究馆馆员。专攻老子学，著有《屈宋方言考》《老子古注》等。曾帮助许蟠云编订其尊人《警㮌𥫗诗文集》两卷。

姜门（郑猷）、公侠（曾廷贤）、仲陶（陈闳慧）、琴隐（严文虎）、墨庵（宋慈抱）、岳青（郑穆），均慎社社友。

《慎社》第四集，一九二二年夏由温州美成和书局石印，“诗录”发表陈恩普（悦霖）《宿潼关》《过函谷关》两题三章，景志伊（莘农）《戊午除夕饯岁和竹延作》《己未元日对雪》《答邱莼汀五丈原之作》三题七章，“文录”则刊发李孟楚《游中央公园记》《游京师下斜街花市记》《游京师隆福寺花市记》《与李岳臣书》《祭叶君旦初文》等五篇，可见作者的介绍均获回应。此函当作于一九二二年正月或暑假。

此函询及“官运”，与梅冷生上年八月当选省议员有关。

第四通（一九二三年四月五日于西安）

不承手教六七阅月矣。客中冗懒，无暇作书奉候，遂成疏阔。顷闻阁下近来行径不似从前修饬，闻望日损，甚为吾兄惜之。地位日高，观瞻所系，苟一失足，则人之责望窃议于后者将更甚于庸劣贪鄙之徒矣。入仕途以来，酬应谅不比从前，但出处取予之际，断不可同流合污，自丧其守。令闻养之甚难，损之则易，不可不慎。自今以往，须早自检点，举凡平日一切风流自赏、不矜细行之陋习，涤洗力尽，重新做一端士。吾辈初出应世，苟不力谨其始，将何以为继？朋交中惟阁下处境进退有馀，才能又足领袖一乡，万不可妄自菲薄也。弟自惟目前地位学业，非阁下不及。此在乡时诸承关爱，无时敢忘。去年来秦，岁暮卧病，得大札殷殷存问，辄感激泣下。

阁下目前地位较隆，他人不敢有所规谏，故乡诸友又不能进一言为益，故数千里外亟以迂阔之言相闻，幸谅其愚戆而察纳之。不然泥污百尺之下，再求振拔，徒贻后悔矣。

纯白赴京未？顷发此书，悉阁下已否抵杭。接得即复为荷。

按，此函原件未存，见作者同日日记，缺抬头与落款，日记开头称“作致冷生杭州（省）议会书成，录于下”，信稿后原注“今早发，附《悔过自新说》”（夏承焘《书卷养寿室日注》，未刊稿）。

《书卷养寿室日注》一九二三年四月十九日：“前发致冷生一书并《悔过自新说》，计日已达，不知伊得书作何感。冷生学问人品，地方间名望甚好，苟堕落不返，可惜之至。有暇当再致一书，勉其及早反省。”四月二十三日：“午得冷生杭州来书，甚悔前非，自谓忧患馀生，无心用世，此间小住即去，闭户澄心，读书奉母，兄可觇其进退也云云。得此书，为之终日甚喜。”既然朋友已醒悟，喜慰之馀，当然不必再次去信劝勉。

相隔十四年，夏承焘“作长函劝冷生绝彼妇。予少年非冷生提奖，不致有今日。冷生今日无友人能正言诤谏者，故予函著语皆甚重，彼未必不听予言，恐为彼妇纠缠，不易脱身耳”（夏承焘《天风阁学词日记》，浙江古籍出版社一九八五年版，五二六页，一九三七年七月十二日条）。作者不愧为畏友。可惜此长函与梅冷生一九二三年四月复函均佚。

第五通（一九三三年一月廿八日于杭州）

冷生吾兄左右：

别后未有只字往复，比惟兴居如意。

榆生组《词学季刊》，闻夏正元宵前后付刊，兄有何著作，请径寄榆兄。

弟寒假本拟与雁晴同归，临行畏寒不果。近来围炉无事，念及里巷春声，又甚悔不归也。□止水兄信来，谓蝉街屋东要弟买，需价□馀，催促甚亟，遽无现款，拟乞兄前款为挹注，请由止水兄或家严转手均可。频年作客，每归辄有无处容身之叹，故亟亟□买一区也。

在此颇有功夫自修，而苦体太弱，过劳即觉胸腔不舒，间有咳嗽，自疑已罹肺病，月来拟尽拢书卷，以事游览。天寒不易出门，在家无可消遣，又把卷度日，甚望归里与兄等畅谈笑，以祛积郁，而留恋一枝，不得恣意游衍，奈何奈何？

匆颂

大安，不次

弟承焘上

一月廿八

姜门、仲陶、仲骞诸兄，便祈代候著安。

按，一九三〇年九月，作者经邵潭秋介绍，赴杭任之江大学教职。此函即作于“杭州之江大学校信笺”。《词学季刊》创刊于一九三三年四月，则此函当写于是年。编辑者榆生，即暨南大学文学院教授龙沐勋。夏承焘为该刊写过多篇有分量的文章，在创刊号就发表《张子野年谱》《梦窗词集后笺》等论著。相反，梅冷生从未有文稿在上面发表。

雁晴，即李笠（一八九四—一九六二），浙江瑞安人。当时与作者共事于之江大学。其生平见陈中凡撰《李雁晴君小传》。

止水，姓游，名长龄，系作者妻舅，长期供职于温州教育界。梅冷生一度打退堂鼓，拟以其为接任人。夏承焘日记一九四二年十一月七日透露："冷生过，谈重庆之行，午饭后去。过止水，告冷生欲聘彼为图书馆分组主任，明年接其馆长任。"按，此处分组当指分馆，当时梅冷生拟在温州东山书院谢公祠、永嘉词人祠堂（瓯社）设立籀园图书馆东山分馆，将计划书呈送永嘉县政府。曾与夏承焘合著《辛弃疾》，收入古典文学基本知识丛书，中华书局一九六二年出版。

第六通（一九三四年二月廿二日于杭州）

冷生吾兄：

诵教知平安返里，至以为慰。乘车呕眩，念兄前言，为之失笑。开岁何日首途，幸能告我，重来一叙，尤盼企也。

石遗及玉岑书当代函求。有便请检刘承幹刻周在浚《南唐书注》邮我一阅。新正无事，成二诗一联，似兄博笑，乞指疵为感。志冲事大约无他矣。

即颂

大安。

弟承焘上

二月廿二

翰香兄均此。

《瓯风》一、二期请代索。

寿内子：

有三亩五湖居，归岂待盟江水；

无绮罗铅粉气，卿堪诵得吾诗。

原件两页，只是第二页经过裁剪，仅剩寿联，诗两章已不见踪影。

一九三四年一月底，梅冷生与陈翰香结伴至杭州与夏承焘会面，盘桓三日，兴致甚高。当时作者仍在之江大学国文系任教。

夏承焘日记对此有生动记载，足见夏、梅交谊之深挚。

一九三四年一月十二日："晴，冷。接冷生上海片，谓将有陇上之行，或来杭一游。"

一月十五日："大雪不止，念冷生不能来杭矣！严寒入陇，此冷生平生所梦想不到者。夜拥炉火，为之黯然。"

一月三十日："阴。午后冷生、翰香自沪来，陇西之行改期夏正开岁矣。夜谈至十时。"

一月三十一日："阴。午后与冷生、翰香游理安、九溪，归过陈散原生圹。六时归。"

二月一日："阴。早与冷生、翰香入城访同庄、志冲及张慕骞。参观图书馆，志冲为局中风潮愁眉不展。午饭后即行，由汽车返。"

二月二日："阴。午后同冷生、翰香往玉皇山山门访朱晓崖画师。全家栖山，今年已六十馀，犹恃画为生，一子亡赖，晚境至可悯。五时过慈云岭看宋佛象。六时返。"

二月三日："晴。午后二时冷生、翰香首涂赴金华返温，以甘省孙殿英、马鸿逵战事未平，不能赴陇也。"

二月二十日："雨。接冷生函，八日到家，属代求石遗字。"

《瓯风》，即《瓯风杂志》，月刊，一九三四年一月创刊于瑞安，"以阐扬先贤遗著，昌明故有永嘉学术，正俗解蔽而止于至善为职志"。总编辑陈谧（木厂）。次年出版第二十三、二十四期合刊而停办。作为社外编辑，夏承焘在第二期发表《报张孟劬先生书》，此后陆续刊发《石遗先生示避乱诗奉和》《示之江卒业诸学侣》《送潭秋》等诗文十一题。

对《瓯风杂志》，夏承焘评价不低。日记二月廿四日："接陈木厂寄《瓯风》第二期，装印甚精，有孙仲容《顾亭林诗校记》，陈介石《老子发微》，《鲜庵遗文》，《六斋剩稿》，刘次饶先生补叶嘉抡著《方国珍寇温始末》，孙孟晋《温州经籍志校勘记》，陈木厂补端木百禄《太鹤山人年谱》，宋墨哀《续史通》等，《文苑》中载予与张孟劬书，并列余名为编辑。"稍后收到创刊号也不忘记上一笔。三月十日："接《瓯风》第一期。"

石遗及玉岑，指陈石遗与谢玉岑。谢玉岑（一八九七—一九三五），名觐虞，江苏武进（今常州）人，钱名山弟子。一九二五年春至一九二六年春任浙江省立十中（温州中学前身）教员，与夏承焘交谊颇厚，故梅冷生有托其求书之举。

周在浚《南唐书注》，十八卷，清康熙三十四年（一六九五）脱稿，吴兴刘承幹嘉业堂民国四年（一九一五）刻本。《南唐书》系陆游之作。夏承焘日记同年四月十一日："冷生寄来《南唐书注》六本。"梅冷生已遵嘱办理。

第七通（一九三九年八月十九日于上海）

冷生我兄：

久久不通候，已自霞坊返城否？杨龙友《洵美堂诗集》已自陈庸庵老人处求得一部，除数序作于永嘉外，词无关于永嘉掌故者，俟归时当携奉。（下缺）吷庵、疚斋时时口角参商（下缺）

近安

按，原札残缺。

霞坊，村名，位于温州郊区，今属瓯海区南白象街道。抗战时期，为躲避日寇掠夺，籀园图书馆一度将藏书转移此地。夏承焘民国二十八年四月三日："晴冷。是日夏正三月十五，大人等自雄溪避华亭。接冷生复，云避居霞坊，不日往瑞安。"

日军离温之后，作者曾受约陪同梅冷生前往搬书，见夏承焘日记一九四二年十月十一日："冷生邀往霞坊搬籀园书，自茶院寺雇舟先过南湖，看杨家祠堂，冷生约同来此避乱。午到霞坊，饭叶范卿家，五年不见，老态龙钟矣。四时载书到籀园。"

《旧温属联立籀园图书馆》一文谈及这次图书转移："在四月间浙东事变后，经短时间之董理，即于五月十五日起照常开放，善本书籍及公私版片，早运山乡保藏。此次县城沦陷前夕，复抢运写本乡先哲遗书及新旧重要书籍五千馀册，寄存近郭农家，幸免于劫，近已择要陆续回，仍供借阅。"（《浙江图书馆通讯》第一卷第一期，民国三十年十二月二十日版，五十二页）

而夏鼐日记所记叶啸谷事后回忆则作一九四三年，当以夏承焘日记为准。夏鼐一九四六年六月七日（星期五）日记："午间宴请叶啸谷、梅冷生、沈炼之、徐希焘诸君。席间叶氏谈及三十二年家居时，以梅氏住于南湖杨雨农祠堂中晒书，而杨氏之家住花柳塘，曾作'大雅春风花柳塘，伊人秋水杨梅庵'。梅氏又述及少年时曾作

‘天’‘发’诗钟：‘白雪满颠悲发短，青云无路恨天高。’今年仅五十一，而鬓发斑白，家境中落，郁郁不得志，前语不啻诗谶也。”

至于下文向陈庸庵老人求书事，《天风阁日记》前后数条可以印证，一九三九年四月十八日：“接冷生函，抄来瑞安林梦楠星樵《鹊桥仙》一词，入《永嘉词徵》。嘱求陈庸庵老人所刊杨龙友《洵美堂集》，其中或有瓯中掌故。”八月七日：“与瑗仲过孟德兰路访陈庸庵先生，以病不见客。予留片乞其所印杨龙友《洵美堂集》，以冷生托也。”按瑗仲，即王蘧常，嘉兴人，当时执教于无锡国学专修学校，并在之江文理学院兼课。八月十五日：“瑗仲转来陈庸庵老人赠杨龙友《洵美堂诗集》二册，刊甚精。灯下阅数页，诗盘曲可喜。数序皆作于永嘉。”至八月十九日记：“发冷生一笺。”（《天风阁学词日记》第二册，浙江古籍出版社一九九二年版，一二四页）当即此函。

按陈庸庵，即陈夔龙（一八五七—一九四八），字筱石，号庸叟、花近楼主，贵州贵筑（今贵阳）人。官至直隶总督兼北洋大臣。抗战时期避居上海，与遗老陈三立等组织逸社。其间刊印杨龙友作品《山水移》《洵美堂诗集》等。著有《花近楼诗存》《梦蕉亭杂记》《庸庵尚书奏议》等。

映庵、疚斋，即新建夏敬观、如皋冒广生，当时亦蛰居上海，与作者均为午社社友。作者同年七月三十日记词社社宴，“疚翁与映翁言语时时参商”，可供参考。

第八通（一九三九年于上海）

冷生我兄：

双挂号函及汇票三纸已到。昨往福建路邮局领款，以与弟上课时间冲突，不得当而返。乃往八仙桥国华银行分行，托友人朱尔琛君代领，并代转入国华北京路总行。顷打电话来，谓已办妥，今晚送正式收据来。收据已送来，存弟处。大概一切安妥，勿念。如续有汇款，最好汇至南京路大陆商场大陆银行，由弟代开活期存折稳便。又闻邮局谓每张汇票须装一信封，十次得通融。□合装一信中，此点亦须注意。

天五兄住麦根路泰来里八号，时时见面。弟仍兼（下缺）无锡国专三校

课，倥偬（下缺一行）

此请

按，原函缺结尾及落款。

作者担任的教职，除了无锡国学专修学校，另两校为之江大学、太炎文学院，当时迁到上海租界。夏承焘日记一九三九年四月十日：“午后赴无锡国学专修学校授二课。每周文学史、韵文选共五小时，合之江、太炎文学院共十九小时。”（《天风阁学词日记》第二册，九十二页）

朱尔琛，一九四七年在《现代会计》第三期发表《有限公司设立实例》。

天五，即乐清学者、光风楼主人吴鹭山（一九一一—一九八六），与夏承焘天风阁、梅冷生劲风阁合称“三风”。其妹吴无闻，乃夏承焘第二任夫人。麦根路，今名淮安路，当时属公共租界。

第九通（一九四〇年一月廿二日于上海）

冷生吾兄左右：

惠教及卅金已交王欣夫君，宋顾处收据已径寄矣。林铁师以一月十六日卯时遽归道山，弟昨早往中国殡仪馆瞻遗体，伏垆怆然。师母谓临殁□□尚能在枕上读词，入夜突然不治。弟来沪一月仅一往谒，以气喘不得见，旋闻少愈，不谓遂至□□。念十八年前温州道署与（下缺）。昨（下缺）曾允赐一照影（下缺）。

兄等当在词人祠发起公祭。俟印就讣闻，当即寄奉。师母谓遗言丧事不可铺张。闻之李拔可先生谓，晚况不甚充裕，前印《半樱词续集》款亦殊拮据。夏吷翁、冒鹤亭、廖忏盦诸老昨皆往吊，午社拟定□集会追悼。师得年六十九，入秋即病咳气喘，□□（原件残缺，疑为社集）三次不到，□□（原件残缺，似为病中）不见客，故外人不详其病情，俟（下缺）笔泫然。

敬颂

按，原函缺结尾致敬语与落款。据《天风阁学词日记》两条判定写作日期。一九四〇年一月廿一日："往海格路中国殡仪馆吊林铁师。"一月廿二日："小雪，冷。发怀枫函，作冷生函，皆告铁师即世。"

空缺文字，前一条日记："予向师母求一遗照寄温州词人祠，师母约迟日往领。晚归，忆十七年前与冷生、姜门诸友初谒师于温州道尹公署时言笑，历历如昨。"可供印证。一九二一年春至一九二三年一月，林铁尊代理瓯海道尹（驻温州）期间，于温州东山书院设永嘉词人祠，以便瓯社开展活动，并主动将梅冷生、夏承焘、郑姜门诸人词作寄请上海朱彊村与况蕙风批点，给瓯社社友以很大的鼓舞。

卅金，当为采购《甲寅丛编》的订金。此前作者返里，《天风阁日记》一九三九年十一月二十八日记："接王欣夫函，嘱向孟晋代借玉海楼校本书，并问张宋庼《丛编》集款，即作片与宋庼。"除了张宋庼，作者还代为接洽其他友人的集款。回沪，《日记》同年十二月十九日载："晤王欣夫，交与孟晋定《己卯丛编》二十元。"

王欣夫（一九〇一—一九六六），名大隆，字欣夫，号补安，后以字行。祖籍浙江秀水（今嘉兴市），后其祖移居江苏吴县（今苏州市），遂为吴县人。金松岑弟子。当时任上海圣约翰大学教席。与赵诒琛等合辑以干支纪年命名的《甲寅丛编》等丛书七部，内容以吴门文献未刊稿为主，兼及旧刻罕见者。院系调整之后改任复旦大学教授。

宋庼，指张扬（一九〇三—一九六九），瑞安人，瓯风社副理事。先后供职于温州籀园图书馆、武汉大学图书馆、之江文理学院图书馆。撰有《仙岩山志》。晚年受聘为浙江省文史研究馆馆员。

李拔可（一八七六—一九五二），名宣龚，号墨巢，闽县（今福建福州）人。光绪二十年（一八九四）举人，出知桃源县、泗阳县，著有政声。民国时期，入商务印书馆，是张元济事业的合作者，当时任商务印书馆经理。著有《硕果亭诗》《墨巢词》《硕果亭文賸》等。

廖忏盦（一八六五—一九五八），名恩焘，字凤舒，广东惠阳人，廖仲恺之兄。任中国驻古巴、日本等国公使二十多年，退闲以后寓居上海，午社社友。著有《忏盦词》《半舫斋词》。

作者应林鹍翔哲嗣林同宇之托撰《归安林铁尊先生家传》，并希望梅冷生在"词人祠发起公祭"。梅冷生与同仁很快付之行动。据张震轩日记一九四〇年三月六日载："接到瓯社梅君冷生传单一纸，将于月之十七，即古历二月九日，为旧道尹林铁尊先生于永嘉诗人祠中开追悼会，亦怀旧之佳话也。”（《温州市图书馆藏日记稿钞本丛刊》，中华书局二〇一七年一月版，第三十一册，一六一一五页）

第十通（一九四〇年二月二十二日于上海）

冷生吾兄：

惠示敬悉。铁师公祭启语一□工整。前旬偕天五兄携五十金往叩林府，而师母以次皆出门未回。问开吊日期，铁师孙女谓讣闻未印，一切未定，遗照亦无法求，缺然而返。弟意公祭日期不妨暂缓，遗照、赙金俟晤师母□□□定。此间词社亦未公祭也。前晤廖忏翁，谓铁师生前负戚友债不少，身后家况则不甚详。弟不□□（约缺十字），寄之江为好。（下有残缺）王瑗仲兄代求（下缺）

按，原函残缺，天头批："林培厚词已入《词徵》，近又得孙琴西、蕖田二先生两佚词。"

检《天风阁日记》一九四〇年二月十三日："接冷生函，谓不日在乡公祭铁尊师，嘱寄放大像去，并以社款五十金为公赙。冷生为公祭启有云：'招碧山玉笥之魂，踵朱邑桐乡之祀'，对语甚工。"所言正是此事。二月二十二日记载："发冷生复，言铁师丧事。"可证作函日期。同年三月六日："午后过孙家枢君于启昌照相馆，托印林铁师放大遗像照片。"三月九日："接冷生寄瓯社三月十七日公祭林铁师启。"（《天风阁学词日记》第二册，一七七页、一八〇页、一八五页）

嗣后，梅冷生汇录同仁挽词，题曰《奉尝集》，十年之后，梅命馆员移录一册交付馆藏，于《奉尝集》封面作跋，亦提及此语："此庚辰二月瓯社同人为林铁尊师在永嘉东山开会追悼之什。余以汉朱邑祠祭桐乡，岁时奉尝不绝，师遗爱在瓯，可相比美。汇写一卷，即以《奉尝》名其集，藏箧十载。兹命馆人移录一帙，永充馆储。白发门生校阅泪下。乙丑正月，梅雨清识。"（《奉尝集》，稿本，藏温州市图书馆。此跋收录于《梅冷生集》）遗憾的是，此篇情文并茂的公祭启，潘国存先生编《梅冷生集》（温州文献丛书本）失收。

第十一通（一九四〇年四月廿二日于上海）

冷生我兄：

杨人龙送来五十元，昨日方送与林师母，晤师母及同识兄，属弟先向瓯社诸君致谢。铁师尚有遗词廿馀首，已由夏吷翁选定，叶葵初允为印行。铁师三嗣君近皆有职务，家境颇可维持。讣闻□□□，师母谓定夏正九月开吊。铁师生辛未九月也。前托许漱翁转奉杨龙友诗集，□□否？陈庸老笔记□□诗到，也在□□同□。燕京之行，以之江不能摆脱作罢。□□著□

弟夏承焘顿首

四月廿二

按，不久作者造访午社社友吴眉孙，吴谓“近叶葵初先生欲尽刊其《半樱词》正续集”（《天风阁学词日记》一九四〇年五月二日条）。叶葵初，即叶揆初（一八七四—一九四九），名景葵，浙江杭州人。浙江兴业银行原董事长。当时任私立上海合众图书馆常务董事。著有《卷盦书跋》《卷盦剩稿》。《半樱词》系林铁尊遗著。

《天风阁日记》四月廿日条：“午后送瓯社赙金五十金与林师母，晤默诚兄小谈”（一九四页），则杨人龙所送五十元，显然就是瓯社委托他转交的社款。开吊日期的选定，参见《天风阁日记》九月八日条：“林同宇来，谓夏正九月初十在护国寺开祭，铁师生日也。”（二二八页）

许漱翁，即许漱玉（一八八〇—一九六七），名云章，以字行，浙江瑞安人。温州百货业巨子。在沪开设申云翔洋货号。夏承焘四弟季炎曾为该号记账员。许漱玉是时避居上海。作者离沪回里，藏书即寄存许处。

至于下文“燕京之行，以之江不能摆脱作罢”，《天风阁学词日记》三条可佐证。一九四〇年三月八日：“接郭绍虞寄燕京大学聘书，副教授，月薪二百七十元，自廿九年七月至卅年六月。”四月廿日：“早晤李培恩，谈一小时，恳留甚殷，谓予去则心叔亦去，国文系将星散。午后天五来，劝予勿过拂人情。”（《天风阁学词日记》第二册，一八四页，一九四页）李培恩，之江文理学院院长；心叔，即任铭善，之江文理学院国文系教员。权衡之下，夏承焘次日作笺辞燕大聘，郭绍虞与燕大校方表示谅解。

第十二通（一九四〇年十月十二日于上海）

冷生兄如晤：

久不通候，闻温州屡被炸，府头门落一弹，府上迁避乡间否，甚以为念。林铁师前日开吊，有《讣闻》《行实》数件在弟处，以航路中断，无法寄温州各友。此间幸无他，后日则不可料。虞宽仍在温否？比屡困于小极，读书亦无心得也。

兄（下缺）

按，虞宽，未详。《天风阁日记》一九三九年三月十九日："午与天五招玉衡、愿同、虞宽、文奎饮于静安寺路酒楼。"九月三十日："虞宽送来刘次饶先生函。"（《天风阁学词日记》第二册，八四页、一三五页）

第十三通（一九四一年三月廿五日于上海）

（前缺）携回遗照，亦迟至前旬□交舍弟，（中缺）尊词沉著可诵（下缺），易为海□迷眼对桑田，（中缺）永有一章曰"昼了公事夜携词人"，似可融化入尊词。属为吹□，□见如此，录求卓裁（下缺）。

图书馆可印一征书启，弟可代向此间诸寓公征集。陈庸庵诗集年出一册，多不胜收；《笔记》前托王瑗仲代求，顷获未到；杨集及《己卯编》当托林君转奉。

晤仲陶兄时，请问其有书致冒鹤翁否。昨晤冒翁，问万丈墓志，云未动手，仲陶似不可不径去一函也。小词附奉，本欲加弹射，并求径改付印，不必往返商量。上海大可厌，在此日日思雁荡也。铁师嗣君前有一函谢公祭，并此附闻。

即颂

大安

弟夏承焘顿首

三月廿五

按，万丈，指陈仲陶尊人陈子万（一八五九——一九二九），名寿宸，谱名鸣玉，号意园主人，永嘉县城（今温州市鹿城区）人。光绪癸卯年（一九〇三）拔贡。曾任温州府中学堂教习。著有《意园诗钞》。《意园书画诗文润例》乃林铁尊手订，刊登于《慎社》第三集。

检《天风阁日记》一九四一年三月十日："得冷生快函，孙孟晋调任浙江省立图书馆馆长，籀园遗缺以冷生接充。嘱予为征求藏书。"（《天风阁学词日记》第二册，二八三页）梅冷生接任温州籀园图书馆馆长，作为老友，夏承焘提议印发"征书启"，他乐意代为征集。

冒广生（鹤亭）此前应约作《意园诗钞叙》，诗《寿陈子万先生》。《天风阁日记》一九三九年十二月二十六日："午后与天五访鹤亭先生不值，留子万先生行状，求为墓表，以仲陶托也。"（《天风阁学词日记》第二册，一六〇页）

第十四通（一九四一年十月十六日于上海）

（前缺）前□□君携示大札，欣悉□□情形甚好。书单匆匆阅过。时磊明兄已由陆路返里，当能面告一切。温沪航路未通，书籍无法运寄。欣夫《丛编》仍继续为兄定得一份，亦存弟处，不得邮奉也。晤仲陶之便，请告冒翁求文事，必须彼径函往请，前月聆其谈吐间有此意。伯焜征诗，亦不能坚请矣。

上海□□书价格飞涨，尊藏幸勿轻易送人，此将来无价宝也。匆匆，

顺颂
□□

弟夏承焘顿首

十月十六早

《天风阁学词日记》一九四一年九月二十六日："得冷生书，嘱为温州图书馆买书。"（《天风阁学词日记》第二册，三三七页）此函所谈"书单"云云，正是回应此事。

距上引一九三九年十二月二十六日，时间过了大半年，《陈子万墓表》冒广生依然未落笔，夏承焘不得不提醒陈仲陶直接致函敦请，以示郑重。查《冒鹤亭先生年谱》，冒广生后来并未应约撰写陈子万墓志铭。

磊明，即谢磊明，名光，即前文引及的谢立珊，温州篆刻家。慎社社友，西泠印社社员，浙江省文史研究馆馆员。曾为邓拓治印。

伯烺，姓郑，名陈球，乐清人。早年服务于清泰盐厫，亲炙主人洪鲁山教泽。后应聘浙江地方银行温州分行文书课主任。

第十五通（一九四七年十二月）

前旬孟晋兄过谈，出示兄函。玉海楼书归浙大之事，乃日前弟无意中与孟晋兄谈起，缘心叔屡以籀公遗书未尽出，孟晋已五十馀，整理之业，非一人所能任，嘱弟商之孟晋，可否由浙大出资购得，组织一会，集群力整理，为陆续付刊。孟晋感心叔盛意，乃慨捐玉海楼图书文物。吾兄为籀园努力，此间同事亦各原谅。顷与校方商妥，将来运书时，可将关系温州文献及与浙大图书馆重复之书籍，概遗赠籀园。孟晋不日返里，当能与兄面酌。

此函见张宪文《记玉海楼捐书浙大和籀园图书馆事》（收入《仰云楼文录》，天马图书有限公司二〇〇六年六月版，二〇一页），虽然不全，但于此可见梅冷生尽瘁图书馆事业之精神及玉海楼藏书捐赠之经过，特予收录。

夏承焘作为当事人，日记中也有多条内容相关，可以互相参证。

一九四七年十月廿二日："阴，夏正重阳。早过西泠印社晤梅庵翁，告孟晋捐玉海楼藏书事，梅庵诧为创举。予请其为诗张之。过孟晋，以其为翁百周纪念征文启示予，谓为对族人商讨捐书事，最好由浙大呈请国府以褒扬状为发动。因与议定一稿。十二时心叔、晓沧以汽车来迓，与同赴竺校长之约。同席晓峰、石君、陈乐素、郦衡叔、路家玉、陈叔谅诸君。孟晋提出请褒扬事，同人皆赞成，即推晓峰入京进行。领到褒状，孟晋即返里运书。予请其并运籀公生前用具遗物来开会展览。孟晋因谓请褒文中即曾载明图籍文物，麦鼎、晋砖皆在其列，当一并捐赠云云。夕间心叔过谈，谓图籍之外，今日又多出文物一项，即一麦鼎，价值当在一亿以上，孟晋慷慨，诚可惊讶。予告同人国府表扬籀公，浙大当表彰孟晋，须为一长文纪此事。晓峰即属予起草。"随后作者由衷感叹："自来私家收藏慨捐公家数量之大，在浙江当以此为创举。孟晋一生即一事不做，有此一事即可不朽。其倡导风气之功，殆尤在其祖父收藏之上。"竺校长为此设宴招待一节，《竺可桢日记》同日也有具体记载。

十月廿六日："雨。三时姚味辛、孟晋、墨庵来。孟晋谓《申报》《当代日报》皆已登载玉海楼书归浙大事，甚恐与此事有影响。味辛谓当归浙省书馆。"玉海楼藏书捐与浙江大学，瑞安同乡姚味辛不甚赞同，而是倾向于赠送省立图书馆。

十一月三日："晴。午后石君来，携到教育部长朱家骅致孟晋函及浙大指令，即送与孟晋。孟晋谓前日其南京独子来，主张玉海楼书寄存浙大，分十年运来。孟晋谓俟国府褒扬匾额来，即返里游说，当无问题。"石君，即郑奠，字介石，当时为浙大国文系教授。独子，即孙宝麟，时在杭州之江大学机械系就读。

十二月四日："阴雨。晚过孟晋，告已发冷生信，言玉海楼归浙大事，由予无意间谈起，缘心叔甚念籀公遗著未尽出，属予商之孟晋，承孟晋慨然肯捐。冷生前致书孟晋，诮其好高骛远。心叔属予作书解释之。"解铃还须系铃人，夏承焘特地作函解释，原来是任心叔的主意。

十二月十四日："雨。休日。得冷生覆，言籀园分玉海楼藏书事，言须得相当精本。若陈编巨册，馆中已嫌夥颐。"

后来几经折冲，总算两全其美，浙大得孙仲容遗著与批校本及善本之精华，籀园图书馆获赠地方文献与通常本之全数及部分善本。

姜会明致梅冷生　二通

（一九二〇年八月至一九二一年）

姜会明，字啸樵，一作啸泉，号甘林老圃。平阳城区人。清末拔贡，留学日本。民国初年曾任浙江省议会议员、副议长。有《甘林诗存》二卷。

第一通（一九二〇年八月三十日）

冷生仁兄大鉴：

昨晚抵郡阻雨，不克趋候。明晨准趁海晏赴沪，人事牵率，重九前慎社雅集不获趋陪，败兴何似，然藉此藏拙，转用自慰，一笑。

兹奉上钞币五元，祈检发《慎社》第二集十册交价手下，馀四金收作特捐，涓埃之助，即作为逃席罚锾亦可。

此颂

吟安

弟姜会明顿首

八月三十日

社中诸公均此不另。

按，《慎社》第三集卷首社友特别捐题名："休宁汪楚生先生叁拾金，永嘉徐秋桐先生壹拾金，平阳姜啸樵先生肆金，上杭邱澥山先生肆金。"

不久，作者与梅冷生假座如园举行慎社社友小范围雅集。夏承焘民国九年庚申日记八月初三日（一九二〇年九月十四日）：“是晚平阳姜啸泉会明、梅冷生招赴如园诗钟雅集，四时半往，各人皆将交卷，乃只作壁上观。六时又蒙筵待，同席有曾公侠、翟楚材、王梅伯、徐秋桐、徐心存、郑昂青、金南庵及予十馀人，郑姜门以事先去。席间谈笑颇趣，九时半方归家也。”其中金南庵，名南，系青田人，曾在《慎社》第一集发表《春暮》《残梨》《春雨》《书感》等诗四题五章。

第二通（一九二一年）

冷生仁兄大鉴：

杭回过永，匆匆未及走谒，歉甚。闻《慎社》三集近拟付印，兹录奉拙作六首，呈请斧政，酌付梓人。馀情缕缕，另容面罄。

匆上，即颂

吟安

弟姜会明顿首

廿九日

按，此札书于“平阳贫儿院”用笺。时作者在浙江省议员任上。

夏承焘答陈纯白

（一九二〇年九月）

岁月易得，寒暑轶异。离群索居，昔贤所叹。东山之思，曷有极耶？损书不遗奖借，殷渥逾量之辞，且惭且感。仆南中应试，旋报康了。勾留逾月，行即南迈，以平生踔弛之衷，非效少游款段、季鹰莼菜也。自维菲薄，学殊世趋，性又籧篨，匹不善俯枘凿，乘时辄多悔咎，故拂衣径去，思稍偃息，蹇足顿踬，局趣难骋，亦安足怪？顾重违知己厚望，用复缺然耳。月初过京口，遂抵阊门，扁舟辆屐，薄游金、焦、虎丘，东行所得，此为不恶。四明阻风，稍稽归计，催趱返里，已在望后。外间人士见不逮闻，得如某某辈，已若空谷足音，遑论它耶？于此不能不益念足下也。客中何以自娱，颇有述作否？引领浮云，时发西笑。都门诸子久不得，动定脱复佳耶？便羽暂复，匆匆不饮。承焘白。

按，录自《慎社》第三集《文录》十四至十五叶，题《答陈纯白都门书》。陈纯白原信未同时刊出。以上只是当年公开刊布的一通。

夏承焘《京口游记》一文称："庚申秋游金陵归，同乡徐子希文又邀作金、焦、虎丘之行。秋气渐凉，正宜啓携蜡屐，况江右山水夙著名胜，苟徙数千里跋来报往，亦过宝山而空返也。乃约于七月望后一日戒涂，临时游侣复羼入李子君勉一人焉。京口距金陵数百里，火车两小时可达。十六日早晨载行李往神策门外搭早车，八时开车，中望紫金山色，云际送青，如向人挹别。溯自初夏徕此，以勾留两阅月矣。十时抵京口站，同车两僧人指点一浮图，云是金山塔，不禁游兴跃然，下车匆匆就市早餐毕，即觅道先游金山。"函内"月初"显然是阳历，此函当作于一九二〇年九月或稍后。

从夏承焘日记看，两人往还书信不断，如一九二〇年十月十一日：“是日接陈志翀北京一函，万里外得故人一书，快如晤面也。”一九二二年闰五月十三日（七月七日星期五）：“接纯白京中快信，知西安火药局失慎，问予安否。午后即复一函，并发家书。无事懒作书，一握笔叨叨不休，两目为眩。”足见陈纯白对夏承焘关切之深，即使未婚妻英年早逝，两人之间的友谊不仅未受影响，反而愈加真挚。

邱翊华致慎社

（一九二〇年十月十九日）

邱翊华，字澥山，号潜庐，福建上杭人。青田县统捐局局长任上由杜左园介绍入社。《与杜梅叔先生书》刊登于《慎社》第三集。

慎社执事列先生有道：

前得左丈函招，允为介绍入社，自惭学殖荒落，不足以附诸君子之后，然文字精神结交，藉资策励，因不敢自暴弃，冀时时就正有道，实为至幸。昨奉到惠寄社集第二册并社章拜悉，兹寄常年社捐一元，别捐二元，请即查收付回条为盼。

专此，敬候

著安

邱翊华顿首

重九前一日

按，左丈，即杜左园。此札八行笺，落款下方钤白文章一枚。

张希良致梅冷生

（一九二〇年十月十九日）

张希良（一八七二—？），字锡侯，永嘉人。清廪生。住温州南门外蟾湖。慎社社友。善滑稽诗文。当时任瓯海道育婴堂驻堂董事。诗《有感》《春日偕冒鹤亭榷使陈墨农大令登大观亭望海》《立春》等四章收入《慎社》第三集，诗《瓯海育婴堂纪事》、文《节妇林张氏六旬寿序》收入《慎社》第四集。

冷生大兄鉴：

奉上慎社入会费大洋壹圆，请即查收。《慎社》第一、二集暨第三期稿纸，乞赐交来价领下。

此致，并颂

撰安

弟张希良上

中华民国九年十月十九日

按，此函写于“瓯海道育婴堂”用笺。

梅冷生与姚石子

（一九二〇年十一月十九日）

凤石先生道席：

前惠手教并《两京游草》《一树梅花老屋诗》等，均行拜领。屡承缥缃之赐，豁眸开塞，将何以为报乎？“人事变迁，死生俄顷”一语，乞吾公洒同情之泪者，薛君储石已作古矣。薛君才大心雄，著述甚富，盛年夭折，天道茫茫，遗孤一子一女，尚在童髫，老母弱息，肠断泪枯。弟与薛君契合五载，重阳前三日，君因慎社雅集来郡，下榻寒斋，犹共晤谭。讵别未二旬，遽化异物。频年无事，足报知己，茂陵遗稿，当竭绵薄，与诸公谋渠身后之名耳。薛君之卒也，以九月廿六日。先十五日夜，因食牛肉过量。兹呈拙作挽诗四律乞教，言之不文，但抒哀恸；诔文大著，望光泉壤，想勿吝也。薛君闻入国学商兑会已久，可否乞公代征贵友哀挽之作，望以示我。又前颁到《昭明忆语》一帙，欲抒悼句，苦未得当。贤郎方在丱角，孝慧天成，矧为名父之子，高门盛德，定卜玉环再世也。幸毋过悲，但芜笺上尘，西河之恸，又增人琴感，奈之何哉？此颂

大安

弟梅雨清顿首

庚申十月初十日

附　哭储石四律

李峤音书至，开缄忍哭君。社友李乐臣书来，闻君噩耗。五年交谊合，一别死生分。品藻人伦重，声华江表闻。盖棺今已矣，天道复何云。

将母头方白，西山傍隐居。笔耕谋菽水，墨守拥图书。近任瑞邑图书馆长兼中小学教席。刺竟三年灭，才空一石储。骚怀关谣诼，兰芷渺愁予。名高谤随，知贤者之不免于此也。

枌榆文献业，商略几人知？亦有空言者，惟君述作之。丛书编笠泽，词卷葺瓯陲。欲践宵谭约，英灵乞护持。重阳前三日，因慎社雅集，来郡下榻馀园，与予商刊《慎社丛书》定目乡哲遗著十馀种，集同社之力次第刊行。次夕别去，即行就世，未竟前功，责在后死。于君所葺《东瓯词徵》若干卷，此后亦拟附刊焉。

古洞飞霞胜，鸿泥证旧游。重阳携笠屐，社集复林丘。俯仰成陈迹，登临感暮秋。招魂向何处，落日大荒愁。

按，除了薛钟斗、梅冷生，郑姜门与姚石子也有联系。郑姜门《金山姚石子以昭明忆语属题枨触前尘挥泪赋此》发表于《慎社》第三集。

高吹万与梅冷生 三通

（一九二〇年十二月至一九三六年九月）

高吹万（一八七八—一九五八），名燮，字时若，又号寒隐、葩叟、志攘、黄天等，江苏金山人。南社诗人。清末创办《觉民》《复报》月刊。曾主持国学商兑会和寒隐社，刊行《国学丛选》。著有《吹万楼论学书》《吹万楼文集》《吹万楼诗集》《谈诗国风札记》《感旧漫录》等。

第一通（一九二〇年十二月三日）

冷生先生阁下：

昨见尊致姚生石子书，骇悉薛君储石作古之耗，为之叹息于邑者累日。薛君于弟，素非相识，岁丙辰，薛君来书，广征寿亲之言，词意甚殷，弟乃作诗应之。其后遂惠然入国学商兑会。弟虽未尝一与握手，而气谊甚合。薛君求为其先尊公铭墓之文，一诺数年，未有以应，至七月初旬，始克脱稿。薛君亦有信来，言已削石以待。因即写清，于十六日交邮寄去。乃寄去后旬日，犹未得复；又旬日，仍无书来。方深讶以为病，不谓其竟至于此也。可胜痛哉！

阁下书谓薛君殁于九月廿六日，而弟所寄文犹前十日，计当及见，惟阁下书称薛君以十五日夜始病，计得弟信时，薛君或已病亟，未知其果得观我文否乎？薛君之求弟文也，几将三年，弟以因循未能下笔，今文成而薛君或竟不能得见，即见亦未能泐石而立于其先人之墓上，弟之负薛君多矣。阁下与薛君交有素，当能悉其病中及身后一切情形，尚希有以示我为幸。薛君年少志雄，著述盈箧，阁下拟为刊布遗文，以谋不朽，其用心之厚，真古之人哉！钦佩钦佩。薛君遗孤髫稚，不知其家尚有何人，以薛君之才学，其友朋中相知较审者，似宜有所述，然后远求哀挽之作于人，弟以事冗，未克即时撰为哀文，以代一哭，容俟稍缓，定当有以抒我哀耳。

燮顿首

庚申十月二十四日

按，参照《吹万楼文集》民国辛巳（一九四一年）金山高氏家刻本，卷九书牍三（二七页）录入。馆藏手札残缺，抬头作“雨清先生阁下”，“薛君或竟不能得见”，原札作“薛君或竟不得见”；“以谋不朽”，作“欲谋不朽”。“钦佩钦佩”以下一段收入《文集》时省略。

夏承焘日记一九二〇年九月二十九日：“是日看内地报，惊悉瑞安社友薛储石钟斗于日前以河鱼之疾身故，为之震悼，此君颇负文名，冒广生在瓯时，称其与宋墨哀为瑞安二生，月前慎社二次雅集在飞霞洞一面后，竟成永诀，谁曾料哉！于午晤冷生、姜门，亦为之惋惜不已，闻其所著《寿萱草堂书》共二十馀种，有《东瓯词徵》一部，搜罗先哲词五百馀首，将来可刻入‘慎社丛书’也。”

第二通（一九二八年十月十四日）

冷生先生惠鉴：

不得故人消息，忽逾数年。世变惊心，沧桑屡易，遭乱未死，旧业重温。前者偶以拙印书一种，托陈绳夫君转贻左右，懒散未附一函，乃辱手笺称谢，奖誉过情，惭惶曷极！并悉执事为学□□，□□□虚。风雨鸡鸣，不改其度，望风钦企，宁复有涯？弟近以老母衰病日益不支，数月以来，百务俱废，遂稽作答，尚乞鉴原。数日前由石子交到刘次饶丈赐撰《国学丛选序》一篇，并见示大札，知系足下所代求，感极感极！

刘丈耆年宿学，久读其集，佩仰殊深。《丛选》之文，□□之思，有求而未敢请，今忽蒙见寄，不觉欣喜欲狂。亟拟驰函申谢，因患疟旬日，尚未写寄。越昨奉八月廿三日手教，承示刘丈住址，当即日肃函并赠书籍数册。径寄去矣。《丛选》三、四集将罄，三集早罄。日后再板时，思加序数篇。足下为弟所佩折之一人，似亦不可不有，何谦挹如是耶？《丛选》□□□□□□□不祈出。迩者颇思集稿赓续，倘有大著，尚希赐寄为幸！尊处《丛选》是否完全？刘厚丈序中称得见十册，其实至十六集，共十三册也。

匆此布复，顺颂

著祺

社小弟高燮顿首

戊辰九月初二日

按，戊辰九月初二，即公元一九二八年十月十四日。

关于应约撰《国学丛选序》一事，刘绍宽同年日记多条关涉。九月二日（七月十九日）："梅冷生昨寄来高吹万近作，并乞《国学丛选序》。"四日（七月廿一日）："晴，颇热。作高吹万《国学丛选序》，脱稿。"八日（七月廿五日）："高吹万《国学丛选序》乞志澂为点定。"不避酷暑执笔，并请得意弟子王理孚（志澂）过目推敲，足见作者珍视友情。次年四月廿七日（三月十八），刘绍宽"至商务印书馆购《敬乡楼丛书》一部，寄金山高吹万君"，以示回礼。

时隔三年，刘绍宽应黄溯初之请，赴沪校刊《敬乡楼丛书》第三辑，其间得以与高吹万谋面，并互相赠书与宴请。厚庄日记一九三一年六月四日（旧四月十九日）："得高吹万函，并惠《国学丛选》一册，并约来相见。"六月十日："童认梅、高吹万、叶燕孙来访。"神交已久的两位老友终于见面。第二天，刘绍宽即持书回访高吹万。厚庄日记六月十一日（四月廿六日）："午后至嵩山路仁和里六十六号访高吹万，赠以《平阳县志》一部，并携溯初所赠《敬乡楼丛书》第二辑一部。吹万赠余沈维贤书《弥陀经》蕅益注一部、金天羽《天放楼诗文》一部。"

六月十三日："晚回敬诸知友，并邀请高吹万、叶燕孙同席。"次日中午高吹万回请于觉林，并约顾鼎梅、丁福保、黄宾虹等作陪。九月十七日："高吹万来访，谈顷即去。"十一月二十九日下午访高吹万，只见到其公子："吹万未来上海，晤其子君湘世兄。"高吹万得悉后于十二月六日回访："高吹万来访，赠京腿一只、饼干二匣。”刘绍宽完成第三辑校刊工作，于十二月八日离沪返温，多位朋友前往道别，高吹万也在其列：“苏云骞、谢尧臣、高吹万、马公愚、孟容、郑曼青、夏孟质、蔡耐夫俱来送行。”这是后话了。

第三通（一九三六年九月十三日）

冷生先生阁下：

数岁未通音问，思无可支，尝念学术陵夷，万方一概，而永嘉之学至今未衰，则全赖刘先生与先生等之提倡，而后起学者遂风驰云涌，咸集骈臻，殆灵秀□钟，辉光独照矣。（残缺多字）成，致不得与诸君子时时以尺素请益，方深惭愧，乃蒙阁下不遗在远，以所辑贵乡先哲姜先生《岐海琐谭集》见赠，奉到狂喜，略读一二，真不朽之书也。敬□敬□。兹检拙刻印数种（缺数字），不足云报，尚乞惠存。

匆布不尽，顺颂

道祺

弟高燮顿首

九月十三日

书另挂号寄，计《砚小史》两册，《素心簃集》三册，《□经大义》二册。

按，《岐海琐谭集》系明永嘉姜准（艮峰）撰，十六卷，浙江省永嘉区征辑乡先哲遗著委员会据玉海楼钞本刊行，扉页书名谢磊明题签，卷首有区征辑乡先哲遗著委员会委员兼印行股主任梅冷生跋，落款时间为民国二十五年六月，见书当在夏秋之间，故此函当系于是年。函内对“永嘉之学”推崇备至。刘先生，指永嘉区征辑乡先哲遗著委员会副主任刘绍宽，主任系专员许蟠云兼任，刘以副主任主持委员会征辑工作，成效卓著。

梅冷生答高吹万

（一九二〇年十二月）

吹万道长著席：

奉琅函，知戚然于故人储石之丧，千里神交，飞书洒泪，非当世大君子，而孰为此哉？承询大作储石先君铭幽之文，随转其家询问，多日未覆，复函瑞安友人于储石家较稔者，顷得报悉，大作寄到时，储石病革，家人仓皇未有呈览，不胜叹惋。储石贤者，华实并茂，千秋片石，乞言于当世鸿儒，其孝行可以不死，吾公殷殷道义，诗文及其二亲，不忘三年之诺，储石衔感入地矣。敝县距瑞安百里而遥，人事卒卒，素车白马，未能奔吊，仅藉邮筒，与瑞邑诸友人共谋储石身后之事，遗书列目有五十馀种，皆搜辑乡先哲诗文为多，未脱稿者太半，鄙意将其自著编印遗集传世，馀则或待礼堂之写，或付邑馆之藏，但相知定文，谁为子建？尤非公莫属也。储石平生极思表彰桑梓文献，以阐扬永嘉学术，尝执教鞭瑞安中校，编《永嘉文类》以课诸生，此最为仆所佩。盖郑、薛经制之学，自有千秋，发挥而光大之，足以经国。惜乡邦学人阒寂，正如孙琴西所云，吾刊水心文集，读而终卷者不数觏。今储石又亡矣，其苦心孤诣，似足传也。讣告行状，其家度有寄呈，遗此荦荦大者而不书，谨以奉闻。震公名久，辱先施甚幸，续有白，当再奉报。唯为道自卫不宣。

晚学梅雨清拜启

按，敝县，指旧永嘉（大体包括今温州市鹿城区、龙湾区、瓯海区及永嘉县）。

郑、薛，指宋郑伯熊、薛季宣，永嘉学派早期代表人物。孙琴西，即孙衣言，瑞安玉海楼第一代主人，晚清复兴"永嘉之学"的先驱。"吾刊水心文集，读而终卷者不数觏"，见于孙衣言《封朝议大夫叶君墓志铭》，原文："予刻《水心集》以示人，读终一卷者盖少也，而嵚士兄弟自甲至癸，朱墨皆毕，然则南湖之叶再以儒显，其视君子孙乎。是可以铭。"（《逊学斋文钞续钞》卷四）

林仲致慎社

（一九二〇年十二月十八日）

林仲，字默庐，永嘉人。慎社社友。参与创办《瓯海潮》周报。

诸同志爱鉴：

临行留笺，谅承察及。别后往来杭沪间，舟车历碌，无善足陈，所幸顽躯如常，堪慰锦注耳。明早离此赴厦，倘鹪枝得寄，另当奉闻也。诸君诗酒流连，兴当不浅，其亦知车尘马足间有客远言迈，方咏我劳如何之什乎？寒风多厉，伏维珍重千万。

弟仲谨状

十二月十八日

附郑玉夫、王武绍通讯处：杭州石牌楼大方旅馆、珠宝巷农工银行。如虑玉夫移寓，可寄王武绍转无误。

按，此函写于上海大中旅社信笺。

陈翰香致梅冷生

（一九二〇年）

陈翰香，名国俊，一字暗香、苑香，永嘉人。与慎社关系匪浅，却未名列《慎社交信录》。浙江省第三届省议员。曾与梅冷生、王永山筹设永达人力车公司。

寒斋门口水满平阶，连日为迎新送旧事，非车即轿，以致各好友少通信息。拙作无多，刻有与段、任、王科长稼生唱和一律，录请指正。鲁君并无入社意，亦无不入社意，请酌之。老气横秋，前辈先生，类如是也。此请
冷生社兄刻好。

暗香手书

按，此札书于红色笺上，六行。

段，指瓯海道尹段毋怠（一八七二—一九三二），原名庆熙，字子敬，后更名毋怠，字芝晋，一作楫臣，江苏萧县（今属安徽）人。任，其名未详，大体亦是瓯海道尹公署科长（或其他职员）。鲁君，未详。从此通函札分析，陈翰香不仅抄录诗作以备选用，而且热心动员鲁君入社，与社友并无区别。慎社全盛时期社友八十七人，而《慎社交信录》连载三次合计八十六名，莫非不慎脱漏陈翰香一人？

苏毓琳致梅冷生

（一九二〇年）

苏毓琳，字天民，瑞安人。慎社社友。

冷生道兄大鉴：

久未晤，念甚。《慎社》一集已由储石送来，兹再乞一本，未知可有否。社金当躬亲奉上，兹先寄上拙诗十七首、论一篇，此篇系弟十六年前旧作，盖其时家君掌教丽泽书院时课作也。

此上，即请

撰安

小弟苏毓琳拜

古廿七日

按，丽泽书院，设于金华，系南宋哲学家吕祖谦（一一三七——一八一）讲学会友之所。据宋楼钥《东莱吕太史祠堂记》："其地在光孝观侧（清金华县学后，今市内一览亭东北），四方学者皆受业于此。"

周志侨致梅冷生

（一九二〇年）

周志侨（一八九八——一九四〇），名显桢，字雪庵，瑞安人。慎社社友。当时供职于温州大公报社，笔名周雪。同时兼旧温属女子师范讲习所国文教员。

冷生先生大鉴：

敝同事瑞安木节君，字幹斋，托弟介绍入社。倘蒙俯允，请将入会费收纳，将收条及《慎社》第二册掷下为荷。

此请

公安

周显桢即刻

按，此函作于大公报社用笺。夏承焘日记一九二〇年十月十二日（星期日）："晚间冷生过访，与同过府前大公报馆周雪庵处，坐谈少时。"可见温州大公报馆设于府前街，夏与周志侨也有过从。

木节（一八八三——一九五一），原名卓贤，字幹斋，瑞安人。宣统二年（一九一〇）毕业于浙江优级师范学堂，历任湖州中学、师范学校理化教习，温州师范学校学监，温州甲种商业学校教务主任等职。一九二〇年，邀伍梅荃、金嵘轩、周志侨等发起创办旧温属女子师范讲习所（温二中前身），次年加入慎社。

郑叔伦致梅冷生 二通

（一九二〇年至一九二一年）

郑叔伦，名经，永嘉人。慎社社友。当时供职于永嘉县警察局。

第一通（一九二〇年）

冷生社友先生大鉴：

径启者。闻《慎社》业已出版，颇得各界欢迎，不胜欣忭之至。兹嘱敝价走领，请即交下三本为祷。

即颂

文绥

弟郑叔伦顿首

按，此函作于永嘉警察局用笺。

第二通（一九二一年）

冷生大哥如握：

顷阅省报，见一区志朗有更换消息，如成事实，有陈应检生乞向新任者荐一办公警（即司书生）差事。此人为弟同乡，颇善书法，此次县选曾代弟出力帮忙。倘蒙鼎力栽培，不啻身受也。

省议何日闭会，大驾言旋约在何时，乞先示知。本邑县议长仍未选出。吴冠卿为郑屏周案昨由审厅公开审判，发所管押，恐难脱刑事处分，求荣受辱，真可叹也。

草草奉闻，顺请

大安，不一一

弟伦顿首

廿五日

按，志朗，即陈纯白致梅冷生书第九通内提到的杨志朗，似为一区区长。

此函言“省议何日闭会，大驾言旋约在何时”，表明受信人正在杭州出席省议会，故系于一九二一年。

王任致梅冷生

（一九二〇年）

王任，字沧庐，永嘉人。慎社社友。当时供职于永嘉县公署。是时县知事汪莹（字楚生），亦为慎社社友。

冷生社兄大鉴：

连日未晤，念念。社刊第一集前已承赠，昨为姜门新介绍入社之江君蓬仙取走，乞再惠赐一册，交敝价携下为感。附奉常年费一元，希察收。

专达，并颂

时祉

弟沧庐顿首

初十日

按，此函写于永嘉县公署用笺。

江蓬仙（一八八〇—一九六八），名步瀛，永嘉人。慎社社友。毕业于浙江两级师范学堂，长期在教育界服务，历任艺文中学国文教员、瓯海公学教员，永嘉县视学、劝学所所长，县教育局局长等职。幼年随父习武，后师从叶大密习太极拳。

许达初致梅冷生

（一九二〇年）

许达初，名念祖，瑞安人，以字行。慎社社友。曾供职于宁波洋广局。京剧票友。

冷生先生有道：

前者盛扰纷纷，其夜适敝居停设酌留饮，不能脱身，致冰壶之雅集，不获一与其盛，抱疚良深。晤志冲先生，乞代道歉，并代道谢。慎社简章，弟未之见，请寄一份为盼。古香室钞本诗，乞假我一校，望即日交局寄下为祷。弟不学无术，性爱疏懒，辱承不弃，征及拙作，仓猝愧无以应命，稍缓再求教也。敝邑灯会颇盛，请偕志冲、姜门、烈珊诸先生早日临舍，当扫榻恭候也。

此颂

时祺，不一

弟念祖顿首

同人均此。

按，慎社简章，即《慎社社约》，共九条，参见本书附录。“古香室钞本诗”，作者系青田端木顺（一八一一—一八三八），浙南名儒端木国瑚次女。后来随父迁居瑞安，嫁与水师名将许松年之子。才华横溢，可惜红颜薄命，未及三十岁就香消玉殒，诗稿大多散失，仅存《古香室遗稿》一卷。

“顿首”两字下方钤“许念祖印”白文章一枚。

李笠复梅冷生

（一九二一年二月十九日）

李笠（一八九四——一九六二），曾名作孚、乐臣，字雁晴，一作鹤臣，瑞安人。一九一四年毕业于瑞安私立中学堂（今瑞安中学）。因无力升学，靠自学成才。慎社社友。与薛钟斗、夏承焘、宋慈抱、陈仲陶、李孟楚、李仲骞合称“永嘉七子”。后参与组织瓯风社。文献学家、语言学家。先后执教于中山、之江、厦门、南开、复旦等多所大学。著有《中国语文中的反训现象》《校勘学讲义》等五十馀种。

冷生社兄阁下：

前蒙询及拙作《史记订叙》，久未呈上请益，罪甚罪甚。此序去岁曾付石印，但印无多份，亲友索阅，一时分罄，未及贻赠同社诸友，心甚抱歉。今届汇印社集，乞为列入，以希切劘之益。

肃此，即贺

新禧

弟李笠顿首

正月十二日

按，《史记订叙》落款为“民国九年岁在庚申夏正二月瑞安李笠叙”，《慎社》第三集刊出时题为《史记订补序》，同时发表的还有一篇《午葵公传》。另有《先大父行状》《李鸿仪家传》《项鸿逵传》三篇收入《慎社》第四集。

《史记订补》八卷，一九二五年自费付刊，杨树达引为同道，欣然为之作序。女公子李继芬在此基础上，将作者以后陆续发表之《史记订补二续》《史记订补之馀》《史记订补札馀》及有关手稿整理为《广史记订补》十二卷，二〇〇一年复旦大学出版社出版。

刘绍宽黄梅生姜会明致梅冷生

（一九二一年三月三日）

刘绍宽（一八六七—一九四二），字次饶，号厚庄，平阳白沙（今属龙港）人。早年受业于平阳训导吴承志及瑞安孙诒让之门。光绪二十三年（一八九七）拔贡。曾赴日本考察教育，归国后，任温州府中学堂监督。民国成立，先后任平阳县教育会长，永嘉、乐清两县教育科长，省立十中（前身为温州府中学堂）校长，《平阳县志》副纂，温州籀园图书馆馆长，平阳县救济院院长，浙江省第三特区（永嘉区）征辑乡先哲遗著委员会副主任等职，对于近世温州文教事业贡献颇巨。著有《厚庄文钞诗钞》五卷、《厚庄诗文续集》十卷、《东瀛观学记》、《厚庄日记》四十册（标点本题名《刘绍宽日记》）等。

冷生先生大鉴：

敬启者。兹有敝乡吴醒玉君俅情愿入社，奉上社资大洋壹元，请即誓收入社为荷。其著稿另奉。

此上，即颂

撰安

社员刘绍宽、黄光、姜会明同启

三月三日

按，吴铼，一作俅，字声玉，一作醒玉，平阳人。名列《慎社交信录》（三）。入社后有七绝《闻蛙》，七律《赠行》《皖江旅馆题壁》刊发于《慎社》第三集，七律《步吕文起观察留别韵寄陈鲸量》、五律《龙潭镇遇风》刊发于《慎社》第四集。

《慎社社约》第一条规定："本社不涉政治，不限地域，不论男女，凡经社友三人以上介绍，足为文章道义者，得列社籍。"以此刘绍宽、黄光、姜会明三人共同为吴醒玉做介绍人。他们慎重其事，名字下方各钤名章"刘绍宽印""黄光""姜会明"。从手迹风格看，此札系刘绍宽手笔。

王理孚复王梅伯

（一九二一年三月十五日）

王理孚（一八七六—一九五〇），字志澂，号念庐，后改名锐，字剑丞，又号海髯，平阳古鳌头（鳌江）人。早年师事刘绍宽（次饶）。清光绪廿七年（一九〇一）就读浙江武备学堂，因家贫辍学。廿九年返回家乡小成学院任教。次年学院改为鳌江公学，任堂长。宣统元年（一九〇九）夏当选浙江咨议局议员。入民国，历任平阳县参事、宁波鄞县知事、省议会第三届议员、平阳县修志局主任等职。开发南麂岛与建设鳌江是其生平两大业绩。名列《慎社交信录》（三）。《王理孚集》列《温州文献丛书》第四辑出版。

梅伯老哥大鉴：

曩由吉甫兄转到布告□纸，遵当择要发贴，惟敝乡沙涂悉系塌地，将来定价似宜廉于江南，且未丈出亩分，尤无从议价耳。

慎社之约，去年即承刘次师嘱附骥，并经草就一律为贽，旋因事冗，未及奉也。兹将去年旧作录呈十一首，统希介绍入社，倘承不弃，所有入社金究须若干，希即示知，以便照奉为荷。

此颂

公绥百益

弟理孚拜白

三月十五

按，吉甫兄转到布告，所谓布告，当指官产分理处布告，正是王梅伯分内之责；

吉甫何许人，未详。

王理孚《海髯诗》卷一收有《厚师以慎社二集见示并嘱投名书此报命并以为贽》："文字于今少正声，胶胶风雨听鸡鸣。永嘉山水宜坛坫，谢客池塘有弟兄。纵未出家差免俗，何妨入社试投名。维摩病后诗情减，降格论才乞受盟。"次师、厚师，均指作者业师刘绍宽（字次饶，号厚庄）。

此函《王理孚集》（张禹、陈盛奖编注，上海社会科学院出版社二〇〇六年九月版）未收。

王毓英复李笠

（一九二一年四月六日）

王毓英（一八五二—一九二四），字学训，号俊卿，晚号隽庼，永嘉一都（今属温州市龙湾区）人。历任温州、广州教职。宣统三年（一九一一）为永嘉教育会会长，民国八年（一九一九）任籀园图书馆（温州市图书馆前身）首任馆长，卒于任上。著有《继述堂诗文钞》及续集、《旧温属图书馆文稿》等（整理本题名《王毓英集》）。

鹤臣社友仁兄大鉴：

接读大著，令人把玩不已，其中传引繁偁，经史罗胸，笔在神与古会，佩服，必经谨为庋藏，标以牙签，公之众览，岂但为敝馆光，并为吾瓯幸，并知学有渊源，鸿儒踵起，由来者渐，於戏尚已！

敝邑二百年来，久杳此学，道、咸间得一张介轩先辈，文行颇轩然，不仅为一乡善士。未谋社会进化，故迄今永学仍颓废不振。弟生长贱贫，本无学识之可言，而社会思想至老未灰，前为地方屡聘贵县前陈公介石，为振起词章先河之导。究之年浅人微，而学风仍至今阒然。经学史学无论也。复沐孙籀公邀襄学务分处事宜，办有中师两校，于今学只求新，而旧学愈弃而不讲。

迩梅君冷生创有慎社，并招宿学相与研究，弟何人斯，讵敢班门弄斧？但既承不弃，未便固却，阻人兴学盛意，只得忝附骥尾，如老妇点胭脂，□后生一笑也。而诸社友不觉有趣，或孳孳向前不倦，积之数年后，当不第以文诗域也。弟之入社无他意，亦无他长，而乃猥蒙奖借过誉，未免生羞，但语云：人老面皮厚。余年七十，近有《辞寿叙》并《感怀》七律，本歌善和之意，切就道求正之思，附博一粲。

肃此布复，并颂

著安

弟毓英顿首

四月六日

按，此件系李笠哲嗣李继朗先生提供。

张介轩（一七九八—一八六六），名振夔，字庆安，号罄庵，永嘉永嘉场（今温州市龙湾区永兴街道）人。清嘉庆二十三年（一八一八）举人。做过常山县训导、镇海县教谕。任职镇海期间，鸦片战争爆发，积极投身当地的抗英斗争，上书提出《战守策》。林则徐来浙时，面呈《战舰图》。著有《介轩集》二十卷，列入《温州文献丛刊》出版计划，惜因故流产。受王毓英影响，其弟子张漪在《继述堂文钞》叙言中也颇为推崇张振夔："越二百馀年，至前清嘉道间，则有张先生介轩者，蓄道德能文章，惜不得志，仅以名孝廉就教职，处夫不隐不仕之间，而淡于荣利，专嗜读书，粹然躬行之，选其散著于介轩文集中，固尝见契于瑞安孙太仆矣。夫太仆以官声人品学派鸣于世，乃契《介轩集》而为之序，知介轩必非后人之所易及也。"

陈公介石，即瑞安陈黻宸（一八五九—一九一七），幼名芝生，一名崇礼，后名黻宸，字介石，晚年改名芾，室号饮水斋、烛见知斋。光绪二十九年（一九〇三）进士，曾先后担任户部主事、浙江省咨议局议长、民国首届国会众议院议员，北京大学史学教授。与陈虬、宋恕三人合称"东瓯三先生"。两人系儿女亲家，王毓英次女嫁给陈介石之子陈同。

杜师预与梅冷生　七通

（一九二一年春至一九二二年）

杜师预（一八六七——一九二四），字左园，浙江青田人。清末优贡，诗人。曾任浙江巡按使署咨议会议员、黑龙江龙沙道道尹。时俄国窥伺满蒙，东北风云方急，正图展布长才，不幸为塞外风雪所袭而伤足。乃扶病南归，息影家园。工书，温属图书馆碑记即出其手笔。遗作七百篇，后人选辑《左园诗集》，由姚味辛作序刊行。

第一通（一九二一年春）

雨清同社先生吟政：

一入都官室，翛然隔市嚣。书摊秋树下，人比画楼高。

有父欣麋寿，呼儿出凤毛。披襟相对处，不觉醉醇醪。

青田杜师预求正草

第二通（一九二一年春）

日昨进城，八时回寓，得读大教，不及应命，甚为怅歉。前日奉小诗已收到否？顷又得四十字，录请吟政：

我爱梅高士，幽居事事幽。何嫌门近市，自傍树修楼。

园小花成屋，诗清玉作瓯。为询三径客，晨夕几羊求？

左园未是草

按，此札书于“莲社诗钟”赠笺。“我爱梅高士”与“一入都官室”两章，《慎社》第三集刊出时合二为一，题为《访梅冷生劲风阁》（诗录，十五叶）。《慎社》第三集系一九二一年季春出版，故以上两通当作于是年。

第三通（一九二一年春）

冷生先生同社大鉴：

敝邑统捐局长邱翊华，字澥山，福建龙岩州人，诗笔新清，人亦恂恂儒者。弟拟介之入社，如荷赞同，后有通告等件请寄青田统捐局为荷。

手此，请

著安，不备

同社弟师预顿首

附呈邱君近作一纸。

按，邱翊华不久入社，名列《慎社》第三集卷末《慎社交信录》（三），故此札当作于当年春日。

第四通（一九二一年春）

冷生社长兄撰席：

敝同乡陈益轩君拟入慎社，谨为介绍，社费一元希予核存。附呈最近作一首，并乞吟政。此请

台安，不备

同社弟师预顿首

陈益轩住西郭花园巷。

按，陈益轩，青田人。第三届浙江省议员，兼省宪法会议议员。一九二二年春署理瑞安上望场盐知事。辑有《浙江宪制史》。名列《慎社交信录》（三）。入社之后致梅冷生诗笺："前以梦印弄璋赋诗征和，未承冷生社友见答，悬念殊甚，寄此当索债书也，并希哂政。陈益轩拜稿。"下录五律一章："屈指抛砖后，于今两月馀。远怀殊念甚，诗兴近何如？应有连篇玉，胡无一尺书。相催曾击□，莫惜寄双鱼。"相隔两月之久，未得回音，"悬念殊甚"，寄诗再催，也在情理之中。

第五通

冷生社兄台鉴：

许久不晤，念念。敝同乡包晶波君欲入本社，用敢一言为介。如承俯允，以后函件请寄青田县金巷底为荷。

手此，即颂

撰安，不备

同社弟杜师预启上

按，接邱翊华、陈益轩之后，杜师预第三次介绍社员，足见其人热忱之高。经查《慎社交信录》，包晶波并未列名，估计未吸收入社。

第六通（一九二一年春）

冷生社长兄撰席：

承和元宵之作，钦佩无似，押瞒字尤觉毫巅神妙。其章先生行状，病中受促而成，殊不足录，故未留稿，承命容即取来请正。兹呈先祖行述一篇，幸加斧削，方可付社。宠召未赴，歉谢歉谢。

顺叩

文安，不备

同社弟师预顿首

按，“元宵之作”，题《辛酉元宵》（冷生仁兄吟正。落款左园杜师预），可惜存稿一纸残破。其章先生行状，指《先祖考其章公行述》，刊登于《慎社》第三集文录。传主名致恭（一八〇三——一八八三），号其章，贡生。著有《锄经室文钞诗钞》。

第七通（一九二二年）

秀芝老伯七旬双庆

三弓近市拓馀园，家世吴□逸韵存。老应征书羞绮季，旧联仙籍羡刘樊。承欢儿舞衣飏彩，问字人来酒满尊。尤喜庭前栖凤竹，峥嵘亲见两龙孙。

愚侄杜师预拜祝

按，刘绍宽厚庄日记民国十一年二月十五日（正月十九日）：“为梅冷生尊人作征寿言启。”故此札当作于是年。

夏承焘日记一九二三年一月六日：“晴。作挽梅秀芝先生联，云：‘东方朔游戏人间，昆明眼见千年劫；陶泉明徜徉物外，栗里风高五柳居。’”想不到老太爷办过七十寿庆，一年不到就谢世了。

张静盦致梅冷生

（一九二一年五月八日）

张静盦，籍贯未详。琴社社友。从信札内容推断，当时在温州某县服役。

冷生社长先生台座：

久企高风，无由良晤，空成梦想，至以为怅。缅维端居清晦，著述宏富，下风迭听，至以为慰。前在温州，以昂青、药农之绍函持询府中，本思一登膺门，藉慰邓林琼树之思，而以口音各异，至道署前问府邗门，均说不知，殊令人闷煞也。后至王梅翁处谈及，嘱其传呈微衷，知《慎社》三集将可杀青，欢忭无似。弟前接《慎社》二集，知印刷纸费计洋叁拾元，想以二百本计算，每本壹角半矣，未知此本几角壹页计算，因弟有琴社稿件，拟在温州印刷，乞兄介绍，或可不至吃亏。惟《慎社》无圈点耳。兄能介绍，即希将每页计算价目详示，俾可核算也。特弟此次印刷须加圈点，微与《慎社》不同耳。

此次社友会期何日，能在龙华会上占末席否?

临笔神驰，不尽欲言。此请

著安

弟名正肃

五月八日

此函交兵士在温州携去。

按，此函书于张静盦启事笺，八行格，三页。

慎社不设社长，此处称梅冷生为社长，虽属客套，亦可见梅冷生在慎社中的实际影响力。昂青、药农、王梅翁，分别指郑岳、胡药农、王梅庵。张静盦为出琴社作品集，精打细算，托梅冷生介绍印刷所，以便节约成本。

林鹍翔复王梅伯

（一九二一年五月十五日）

林鹍翔（一八七一—一九四〇），字铁尊，后字铁僧，号半樱，别署庳庵，浙江吴兴（今湖州）人。师从词学大家朱孝臧（一名祖谋，号彊村）与况周颐（字夔笙，号蕙风）。光绪廿九年（一九〇三）癸卯科举人。毕业于日本法政大学。民国初历任中国驻日本留学生监督、粤海关监督、特派浙江交涉员等。一九二一年春至一九二三年一月，代理瓯海道尹（驻温州）。慎社一九二一年三月在江心屿举行第三次雅集，应邀加入。任内重视文教事业，于温州东山书院设永嘉词人祠，对温州词学开展卓有贡献。后任浙江土地厅秘书、国务院秘书等职。晚年蛰居上海。如社、午社社友。著有《半樱词》《半樱词续》《庳庵诗集》《游学计划书》等。

梅伯年兄足下：

叠奉手书，敬承一一。自二月间举瓯社后，时时诵雅词暨诸君子社作，赏析与共，歆快无量。不学如弟，何足以益高明？惟既承明问，敢以所闻诸彊村、蕙风两先生者缕述之。

彊村先生云，本朝词不可遽览，恐取法不尊也，然读古人词，亦须别具眼光，即如《六十家词》，何尝皆可师可法，但能择数家为我所嗜，且与我笔性相近者，寝馈以之，自有所得。此事如学诗文、学书，亦须先定宗派也。又云，制题用事，亦须注意，不可杂以屠沽。

蕙风先生云，填词先求凝重，凝重中有神韵，去成就不远矣。若从轻倩入手，至于有神韵，亦自成就，特降于出自凝重者一格。天分聪明者，最宜学凝重一路，却最易趋轻倩一路，苦于不自知耳。又曰，填词要造句自然，又要未经人说过。其道有二，曰性灵流露，曰书卷酝酿。性灵关天分，不能学；书卷关学力，求词词中，不如求词词外。

如彊村先生云云，盖为初学者示以门径；如蕙风先生云云，盖为已成体段者示以旨归：皆我辈所宜服膺者也。

至于词之法程，则备载于张叔夏之《词源》、陆辅之之《词旨》、沈伯时之《乐府指迷》中，度已浏览及之，无待赘陈。弟学词未久，益以饥驱湖海，不克专精，所以扇流风、绍先哲者，惟社中诸君子耳。临风引企，颂祷何如。

手此奉复，敬颂

起居

辛酉浴佛日

弟林鹍翔拜白

按，此信作为代序，冠于《瓯社词钞》卷首。抬头既称王梅伯为“年兄”，想必梅伯亦是光绪廿九年（一九〇三）癸卯科举人。林鹍翔所谈朱彊村、况蕙风作词原则，于瓯社诸社友颇有启发，影响甚大，故而收录入书，以便读者了解林鹍翔当年主盟瓯社推动温州词学发展之一斑。

辛酉浴佛日，民国十年夏历四月初八，即一九二一年五月十五日。

林仲致梅冷生

（一九二一年五月十九日）

林仲，字默庐，永嘉人。慎社社友。

冷生老哥大鉴：

前复寸笺，想登清览。旸湖来此，备述尊况，知老哥逸兴豪情，迥殊曩昔。贤者固不可测耶？近想崇论宏议，补弊救偏，出展平时抱负，岂徒嘉惠桑梓，亦且矜式国人。我党有人，至为佩慰。弟自惭形秽，兼之环境困我，学殖日落，每于燕居，良深浩叹。以视老哥之高骞远引，殊有天上人间之感也。斗筲羁身，未获趋前畅叙，徒呼负负。旸湖此行，虽事假相左，然亦无妨，以有老哥为其东道，何幸如之。所愿本知交之义，为说项之举，庶机缘一得，宿愿不虚，以老哥同属至交，无待弟之喋喋，涉笔及之，亦应有之文字也。

附致旸湖一函，乞转交为荷。专达，敬请

大安

弟林仲拜启

五月十九日

翰香学兄晤便乞候。

再者，斯道卿诗第三期切须选入，如其诗中有大毛病者，请哥润改，正自不妨，且勿教其名落孙山。题字已嘱其代挥，彼亦甚乐为，并有愿出特别捐之语。若第三期有伊之作列入，当更能鼓其兴趣也。未能免俗，如何如何？

哥出门之事如何，祈示我。

按，此函作于“浙江陆军步兵第二旅启事笺”。

翰香，即陈翰香，名国俊，第三届省议员。斯道卿，名资深，浙江诸暨人，慎社社友。林仲在信函中强调社集务必入选斯道卿诗作，一方面是自己身为介绍人责无旁贷，另一方面无非是希望借此得到斯道卿的资助。

另一通只存第二页，内容如下：“（前缺）为。至联名启事，内附宣纸，系供书写诗词之用，横写为佳。求画者另加一幅，希注意斯君之意，将来拟以手书楹联或立轴，及手画墨兰或花卉等小品奉酬。事颇风雅，不落俗套，想诸兄当亦赞许也。专托，虔颂著安。小弟仲顿首。四月四日。”斯君，当即斯道卿，而“联名启事”，或许是关于斯道卿润格的告白。

翟楚材致慎社会计部

（一九二一年五月三十日）

翟楚材，名駥，安徽泾县人。慎社社友。早年在山海关从军，当时供职于浙江省外海水上警察厅第三区。

会计处台鉴：

兹送上本年常年费一元，希即察收。并颂

大安

翟駥启

五月三十日

夏承焘日记一九二二年十月二十一日（九月初二日星期六）："接《瓯报》，见翟楚材駥有慎社联云："新亭忍泪，复社追踪，多应江汇清流，烟水都能生逸致；嘤鸟云翔，坠欢日拾，只恐楼临大道，轮蹄偏易判分驰。"跋云："慎社成立第三年，岁在壬戌暮春，创社址于谯楼。时瞿禅旅陕，楚生宦禾，駥亦身如不系之舟，因撰斯联，以志鸿泥。"可见社友行止。

翟楚材复梅冷生

（一九二一年）

冷生词长台鉴：

前展征稿通告，适俗冗未及抄录，良用慊然。昨奉手教，谬以下里巴音获赏台座，惟原稿散佚已多，仅就所记忆者录呈，仍希削而存之，至所忻幸。容当面罄。手颂

吟绥不庄

弟翟駥鞠躬

十四日

按，此札书于“浙江省外海水上警察厅第三区公用笺”。

林鹍翔致梅冷生当选通知书

（一九二一年八月）

为通知事。

查《省议会议员选举法》第七十九条，“复选当选人自接到当选通知之日起，应于二十日以内答复愿否应选，其逾期不复者，以不愿应选论”等语，今查本届本区省会复选当选人业已足额，除榜示外，为此通知该复选当选人依限答复为要。

特此通知

省议会议员复选当选人梅雨清君

浙江省议会议员第十选区复选监督林鹍翔

中华民国十年八月日（章）

按，此通知书为油印件，下钤“浙江省议会议员第十选区复选监督关防”长方朱印。

查当事人谢仲伟回忆《一九二一年省议会选举亲历记》，第三届浙江省省议会第十选区（温州六县）复选揭选，共二十一人当选，包括永嘉梅雨清、黄群、杨雨农等九名，瑞安谢仲伟（谢谭）、王润等三名，时为一九二一年八月下旬（《温州文史资料》第七辑，温州市政协文史委一九九一年十二月排印本，二二五页）。

梅晚年回忆慎社与瓯社，坦率表示：“一九二一年，浙省第三届省议员竞选，我就是赖林鹍翔竭力支持，并利用慎社、瓯社个别社友帮忙，而获得贿选成功。”自述中“竭力”两字，足见林鹍翔支持力度之大。林鹍翔为选举事与驻军发生冲突，受了不少窝囊气，以致不安于位。刘承幹日记民国十年八月初六日透露：“晤林铁尊。前年为浙江交涉员，近为瓯海道尹。为选举事受团长之压制，处处掣肘，不能办事，愤而去职。”（陈谊整理《嘉业堂藏书日记抄》，凤凰出版社二〇一六年九月版，下册，四一八页）一年半之后林鹍翔卸任离温。

通知书称梅雨清君，可见当时习尚。而晚近省人民委员会或省政府给馆员发聘书，一九五七年尚称先生，至二〇〇六年已直呼其名，姓名之后不书先生或同志，相形之下，令人哑然失笑。

吕文起复梅冷生陈翰香

（一九二一年十一月三日）

吕文起（一八五五—一九二七），名渭英，字永年，号文溪，一作文起，以号行。温州近代开明绅士。光绪十一年（一八八五）举人。历任福建惠安、闽县、浦城等县知县，福州知府，温州府商会总理等职。民国初任温州统捐局局长、广东官银钱局总办。晚年为瓯海医院董事、瓯海公学董事长、温州旅杭同乡会名誉会长。致力于地方文教、金融、市政、邮电及赈济等社会事业。潘猛补编有《吕渭英集》。

冷兄、翰兄仁世大人阁下：

别来甚念，承简敬悉起居佳胜，欣慰无量。

护照，省电准发三十万石，永山信来，另商准省座、静老再发二十万石，是共有五十万石。除永山另起炉灶不计外，尚有三十万石。阁下要用多少，弟必为办到。今年处州米多，乐、平两县亦比上年好些，依鄙见至多二十万石足矣。现在飞涨米价，甚无理取闹，弟已设法先购有派百之湘米，一俟轮到，人心即定矣。

复颂

勋安

弟渭英顿首

十月初四

按，吕文起也是慎社社友。梅冷生《慎社与瓯社》回忆：“《慎社》第一集刊行后，引起温属六县人士的注意。此时永嘉人吕渭英（文起）适自广州省银行卸去行长职归来，经王毓英介绍加入慎社；青田人杜师预（左园），平阳人刘绍宽（次饶）、王理孚（志澂）、姜会明（啸樵）、黄光（梅生），永嘉人陈寿宸（子万）、王朝瑞（廷谔）也先后加入。这些人均系各县大绅士，一旦加入慎社，慎社声誉鹊起，要求入社者顿增。"

省座、静老，分别指浙江省长沈金鉴、安徽省长许世英（字静仁，号俊人，安徽至德人）。当时吕文起担任驻沪温属筹振会会长，向安徽芜湖购运振米回温州，所以需要浙、皖两省当局关照，沿途给予方便（交涉始末参见《辛酉年振米捐税收回之案件》，收入卢礼阳、杨志华主编《潘鉴宗与温州旅杭同乡会》，中华书局二〇一七年二月版，一五〇——一六三页）。

永山，姓王，名启文，永嘉人，第三届省议会议员。

《慎社》四集卷首社友特别捐题名："辛酉年，永嘉吕文起君叁拾金。"

林立夫复梅冷生

（一九二一年十一月三日）

林立夫（？—一九三三），名卓，永嘉人。首届国会众议员林式言之侄。一九一八年夏当选国会众议员。与台州杜棣华结为异姓兄弟。后在京创办《民意报》，约请慎社社友陈纯白、夏承焘帮忙。一九二七年初，与刘绍宽商谈永、乐、瑞、平、泰通讯事，泰、平由瑞安总汇，乐清、青田由永嘉总汇，彼此交换消息。温州旅杭同乡会第四届、第五届评议员。

冷生吾兄台鉴：

月前台旆莱行，未曾走送江干，迄今犹觉歉然。辱承不弃，惠我华翰，拜读之下，愧感奚如。垂嘱一节，当日即亲叩府，得晤令尊大人，聆教一切，致老伯父伯母大人康健纳福，尊夫人暨令郎均各清安。竹报一节，云曾有寄出，约被洪乔搁置，亦未可知。本踵□寄矣，当可不日收阅，请勿锦注。

叶、吴事迄今仍未解决，日前多数人出为调停，嘱叶君挪出二千元补吴边损失，请其让下年州边准递和息，另赔其礼。当时吴君自知理缺。

我兄关切，铭篆五中，志之不朽。如有实行消息，务请迅即示悉，当束装来省，以碰机缘也。雨农兄此间盛传有宁波统捐之说，便请示及。诸同乡谅多如意，亦希代为致意。

手复，即请

议安

弟卓顿首

十月初四日

翰香、冰臣诸公均此。

按，雨农，即杨雨农（一八八〇——九五一），名振炘，以字行，永嘉县城（今温州市鹿城区）人。实业家、慈善家。致力于电灯、邮电、医院、火柴、航运等事业，对温州近代市政建设贡献颇大。曾被推选为县商会会长、第三届省议员、省临时参议员、县纂修县志委员会委员等。以多财善贾、长袖善舞为人所称。但传说归传说，当时并未出任宁波统捐局局长。至于“叶、吴事”，纠纷内幕未详，待考。

邱翊华复梅冷生　七通

（一九二一年至一九二二年）

第一通（一九二一年二月二十一日）

冷生社兄先生阁下：

久疏音敬，瓯江咫尺，尚未造访，慕仰风裁，与时俱积。辰维道履绥和，著述日富，为颂为慰。

第三集投稿，是否新历二月廿八日截止？慎社著述用纸，恳赐寄一二百张。用纸请即日赐寄，如抄不及，截止可否稍迟数天。另付订购第三集廿五部洋式元，特别捐式元，并前式元，共四元。祈饬照取廿五部，仍该若干，俟书寄到，再行补奉。

专此致达，即颂

春禧

弟名正肃

元宵节前一日

按，此札书于“翰墨林制”八行笺上。从信札书法风格，以及特别捐数额吻合（《慎社》第三集卷首社友特别捐题名交代“上杭邱瀣山先生肆金”），可以判定发信人为邱翊华。《慎社》第三集稿件截止于一九二一年二月底，则落款“元宵节前一日”，当即辛酉正月十四，新历同年二月二十一日。

第二通（一九二一年）

冷生社兄有道：

得手教敬悉，辱承奖饰，益增惭悚。弟寒儒久，因学殖荒落，此行与括苍山水人文有缘，三生之幸。惠寄稿纸，既照抄拙作二纸，由左丈代达，兹续录七纸，并求削正，不胜感祷。第三集付印时，祈多印廿部，当另寄价洋。

先此奉达，即候

撰安

诸位社先生均此致候

社小弟翊华拜上

第三通

冷生社兄先生阁下：

得手书拜悉一切，区区助款，辱承齿及，益增汗颜。用纸收到。顷因忙迫，只录近作诗请正，可否付印，尚祈斧削。此外文少作，间有笔记，俟第四次征稿时再行补寄，容暇抄奉教正。

瓯江咫尺，尚未趋访，俟敝眷到后，乃可一行。左园先生气体当已康复，念念。此候

著安

社小弟翊华顿首

按，此札写于“青田统捐征收局用笺”，八行格。

第四通

冷翁社兄有道：

具缄未发，适诵手教，辱承藻饰，且感且惭。此间俟新任到，即交卸，顺道奉访，当有日矣。《留别》拙作祈分别存转。馀容面谈。

此候

暑安

弟翊顿首

十四日

按，此札左下方印有“商务印书馆自制”小字一行。

第五通（一九二一年九月十六日）

冷生尊兄社长如握：

得诵大札，荷承慰勉，惭感交并。前寄拙联，不足揄扬一二，乃承道谢，祇增疚悚。宦海不测，地方人士感情，亦如《青田留别四律》，已登《全浙公报》《嘉言报》。前寄左叟处请转呈教，未悉曾赐览否。

省议会开会在即，将来昕夕晤诲，为日方长。现值交卸甚迩，匆匆草复，书不尽意。敬贺

节禧，并请

堂上尊大人双安

社小弟邱翊华顿首

中秋节

按，此札左下方印有“姚江榷舍用笺”字样。时作者已调往馀姚。

第六通（一九二二年七月九日）

冷生、琴隐社长先生有道：

顷诵惠书，敬悉道履绥和，撰祺曼懋，以欣以颂。承寄《慎社》四集十册，内有续购三集四五册，费一并在内。现在三集尚未收到，不知仍有存否？新筑落成前寄联语已收到否？社友斯道卿兄欲为书好寄刻，惟拙陋不堪，又尺寸未悉，前于左园先生函已经叙明，久未得复。另录拙稿，并请斧削。

专此，敬候

吟安

左叟暨诸社兄均安好

社小弟邱翊华拜复

闰五月望日

按，此札写于“馀上慈镇花捐兼馀姚统捐总局用笺”，八行格。下钤朱文章“邱翊华印”一枚。馀上慈，镇名，位于浙江馀姚、上虞和慈溪三地交界，当时设卡收取花捐。

琴隐，即严文虎，字客星，永嘉人，名列《慎社交信录》。一九二四年接王毓英任籀园图书馆馆长，一年之后卸任。晚年受聘为浙江省文史研究馆馆员。

斯道卿（一八七九—一九五八），字资深，浙江诸暨人。早年就读于浙江武备学堂，历任浙军排长、连长等职。一九二八年后以卖画为生。西泠印社社员。一九五三年受聘为浙江省文史研究馆馆员。

第七通（一九二二年八月廿二日）

冷生社兄先生阁下：

顷诵惠书，藉悉种切。前寄函并寿联未蒙叙及，是否遗失，殊深系念。

入暑以来，苦热逼人，久疏吟事，枯肠搜索，不能成篇。尊人大寿现已逾期，尚未有以报命，罪甚罪甚。《慎社》第四集收到廿册，鲁鱼亥豕，比三集尤多。兹吾兄拟重加删节，合五集材料并为一册，改良重印，期臻美观，甚盛甚盛！征稿限十日内太迫，可稍展期否？道卿因旅部在五夫，其眷住在馀姚，逢星期六回姚，一二天即去，每天不过晤谈一次，容日当为转达一切也。慎社新筑落成经费不敷，承示募集，弟拟捐助二十元，涓埃之款，因生计是关，不能多报效，亦聊尽区区之责而已。容日当并常捐一并奉寄，至祈查收。慎社征文稿纸，乞赐寄五六十张，以便缮寄。

海天在望，翘企维劳。临颖不尽溯洄。手此奉复，敬请

潭安

诸社友均此道候。

弟翊华拜上

八月廿二日

按，《慎社》第三集卷首社友特别捐题名，邱翊华第一次出现："休宁汪楚生先生叁拾金，永嘉徐秋桐先生壹拾金，平阳姜啸樵先生肆金，上杭邱瀣山先生肆金。"《慎社》四集卷首社友特别捐题名，再次出现："永嘉林浮沚君肆拾金，永嘉严琴隐君贰拾金，上杭邱瀣山君拾陆金。"如慎社新筑社所，第三次捐助二十元兑现，则邱翊华捐款三笔，合计四十元。

项士元与梅冷生 六通

（一九二二年五月至一九五四年一月）

项士元（一八八七——一九五九），名元勋，别字慈园，浙江临海县（今临海市）人。清宣统三年（一九一一）毕业于杭州府中学堂。民国初元，参与创建临海私立高等小学校、赤城初级师范学校。一九一四年应浙江图书馆之邀，从事史志编纂。一九一七年创办《时事日刊》。次年任临海图书馆馆长。一九一九年任省立第六中学（临海）国文教员。一九二二年执教于省立第十一师范学校（丽水）。北伐之后接办《之江日报》。一九三五年起，历任杭州民生中学校长、董事长。抗战时期，任浙江省通志馆编纂、浙东办事处主任。一九四五年主编《临海县志稿》。一九五一年三月，任台州文物管理委员会委员兼征集组组长，全力搜救文物图书。著有《台州经籍志》《中国簿录考》《浙江新闻史》及《寒石草堂日记》等。

第一通（一九二二年五月十二日）

冷生先生大鉴：

前呈《感事》诗四章，谅达左右。

敝校此次风潮，全为经济公开，前校长祝宏猷因侵吞校款八百八十三元，无从报销，故竭力出而反对。勋当时为经济委员会审计股委员，审计细则由勋起草，祝氏以此种细则为经济公开之根本法，因迁怒于勋，诬以率领学生驱逐抢劫捣毁之罪，月馀以来，迭经教厅派丽水县知事郑君醴、李钟岳，省视学许宝驹等查办，郑以秉公查复褫职，李亦主持公道，据实呈复，惟许视学宝驹受祝指使，与祝同道来，同室住，到栝二日，一事未查，便匆匆返驾。

兹探得确实消息，许实有意袒护祝氏，陷害同人。此事对于同人等去留问题本不足计，惟校款关系学校命脉，可否任私人侵吞？经济公开系全国教育联合会议决，教育厅可否任祝氏推翻？审计委员行驶职务，可否任祝氏、许氏构陷？此皆不得不郑重讨论者也。

尤可痛者，新校长钱秣陵与祝、许等偕来，始则藉许等之势焰，迫令同人等出校；继则假官厅之威力，激成学生散学。昨日伊虽进校，而教职员及学生则完全解散，惟四年级生因毕业届期，不得不在校静候。并闻钱校长办学方针，专用压迫手段；经济公开各节，亦全不承认；新聘教职员闻有十馀人，以曾充六师校长之罗志洲充当教务主任，罗氏在台强占民妻，经人告发出走（此事杜君蕴常深知详情）。此等人滥竽教务首席，其馀可知。钱、罗二氏到校后，学生乏人，无由上课，时时惟派人持棍执棒，如临大敌。间有教职员及学生十馀人向住校外，膳食由校内厨房承包，钱亦勒令厨房断送三餐。种种苛刻，笔难尽述。

此事处属诸父老已函电省垣夏定侯、徐允中及省议会栝籍诸议员，共谋对付方法。先生议坛泰斗，慷慨敢言，素所钦佩，事关省立学校与教育前途，关系綦切，恳请主持公道，速提出质问。学校幸甚，处属学子幸甚。

专此肃布，顺颂

议安

弟项元勋谨启

五月十二

按，此札书于“浙江省立第十一师范学校用笺”，八行格，五页。项士元虽未列名《慎社交信录》，但与梅冷生和慎社有联系，所撰《李缝工传》发表于《慎社》第四集。

许宝驹（一八九九—一九六〇），字昂若，浙江杭州人。早年就读于北京大学国文系。先后任浙江省立一师教员、省教育厅视学、教育部秘书、省政府秘书长。参与发起三民主义同志联合会。一九四九年起历任政务院参事，民革中央常委、民革中央宣传部部长，浙江省人民政府委员等职。著有昆剧《文成公主》。

关于省立第十一师范这场风潮，当年的学生江天蔚（松阳人）在《民革创建人——许宝驹》一文中回顾道："在本世纪二十年代，我在丽水浙江省立第十一师范念书。当时正值五四运动以后，学生的思想是很激进的。在我们家乡丽水地区，和外地交通差，文化落后，什么都要比杭州、温州差。所谓新文化运动，这风信到了浙南山区已是差上大大一段时间了。记得在一九二二年的春间，十一师范为了要求经济公开，遭到校长祝宏猷的反对，发生驱逐校长的暴力事件，当时事态十分严重，祝宏猷校长被驱逐出校，校长室附近的许多灰木墙壁都被打碎，教育厅曾派省视学许宝驹前来视察风潮。许宝驹省视学到校视察，当然引起全校师生的严重关注。记得许宝驹到校视察时，不客气地说，全校师生几乎都放肆地失笑了。主要原因是许宝驹身材小巧，不魁伟，那种弱不禁风似的神态，有一只手是残废的，又带一副深度的近视眼镜，说话又是细声细气，许宝驹的印象在我们这个浙南野蛮山区里的学生眼中是非常差劲的。"他随后表示："我对许宝驹第一个印象的确是很差的。当然，他的文才是非常好的，为人也是十分正派的，这都是后来才知道的事。"（"江天蔚蓝一色"公众号二〇一七年一月二十一日）

第二通（一九五三年十月廿五日）

冷生先生惠鉴：

前日自黄岩返馆，展读手书，忻慰莫名。《敬乡楼丛书》等六包亦同时收到。承命检寄《四休堂丛书》暨《孀评》等，兹祇遵奉寄，即希察收。《四休堂书》辑自秦梗友，当付印时渠已衰病，雠校之役付之一王姓商人，致乌焉亥豕，满纸皆是，秦老所作序跋、例言亦多不可读，诚为此刊憾事。《孀评》为何肃堂先生所印，当时并《心斋逸吟》《何氏家集宗谱》等一概完全委托手民，于秦氏书正犯同样之病。昔人有云，著书固难，刻书亦难，刻书而雠校不能得人，适足为本书之玷。因视《敬乡》《括苍》诸辑更觉吾里斯文寥落矣。

敝乡图书文物土改之际损失颇巨，杨氏崇雅堂、屈氏精一堂均荡然无存，一部分为土特产运销公司收购，运至贵县及沪江，又一部分则化为灰烬或投入溷圈。及弟自杭返里，怂恿人民政府当轴组设文管会，远在乡区者已难挽救，所幸黄岩、温岭、天台及临海各城区文物大多无恙，台州土特产运销公司收购贮存之旧书五六间亦经躬往检查，先后从破纸堆中检得稿本抄本明刻本及乡先进批校本总逾千斤。关于东瓯人士之手迹，计有孙衣言、孙仲容、孙诒泽、陈介石、黄仲弢、项维仁、马公禺、戴礼诸人手札及书画，将来整理时当随时留意，另行奉告。黄岩二王手稿及戚鹤泉先生残帙均属可宝，台志稿大部分于后凋草堂检得，未知尊处之稿是属何行款，《秋灯课诗屋日记》此间亦有检得，其故居所藏旧籍亦有征得《回头想》及《再想》。前岁在其裔孙处征得钞本，其他手稿亦曾觅得数册，《拙宜园日记》稿向未之见。此间文物部门（附在文化馆办公）已有书籍十万馀册，金石字画及瓷器等不下五千馀件。此次前往登记，又挑选得图书约四千斤，然人手缺乏，只有义务服务员一人从旁襄助，房屋又甚不敷，只有楼房三间、平房七间，又平房五间，因低湿为解放军借用，进行殊觉棘手。将来和平巩固，文化高潮谅当随之到达也。

匆匆布复，顺颂

撰绥

弟项士元谨上

十月廿五日

按，第二通起数通内容关联，而第四通“兹有省文物管理委员会周中夏同志赴瓯调查文物及名胜古迹，烦为照料”，第五通则询问“周中夏同志瑞、平之行收获若何”，透露了个中信息。查张明君著《台州藏书史》，第三章介绍项士元征集与保护文物行程，提到一九五三年十月二十七日“省文管会周中夏同志来，陪至南北山及近郊各乡考古”（上海古籍出版社二〇一六年十一月版，一九六页），台州、温州地缘临近，周稍后赴温考察，顺理成章，加之第三通谈到与刘贞晦（景晨）同属省文史馆馆员，刘景晨应聘在一九五三年七月，项士元亦同年受聘，故系年于一九五三年可以成立。

潘国存先生在《梅冷生集》前言中指出：“一九五三年后，先生开始将复本古籍与云南、广东、浙江、江苏文管会等处交换，又拨出复本《四部丛刊》等书三万馀册分给平阳等县图书馆，以及温州市佛教会，使抢救过来的古籍重新回到人民手中，得到开发和利用。”项士元先生这几通书信，正是生动的见证。

第三通（一九五三年十一月六日）

冷生先生：

廿九日手书敬悉。《清季外交史料》当补寄，希勿念念。惟邮政因邮费过昂，拟改由运输公司寄上，大约须再经一星期可到达也。何氏丛刊印未告成，主编者（何肃堂奏簧）即返道山，篇幅零乱，兹续检《心斋逸吟》一册寄上，俟容整理得有全帙，再行奉寄。近在黄岩检得王棻《柔桥文钞》、王舟瑶《默盦集》、张濬《镕经室集》甚多，贵馆如需要，当嘱检寄。

关于东瓯文献，兹又得《鲜庵遗稿》（黄绍箕）、《缦庵遗稿》（黄绍第）红格钞本二卷，冒广生有跋，未知《永嘉祠堂丛刊》已否刻入。又在黄岩鉴别图书文物，于破纸堆中觅得《利济学堂报》一册，此为瑞安出版，实中国有学报之始，不忍丢弃。如认为有保存价值，俟将来赴黄搬运图书，当为检寄。默盦先生《台州府志》人物、艺文各稿，本会亦有收藏，未知尊藏系初稿，抑系誊写本？

温州文物管理委员会闻征得文物亦很多，内系台州文献之珍本当亦不乏。该会负责人听说是刘贞晦先生，二十年前过瓯曾往谒，未及相值。现虽同为文史研究馆馆员，并未通过音问，还希先生代为介绍，并达景仰之微忱。

专肃奉复，顺致

敬礼

弟项士元谨上

十一月六日

图书馆函亦收到，恕不另复。又及。

按，《永嘉祠堂丛刊》，全称《永嘉诗人祠堂丛刊》，收有《鲜庵遗稿》《缦庵遗稿》。函内称“于破纸堆中觅得《利济学堂报》一册，此为瑞安出版，实中国有学报之始，不忍丢弃”，作者早在五十年代之初即有瑞安《利济学堂报》“实中国有学报之始”的认识，可谓独具只眼。

第四通（一九五三年十二月四日）

冷生先生惠鉴：

上月奉复一纸，并交运输公司寄上《清季外交史料》一部（计一百六十四册），谅当察及。

兹有省文物管理委员会周中夏同志赴瓯调查文物及名胜古迹，烦为照料。周同志研究考古学，于石器时代的遗物尤为重视，东瓯为浙名郡，文化发达很早。先生究心文献，见闻浩博，还希不吝赞助是荷。

本会近编地方志目录，约达五百部左右，而平阳（民国十四年修）、瑞安、乐清、青田诸县志尚多残缺，拟请各寄一部，俟本会复本书整理完竣之后，当奉寄目录，请再指定需要之书，另行邮寄也。

匆泐，顺颂

冬安

弟项士元谨上

十二月四日

按，周中夏系新中国第二届考古训练班学员，长期供职于省文管会、省文物局，曾负责省文物局查抄文物清理组，兼中国海交史学会理事。已故。

第五通（一九五三年十二月廿三日）

冷生先生惠鉴：

十六日手翰敬悉，承允寄赠平阳、乐清、瑞安、青田、□□各县志，甚感。《清季外交史料》地图，本会所藏一部，亦属阙如，将来如有发见，当另续奉。

现查本会复本图书在方志一类，尚有康熙《台州府志》（十八册）、《天台县志》（十五卷）及《宁海县志》（十二册）、《临江府志》（六册）、《南昌府志》（四十册）、《抚州府志》四十册、《乐平县志》（十二册）、《定海县志》（五册，缺一册）、《分宜县志》（十四册）、《台南洞林志》（一册）、《东湖志》（一册）、《仙居县志》（残本）、《新昌县志》（残本）等，皆为贵馆方志书目稿所未载，如认为需要，请开单示知，当交运输公司运呈。

尊开复本图书，本会有残缺者，亦有全缺者。残缺之书以四库珍本为尤甚（缺卷另抄）。全缺之书，计有《青铜器文研究》《贼情汇纂》《史料旬刊》《故宫书画集》《窓斋集古录》等，如肯割换，实为至盼。本会复本书嗣后当陆续奉告，还希先生亦不吝源源示知也。

匆复，顺致

敬礼

弟项士元肃上

冬至后一日

周中夏同志瑞、平之行收获若何，并念。

附四库珍本缺书目录

经部　大都残缺，目待查

史部　吴中金石新编　缺2—3　7—8

蜀中广记　缺11　18—22　31　33　计八册

礼部志稿　缺37　41　51　计三册

政和五礼新仪　缺1—3　6　8—14　16—17　19—20　29
计十六册
政和冠礼　缺第一、第四两册
海塘集　缺第二、第十两册
子部　西清砚谱　缺12—24
八艺之一录　缺61—72　90—91　93—108　121—132　143—160
162—169　175　179　计六十八册
名贤氏族言行类稿　缺1—12　14　计十三册
集部　五百家注柳先生集　仅存10—13卷
东堂集　仅存第一册
铸溪集　仅存14—15卷
馀如跨鳌集　云溪集　五峰集　缙云集　艾轩集亦各有缺本

按，据《温州市立图书馆一九五三年度交换图书清册》记载，与台州文物管理委员会的交换图书，"来书"有《四休堂丛书》五册、《孀评》一册、《清季外交史料》一百六十四册、《心斋逸吟》一册，而"去书"包括《敬乡楼丛书》七十八册、《括苍丛书》（册数未填）、《陈介石先生年谱》二册、《太鹤山人年谱》一册、《南田山志》四册、《南雁荡山志》四册、《仙岩山志》四册。

第六通（一九五四年一月五日）

冷生先生：

上月廿九日手教敬悉，承寄《平阳县志》等八十五册亦收到，希勿念。嘱查咒林明大师事迹，兹查《人名大辞典》五九九页祁班孙下注有事迹，但是否即是明纲，仍无从考。《穰梨馆过眼录》此间亦属缺如，将来如能查得明确事实，容当续告。嘱换各书，兹因箧篓不能全装，仅寄上六种（康熙《台州府志》、《天台县志》、《东湖志》、《临海县志》、《宁海县志》，喻纂《台州府志》。内康熙二志传本甚少），其馀当俟稍缓补寄。前函请换各书，四库缺本过多，一时恐难全寄。内《六艺之一录》各缺本，如有复本，盼同其他各书先行惠寄，《窓斋集古录》蛀损如非甚剧，并希惠下。

耑复，顺颂

冬安

弟项士元谨上

一月五日

《宁海县志》缺十四至十六一册，检得当补寄。

按，第二通至六通手札，据温州市图书馆档案H-7-1936~1962，48至52页，次序按照内容适当调整。

二十世纪五十年代，梅冷生、项士元各在温州、台州抢救历史文献，风尘仆仆，居功甚伟，又互通有无，不厌其烦交换复本，可谓惺惺相惜，共同谱写了温台两地文化交流史上难得的篇章。

此外，馆藏档案内另有一通给温州市立图书馆的复函（藏书建设类F6,12页），也是商谈图书交换事宜，落款为台州文物管理委员会，日期是九月廿九日，档案整理者铅笔标注为一九五四年。从字迹风格看，也出自项士元手笔。

来伟良与梅冷生

（一九二二年五月二十日）

来伟良（一八八二—一九六七），浙江萧山人。早年毕业于浙江武备学堂。光复会会员、同盟会会员。一九〇八至一九〇九年，任浙江陆军混成旅工程营左队队官，旋升该营管带，后投身辛亥革命。一九一二年，调任浙江陆军步兵第四团团长。一九一六年，参加讨袁之役。晋任浙江步兵第一旅旅长。第一次世界大战时期，中国对德宣战，奉命防卫乍浦一带海岸。一九一九年起，任浙江外海水上警察厅厅长。一九三七年五月，南京政府授予陆军少将衔。

冷生先生大鉴：

久仰鸿仪，时深蚁慕。敬维履祺集祜，鼎祉延绥，祇以为颂。

弟日前在省小住三天，旋即渡江，至舍一行，于翌日由内河返镇。兹据敝价告知，弟离杭之日，曾蒙屈驾枉顾，以致有失迎迓，并未及踵叩龙门，专诚拜谒，抱歉万分。嗣后尚祈时赐教言，藉作南针之示，不胜盼祷。

专此道歉，敬请

道安

弟来伟良顿首

五月廿日

按，此函写于“浙江外海水上警察厅用笺”。

王毓岱复梅冷生

（一九二二年）

王毓岱，浙江馀杭人，慎社社友王梅伯之父。

冷生社友先生伟鉴：

今奉惠函，计华启及笺纸三条，就稔堂上椿萱并庆，征及拙作，惭愧焉如。既承尊命，不敢固辞，容俟稍暇，再当搜索枯肠，录呈斧政。至来书云付诸装潢，愈形歉仄矣。另有二纸已转寄高君，缘姚君石子近丁内艰，故只可缓交耳。

大儿渡挈眷居瓯，诸蒙爱待，感何可言。渠来信述及，不日当赴省一行，彼时当可与阁下叙谈也。

此复，即颂

吟安，伏惟

朗鉴不尽

愚弟王毓岱顿首

按，此函写于松江典业银行用笺。高君，似指高吹万。下文言“渠（即作者长子王梅伯）来信述及，不日当赴省一行，彼时当可与阁下叙谈也”，说明受信人当时正在省城杭州。

朱晓崖复梅冷生

（一九二二年）

朱晓崖（一八六七——一九三六），名鼎新，号友生、茹斋，永嘉人。名画家，工人物花卉。其父为手工艺人，开朱益生铜店。清末任江苏溧阳知县。民国间做过永嘉县洋广局局长等职，宦途并不如意，于是重操旧技，开设画室。曾寄籍吴县，因之出任旅瓯江苏同乡会监察委员。故后次年，刘绍宽为之作传。

冷生先生大鉴：

接奉大启，欣悉老伯大人七旬双寿，仰瞻福德，莫名鼓舞，绘呈《长生无极图》全幅，上祝纯嘏，希即哂纳是幸。择于何日晋省，祈示知，当亲趋送。

耑此，敬请

大安

弟朱鼎新顿首

按，此札书于浅红色宣纸上。《长生无极图》下落未明。

林立夫复梅冷生张焕绅

（一九二四年五月十九日）

冷生、焕绅吾兄台鉴：

奉电拜悉飞鲸开行在即，本晚开。带有贱眷，未便久留。行李已发，只得先回。自治代表一节，承情关切，深感美意，尚无条件，弟极愿承乏，惟不敢启齿耳。同乡诸公不以菲葑见弃，弟□□□□，尚恳吾兄代为进行，是为至盼。□酬应所需，亦□代垫，当再奉缴。冰老、翰香诸公，希代为致拳拳。

手复鸣谢，即颂

议祺

弟林卓拜启

五月十九日

同乡诸公均此候安。

按，所谓自治代表，全称浙江省自治法会议代表，由各县议会分头选出，《申报》一九二四年六月二日公布浙江省自治法会议代表名单，其中温属六县代表：王冰枕、张润玉、蒋叔南、黄仲荃、林竺僧、蔡耐夫、殷铸夫、方仲友、李哲夫、范俊人、唐伯寅、谢剑秋、潘冠冲、叶惠人等十四人（七版《浙县会选出省自治会议代表》），林立夫未在内。王冰枕（侃）与张润玉（也衡）两人系永嘉县议会产生。

梅冷生致刘绍宽

（一九二五年一月廿九日）

次老仁丈大人尊前：

未亲杖履一载馀矣。栗碌劳人，久疏音敬，罪也何如！

去腊从《瓯报》中读《与书》，论六属图书馆事，诚有如尊旨所云者。当时严君办事颟顸，钱丈又进阶躁率，众口嚣嚣，轩然大波。黄冈道尹，力持大体，委命既出，中途撤回，此事遂成悬案。张冷僧道尹，下车伊始，行视图书馆，目观书籍阙佚，编制紊乱，慨然兴叹。日昨进谒，谆谆以整顿为意，并言钱某已有数县否认，碍难任命，奈何？奈何？晚遂告以为事择人，始可整顿。曩章馆长一职须各县代表选举，此项代表从何产生，馆章既无明文，根本即属错误。当时拟者为固持地位计，后来窒碍初未计及，不知书局清闲，沦为选举运动。贤者弃而不求，或者求而不弃矣。苟得一人善后，徐行修订馆章，如平阳刘先生能来，固其选也。王梅伯兄在座，同声赞叹，道尹益然其说，复属征求丈意。第选举手续，格于馆章，在酌再三，未得当耳。

顾念是馆发轫，吾丈实启荜蓝，无论浼就与否，必有以助贤长官之提倡也。

即希惠教，以便转陈。再，道尹曾任北京国立图书馆事，又与前吴兴道尹同年，丰采类似，新年政简，长日抄书，闻晚述丈学行，钦迟尤切，并以附闻。

顺颂

著安

兼贺年禧

晚生梅雨清谨肃

按，录自张永苏整理《梅冷生先生日记选》，见温州市图书馆编《怀梅录》（一九九五年十一月排印本，二九至三〇页，乙丑年正月初六条）。此信系受瓯海道尹张宗祥（冷僧）之托而作。

张宗祥一九二五年一月十日到任，两星期不到，就赶上大年新春，正月初一（一月二十四日），他谢绝各方应酬，微服前往籀园图书馆考察。“目观书籍阙佚，编制紊乱”，馆务管理欠佳，为此决意予以整顿，缘于梅冷生的推荐介绍，两度做过温州中学校长的平阳刘绍宽（字次饶）进入他的视野。

刘绍宽接任经过，《厚庄日记》比较简略，作为见证人，梅冷生日记反倒更为具体。

乙丑年正月初五日（一九二五年一月二十八日）：“午后赴道署，访王梅伯，遂晤张冷僧道尹。（中略）又言温属图书馆亟宜整顿，意于严、钱之外，择人继任。余告以平阳刘次老如膺斯席最宜，道尹颔之，命作书先行致意。”此处王梅伯，系道尹公署科长。严，当时的馆长严琴隐；钱，指钱伯吹，前任道尹沈致坚拟安排钱为馆长，后见舆情不洽，果断收回成命。

正月初六日：“午后作书与刘次老。”梅冷生受张之托致函征求意见。

为说服刘绍宽，梅冷生特地提到张宗祥与图书馆的渊源以及前任道尹林鹍翔的关系（同年中举，吴兴人）：“再，道尹曾任北京国立图书馆事，又与前吴兴道尹同年，丰采类似，新年政简，长日抄书，闻晚述丈学行，钦迟尤切。”

正月初九（二月一日）：“晚得刘次丈报书，谢图书馆事，兼筹两策：（一）馆章须改订，馆长可由道署遴委。（二）善后办法，设立籀社，由社员管理事务，其社员须捐不动产一亩地以上，动产须一亩地价以上，书籍估价须佰元以上，始得社员。属与道尹商之。”刘绍宽婉言推辞，并就此提出两条措施，修订馆章，设立籀社，争取社会力量捐助，以图改进馆务。

梅冷生日记正月十四日（二月六日）接着交代：“晚赴道署宴，往长发栈谒刘次丈，谈及图书馆事。次丈来郡，经各方劝驾，已有就意。”刘绍宽改变主意，愿意接手，可见梅冷生在此番人事更动中的作用。（参见《梅冷生集》，卷四，二三〇至

二三一页）

有了上述铺垫，四月下旬，张宗祥直接去函催促。于是刘隔日前往温州晋谒，同日下午在惶惶不安的馆长严琴隐陪同下考察了籀园图书馆，随后于五月一日正式接事。自此籀园经过刘次老的多方筹划，面貌焕然一新。

夏承焘复曹昌麟

（一九二七年四月廿七日）

民公先生赐鉴：

两奉教毕及《集羽三集》，琳琅满眼，循诵不厌。

日前成五古一章奉寄，讲课纷冗，当时即以油印纸付邮，不及另简，知已登簿记否？三数年来，追从杖履，宴游之乐略备于此，一以俚文行之，无所藻饰，倘不以为□俗，而肯赐和乎？

承和八诗二词，具见贤者旷怀豪兴，允当珍袭熏沐，藏为纪念。雁荡之游想能成行。文从能过甬快觌，尤所企祷。笑拈、次饶二丈，屡拟笺候而牵于俗冗，晤时乞致拳拳。《奉怀》一律另纸附呈乞教，翘切翘切。春游申楮黯然，便中不弃，毋吝往复为何？肃此，复颂

著祺不次

晚夏承焘拜

四月廿七夜二更

按，曹昌麟《冷巢集羽三集》刊行于一九二七年仲春，故此函当作于是年。是时夏承焘执教于宁波省立第四中学。《冷巢集羽集》《冷巢集羽续集》分别于一九二五年、一九二六年刊行永嘉，均马公愚题签。查吴无闻所辑《年表》，作者一九二五年至一九二七年三年间与曹昌麟唱和诗章不下十题。《冷巢集羽集》卷首录有符璋（笑拈）、刘绍宽（次饶）等人题诗。作者后来追忆：“（次饶）先生与予相识十七八年，其长籀园图书馆时来往最密。”（夏承焘日记一九四二年六月二日）

受信人曹昌麟，字明佛，一作民父，号冷巢，江苏淮安人。二十世纪二十年代初任温州地方审判厅厅长。能诗词。

笑拈，指符璋（一八五三——一九二九），号蜕庵，别署广桑山民，江西宜黄人。清光绪间为浙江候补知县，海门镇署参军，司台（州）防统领军书者廿馀年。后充温处道署文案，长期寓居温州，一九一一年春暂署瑞安知县，辛亥革命后留任民事长。入民国，多年挂名瓯海关署、瓯海道署谘议、顾问。进步党党员。应聘担任《平阳县志》总纂。富藏书，勤勉著述。所作诗文，关涉温州掌故，尤其是存世日记稿，成为记录清末至民国前期温州地区社会的第一手资料，已由陈光熙先生整理，收入《中国近代人物日记丛书》印行，颇受各地读者关注。

梅冷生复朱铎民

（一九三二年）

铎民先生：

前辱赐书，以执事养疴山中，惧损清神，未即寄讯。比者烈珊告我，尊恙已占勿药，距跃三百。执事用脑过度，一切尚须节摄。闻退食自公，尚亲文史，恐非所宜。近还沪上，酬应必繁。海曲故人，深以贤劳为念。

专讯，顺叩

痊安

制弟梅雨清顿首

廿九日

录自温州博物馆藏朱铎民师友信札。

按，烈珊，即谢磊明，名光，号烈珊，以字行，温州篆刻家。慎社社友。函内言“闻退食自公，尚亲文史，恐非所宜。近还沪上，酬应必繁”，朱铎民致梅冷生函（残缺）有言：“年来退食之暇，略亲文史，益觉所得之不足，竟自忘其老之将至。”可见梅函正是回应此节。查张朋强《朱镜宙先生编年纪事》，朱一九三二年代理上海市银行经理，任内曾患中风，上莫干山静养两月，住杭州医院月馀之后返回上海，可判定梅函即作于是年。

李亦怀复梅冷生

（一九三三年三月十一日）

李亦怀（一九〇〇—一九七四），原名相慈，字清农，号劬斋，湖南长沙人。武昌师范大学肄业。一九三三年起任浙江地方银行温州分行经理，一九四六年离任。其间兼温州清明化工厂董事。二十世纪五十年代初期任清明化工厂上海办事处主任。

冷翁先生道席：

前辱赐谈，冗未走谢，正以为歉，今夜又承招饮，益增皇恐。宠召本应趋陪，祇以弟迩来鉴于社会环境日趋□劣，为谋同事之道德修养健全起见，规定每周一、三、六夜开会研讨学术、业务、修养诸问题，而每次集会，均须由弟出席，亲自主持。今夜适逢周六开会之期，盛筵不克走领，知蒙厚爱，必不以方命见责也。

专此道谢，敬请

著安

弟李亦怀拜上

三、十一

按，此函作于浙江地方银行温州分行信笺。

三月十一日，又适逢周六，李亦怀任期内（一九三三至一九四六年），只有一九三三、一九三九年、一九四四年三个年份同时符合，函内只字未提抗战，姑且以接任之初系年。

周守良复梅冷生　二通

（一九三三年十二月至一九三四年一月）

周守良（一八九二——一九四七），名邦新，以字行，永嘉县城（今温州市鹿城区）人。清宣统二年（一九一〇）毕业于温州府中学堂。后由上海通易信托公司资送美国哥伦比亚大学留学，攻习金融专业，尔后成为知名金融家。历任中央银行业务局副局长、邮政储金汇业局副局长，中国实业银行常务董事兼总经理，中国农民银行董事、四明银行董事及中国国货银行监察、中央银行设计考核委员会委员等职。

第一通（一九三三年十二月廿三日）

冷丈尊右：

前承赐复函电，均谨收悉。甘事实一难问题，新亦代为踌躇，莫能奉答，殊歉歉也。唯顷接铎民兄来函，言吾丈已愿屈就，□□驾（下缺多字）。原函请收阅（下缺多字）。

□有亲戚郑□□，（下缺多字）之人，前月因家事请假稍久，致为翰香兄开除。近迭来函，托新设法挽回。新深知渠境况困难，数年来仅赖电话公司薪水以生活，今遽失业，确难支持，敢恳转商翰香兄推□，□予复职，实感荷（下缺多字）。

顺颂

潭安

（前缺）启

十二、廿三

按，朱铎民出任甘肃省政府委员兼财政厅长，时在一九三三年十一月。聘请梅冷生协助当在是年。从下一通看，此处郑□□，当即郑鲁钦。

第二通（一九三四年一月九日）

冷丈有道：

顷诵华翰，得悉吾丈决然陇行，至为忻慰。正拟电告铎兄，适铎兄嘱请大驾缓行之函寄到，当即电达，谅荷台洽矣。兹将铎兄原函附奉，乞收阅。

舍亲郑鲁钦事，已承翰香兄成全，敬烦代致谢意。

耑复，顺颂

潭安

姻晚周邦新谨启

一月九日

按，此札为八行笺，红格外侧左下角印有“守良用笺”四字。

甘肃之任，稍后因局势变化（参见夏承焘致梅冷生第六通释读），梅冷生并未成行。札内所言“铎兄嘱请大驾缓行之函”附奉，但《师友信札》内未见保存。

两年后朱铎民调任陕西省政府委员兼财政厅长之时，梅冷生才应聘前往。

夏承焘日记一九三六年十一月十五日：“四时，送冷生至净寺返山，朱铎民新放陕财厅长，招冷生、孟晋去，孟晋犹迟疑。”当时孙孟晋接掌籀园仅一年半，摩拳擦掌，迟疑很正常。不出三天，梅冷生已动身西行。十一月十九日：“晤广才、佩秋、黄华表、孟晋，谓冷生已赴陕矣。”十二月十五日：“午后孟晋来，携到冷生旬前到西安书，谓为贫而出，蹈予陈迹，哑然失笑，不知变故以后在陕安否耳。”所谓“蹈予陈迹”，因夏承焘十五年之前曾在西安谋职；“变故”指“西安事变”，事变发生之后，梅冷生于次年元月上旬即折返温州，逗留西安前后不足四个星期。惜梅冷生致孙孟晋此札无缘寓目。

杨俊友致梅冷生

（一九三五年五月九日）

杨俊友，生平未详，但就信札所言，于第三特区乡著会情况并不隔膜，估计是温州本地或邻近地区人。

冷生先生赐鉴：

顷奉武昌委员长行辕秘书处函，嘱寄《永嘉县志》一部以为参考之用，可否向乡遗著会照预约特价购买，请示知，以便价买为祷。

耑颂

钧安

杨俊友顿首

五、九、

再启者。前托先生选择先人诗稿并求赐序文，如均蒙撰选，恳赐交去手携下，实胜感盼。又上。

按，为委员长行营采访参考书，杨俊友作为转达者，并没有狐假虎威，而是以商量的口气提出，只是希望按“预约特价”（《永嘉县志发行预约》办法：定价六元，预约仅收工料费四元）给予优惠，可谓明白人。由此推知，武昌委员长行辕秘书处也没有就此大肆张扬，随意勒索。当时官场与社会风气还不是一团糟。至少他们头脑里没有区区几块大洋不算什么的念头。联想到一九六二年一月，中办秘书田家英以领袖名义向温州博物馆“借”取谭嗣同书赠宋恕的扇面，从此一去不还，杳无音讯，相去不可以道里计。

下文提到“前托先生选择先人诗稿并求赐序文”，则此次投书并非初次，可惜前函未见。

刘景晨复梅冷生　二通

（一九三五年五月至一九三六年五月）

刘景晨（一八八一——一九六〇），字冠三，号潜庐，后改号贞晦，别署梅隐、梅屋、十二梅花屋居士等。永嘉县城（今温州市鹿城区）人。历任浙江省第十师范兼省立十中地理教员、缙云县知事、外交部法政专门学校秘书、国会众议院议员、厦门大学教员、上海中国文艺学院教授、新疆省政府驻京办事处秘书等。协助黄溯初校印《敬乡楼丛书》。抗战后期应聘《永嘉县志》总纂。一九五一年起，出任温州市文管会特约采访委员、主任，市人民政府委员，省文史馆馆员，市政协副主席，省人民代表等职，公认为现代“浙江知名的耆宿”。一九五七年打成“右派”，一九八三年平反。《刘景晨集》列入《温州文献丛书》第四辑出版。

第一通（一九三五年五月十三日）

冷生我兄左右：

顷辱惠书，不胜快慰。《艺展会纪念册》拟目妥当之至。作品摄影，以已故者为限，尤见卓裁，否则处置极难。册首一序，由编者简述此会经过情形者便是，我兄当自为之。下次如举行，须改定办法，尊论甚是。此次郡会参观者达五千人，瑞、平、乐参观人数各若干？当开会时，门宜有签名簿，似可调核知之也。补刻《县志》，偏劳校阅，心感无已。原约五个月刻竣，计时业已及半，今刻成六万馀字，未成二十馀万字，工匠方面尚乞严为督促为幸。经费相差若干，当可补募足之。征集先哲遗著会，推我兄主持总务，前已承次老暨孟晋兄函告，窃庆得人。此事无款固不易办，募款更不容易，然除劝募之外，别无办法。不知募捐各函邮发之后，影响何如？

《敬乡楼丛书》第四辑，总目未曾确定，现已印成者《周畏庵集》，已付印者《张文忠公集》，拟付印者《两汉博议》《瓯东私录》《针灸资生经》《法幢语录》《海日楼诗文集》等书，将来或有变动亦未可知。大约本辑须印书十种，合成二十册。我兄意中如有以为当先印之书，请即示知，俾与溯兄商榷，尤所感盼也。孟晋兄接长温属图书馆，甚好。征集先哲遗著会迁附馆中，鄙见相同。如再得蟠公同意，于募款稍有头绪者，迁附更佳。

仲韦返沪多日矣，昨将尊札转示之。我兄谦淳，渠极感佩；且谓临行时未有叩辞，甚为抱歉，嘱代谢谢。王志澂兄《六十述怀》诗，弟未有次和，仅寿以七律一首。兹并近作数章，别纸写呈教正。我兄次和四诗，造句均佳。第三首尤为精切。第四首“圣门”，改“圣人”，似因第一句“门”字复，然七句“人”字亦复，鄙见“圣门”好，第一句“门”字易改，尊见何如？淡风先生已归道山，可惜之至。昨晤溯初兄，知有《东瓯诗》正、续集四册，因兄介绍出售，索价四十元，似太昂。溯兄已有此书钞本，惟更收藏印本自佳。我兄如可告前途减价最好。溯兄当已有函奉复矣。次老前书言游北雁有诗，尚未脱稿。乞便走告之，弟愿先睹为快也。

匆匆不备，顺请

著安

弟刘景晨顿首

四月十一日、五月十三日

按，作者当时供职于上海国信银行，所以顺手写于国信银行用笺，一共五页。有意思的是，作者将夏历与公历一并落款，如此标注似不多见。

所谓《县志》，指光绪《永嘉县志》。一九三五年春，鉴于光绪《永嘉县志》板片残缺，刘景晨倡议补刻，征求县长徐用（子勉）赞助，并委托梅冷生负责校刊。梅冷生《补刻光绪永嘉县志跋》言“刘丈屡自沪上邮书，殷殷督促”，说的正是此事。

“募捐各启”，指征辑乡先哲遗著募捐启，由梅冷生起草，刘绍宽审定。第三特区征辑乡先哲遗著委员会开办费一千元，系商会翁殿仁捐赠。

王志澂（理孚）六十生日在民国二十四年正月初六（一九三五年二月九日），祝宴安排于四月二十七日。

王理孚《六十述怀》组诗四章曰：

少日经营喜力征，学书学剑两无成。舆人每诵衣冠褚，国事难凭口舌争。三入梁园作宾客，一从安石误苍生。行年六十垂垂老，高卧沧江意未平。

归欤吾党斐成章，人事天功未敢攘。比户弦歌灾后市，千家渔稻海中乡。梯航绝域通来往，文献方州补缺亡。独有买书三万卷，与琴分价鹤分粮。

两鬓星星白发新，人间乐事叙天伦。多儿豚犬商兼学，健妇糟糠敬若宾。在癸兰亭师友集，同庚玉局弟兄亲。只怜爱日堂堂去，许国无由愧此身。

浩荡难驯万里鸥，饱经忧患始归休。不成名世生何乐，纵盗虚声识者羞。扰扰鱼虾喧近市，纷纷鹰隼击高秋。贾生年少犹垂涕，欲俟河清况白头。

函内称“我兄次和四诗，造句均佳”，可惜《梅冷生集》失收，推敲其三其四用字，无从领会。刘本人赋诗《王海髯六十生日》：“意气论交道义兼，别来消息阔邮签。翛然白鹤云中羽，老矣苍虬海上髯。千首诗篇多俊逸，一家礼法倍庄严。沧桑眼熟浑闲事，自读藏书日下帘。”原载《浙瓯日报》一九三五年六月八日“红尘”副刊，已收入《刘景晨集》卷下。

第二通（一九三六年五月十七日）

冷生我兄左右：

前辱惠书，业于守庸兄离沪之后接到，当即奉复一函，并附写小诗呈缴，□□早登记室矣。顷又承示笺，《县志》已刻成七万馀字，喜慰之至。印费续筹，为数不大，想非难事也。征集遗著会经费，除到处托钵外，亦别无办法。许公肯努力进行，殊可感佩，晤时乞为道候为幸。次老谅可返郡矣，曾托在平借《瓯东私录》备校勘，不知已借到否，乞便询之。我兄又为编撰艺展会出品各家略历，□□感念之至。《东瓯诗录》，溯初兄已交在弟处，承示十金左右，前途不□售去，当转告之。然弟拟劝加至十五金，溯兄想可□□，□途似亦可出脱。如何，盼复。

撰安，不备

弟景晨顿首

五月十七日

按，此通亦作于国信银行用笺。

守庸，指陈守庸（一八八二—一九六六），名翼常，又名权东，以字行，永嘉城区（温州市鹿城区）人。清末毕业于上海圣约翰大学，受聘为温州府中学堂英语主任教员。民国年间出任多省盐务官。辽宁营口盐务稽核分所经理任上，数旬之间将盐课一百八十馀万办解上海与部库，以免日寇攘利，颇受赞誉。二十世纪三十年代返里，供职于温州招商局。飞鹏巷寓所现为马孟容马公愚艺术馆。

《永嘉县志发行预约》一九三五年七月十三日至二十八日连续刊登于《浙瓯日报》："前因板片残缺，兹经本县官绅捐资补刊竣事，即日雇工印刷。预约一月，自七月十日起至八月十日止。全书分装三十厚册，定价六元，预约仅收工料费四元。出期九月十日。"计补五一二叶，二十六万三千馀字。

"印费续筹"，县长徐用拨助公款二百元，其馀一千零五十金均系绅士赞助，内黄溯初、潘鉴宗、徐寄庼各捐资二百元，杨雨农、周守良也有出资（光绪《永嘉县志》民国二十四年补刻本，卷末《补刻助赀人姓氏》）。大约十月中旬面世。

艺展会，全称浙江永嘉区艺术展览会，一九三五年四月举办。出品各家略历，收入《浙江永嘉区艺术展览会书画纪念册》，亦名《瓯雅》，由梅冷生、谢磊明、林志甄合编，同年宣和印社影印出版。许蟠云《瓯雅》序感慨地说："二十一年冬，奉命来瓯，观政之馀，晋接邦贤，深叹当代艺人之盛，知往哲风规去今未远。爰于二十四年春，举行本区艺术展览会，集郡人新旧各家之作至数千本，以次赴各县陈观。既毕事，众议取旧品之精者影印留真，藉诏方来，兼以外郡前贤宦寓之作附焉。（中略）助余采辑者，谢君磊明、林君志甄、梅君冷生三君。初拟博采旁搜，得其大全，终格于当地藏家尚有深秘固靳，荏苒年馀，始行付印，湮没遗珠，咸为叹憾。然区区之心，终以一郡文献所系，与长逝者精神所托，网罗放失，当仁不让。他日冀有所获，以赓续是辑，而取精用宏，由艺进道，余知此邦群彦亦将不舍于是也。"（此序系梅冷生代笔）

征集遗著会，全称浙江省第三特区征辑乡先哲遗著委员会，当年第三特区（永嘉区）包括永嘉、瑞安、乐清、平阳、泰顺、玉环六县。在专员许蟠云的支持下，刘绍宽先生主持会务，短短两年之间，精心谋划，多方发动，集中抄缮温州乡先哲遗著四百零二种，抗战前夕全部移交籀园图书馆收藏。底本绝大部分已失传，幸亏这批钞本完整留存下来，得以嘉惠后世。

赵柏庼致梅冷生 二通

（一九三五年五月至一九三七年十月）

赵柏庼（一九〇二—一九四三），字百辛，乐清人。在宁波当中学教员多年。一九四三年六月二日患喉结核病故于上海，临终委托夏承焘整理其遗稿。夏承焘因之“终日理百辛遗稿，近诗多可传之作，书札亦极美，日记笔录，具见笃学之勤，信吾乡一才士”，“阅百辛家书，忍穷耐苦中，父子儿女之爱，几令人坠泪。世人但知其诗文之美，不谓真学问真性情却在此家常言语中”。著有《鲒埼亭集笺证》十二卷，稿交商务书馆数年，未印。

第一通（一九三五年五月十五日）

冷生兄丈案：

前在里数奉渊谭，兼承厚爱，如登华鬘忉利，天花着袂，何时消也。奉别忽又半年，霁月光风，敢忘依仰。印上坐顷交手帖，开槭欢喜，恍接笑言，至齿及题二华精舍数诗，殊多忸怩。弟弱龄失学，旅食蹉跎，在冷蠹中，久化蛄蜜，未必能为脉望，偶有述作，大都饥吟渴话，草土之气，入鼻不鲜，视足下云霞在胸，何止十万由旬之隔耶？印师不为卑人藏拙，曝腮龙津，可胜愧笑。

兄近日逸情何似，江乡花事未闲，三界消魂，尚有辨才天女否？书画会闻多精品，弟与印公均无福纵□，思之闷损。勾甬时有名僧踪迹，圆瑛、太虚辈声闻广被，犹有□□气，风雅如印上坐，恐无第二人。渠与弟过从甚密，每过二华精舍，煮茗剧谈，辄念冷翁、磊翁不置也。弟校课□□，此间一二友好时来谈艺，益鹿鹿鲜暇。月前移住近江一小楼，颇宜登眺，四明主峰客脊若在襟带间，宵来江月胧黄，吞吐环云里，光景幽绝。弟有和友人寥士一绝云：

趋駃先鸣草不芳，坐看白日去堂堂。

此时微悟虚舟理，江月无声江月黄。

诗极不佳，要使老友见之，如见其肥瘦尔。

弟前以陈用斋字一幅贻乡友吴君，拟跋记数语，用斋行实未详，便乞惠告一二。荷荷欲言尚繁，纸尽容嗣启，率敏

宅安

弟柏廎谨上

五月十五日后夜

磊明先生前恕不另笺。

再陈者。会款久稽未缴，愧悚并深。节前拟先奉三十金，馀俟暑解归时面致，尚望略赐宽假为幸。印西上坐前寄展览各件，乞裹交来人平阳船友阿洪。带回，不致遗误。廎又拜。

按，“书画会闻多精品”，此次书画会全称浙江省第三特区艺术作品流动展览会，张㭎、叶墨卿、刘绍宽、刘景晨、黄梅生、孙孟晋、梅冷生等三十人为顾问，一九三五年四月开幕，故此札当作于是年。

附言所称“会款久稽未缴”，“节前拟先奉三十金”，想必是作者答应为乡著会募集的捐款。前引刘景晨致梅冷生函提及：“征集遗著会经费，除到处托钵外，亦别无办法。”正可印证。

印上坐、印师、印公，均指印西法师，俗名陈迟，系李叔同（弘一法师）任教浙江一师时期的门生，当时任绍兴云栖寺住持。能诗善画。

第二通（一九三七年十月）

冷生兄丈道案：

天一阁捐款，未承来命，遽先垫付，殊觉冒昧。鄙意移写郡志，以速了为是，因之不避专辄，此意望兄千万谅之。会中如有问题，尽可从容裁定，或由数人分负，不急□见还也。钞费七十金，电允先惠拨，乞点交来人带下，感荷感荷。

杨宅屏份，迟迟奉缴，乞宥涵。印西顷居绍兴偏门外小云栖寺，□□□□道林矣。尊函早转交，勿念。□□□□更作古人，耆旧无多，思之真可胥涕。校中约廿六放假，弟□□□竣工后可归。□□□□不吝诲答。率叩以□□□□为望

弟□□拜（赵百辛章）

刘绍宽日记民国二十六年十月十四日（八月十一）：“昨得梅冷生函，为赵百辛即柏廎。抄书事，拟筹备百元返之。今晨同吴天五往籀园，与孙孟晋相商，为发起募集之。自籀园归，过刘赞文、樊迅卿、梅蓼卿、吴子鸿，遂回寓。乡哲遗著委员会中托赵百辛向鄞县天一阁抄旧府志，百辛垫付百元，其款无著，故为筹还。”（第四册，一七八三页）

所言正是对赵百辛代垫抄书款一事的回应，此时乡著会已告一段落，改组为文献保存会（名存实亡），刘绍宽又不常驻温州，募集事首先找孙孟晋商量，顺理成章。接着连续会见刘赞文、樊迅卿、梅蓼卿、吴子鸿四人，估计也是为筹款事奔波，所以此札当作于一九三七年十月上中旬。不过，赵信札内明言“钞费七十金”，而梅冷生致刘绍宽函却表示“拟筹备百元返之”，其中三十金作何用途，未详。

刘绍宽日记此前两条关涉与天一阁抄书事，缴款数额均为一百。

民国二十五年六月十一日（廿二）：“梅冷生云，天一阁有前明《温州府志》二部、《乐清志》一部，须捐金一百，方可借钞云。”

六月廿三日（初五）：“赵柏廎来函，寄与梅冷生云。天一阁有《温州府志》弘治、嘉靖二本，弘治本共廿二卷，嘉靖本仅八卷。又有《乐清县志》八卷，不著撰人姓氏，所纪皆永乐二十年前事，姑定为永乐间所修。三志一并移钞，并代乡哲遗著会缴捐款百元云。”

而梅冷生去见专员申请抄书经费，专员批拨的额度却是一百二十元，请看随行的张棡民国廿五年六月十三日（四月廿四，星六）日记：

> 晴。九句钟梅君冷生来行访予，茗谈片刻，并付来钞先哲文稿卷子数百张，云托人抄字，大约九千字计洋一元，予允归觅人为之。午后二句钟赴梅宅访冷生，引予坐其书室，示所辑先哲之本甚夥。又邀予同赴县政府访许专员蟠云。晤时予见其人大约卅多岁，而貌尚厚重，颇敬老重士，见予来即约予明午去饮，予因初次会面，不便扰其盛情，只得婉谢之。冷生为天一阁嘉靖《永嘉县志》是稀本宜抄，然须费洋百馀元方肯许钞，乃乞专员从地方分银行领洋一百二十元应用，许君旋为盖印付之。予即与梅君告辞出，旋又便过玉林裱画店玩石笥公遗墨，冷生乃别去。

梅冷生向许专员笼统地说百馀元，许蟠云善解人意增加二十元，多出的“馀”或“二十”元，无非是备用。

既然专员盖章同意从地方银行提取一百二十元，何以一年四个月之后（十月十四日）还需要原乡著会负责人刘绍宽、孙孟晋发起募集？这笔抄书费用支出是七十、一百，还是一百二十元，赵百辛信札、刘绍宽与张棡日记各执一词；专员拨款，梅冷生领取，有旁人在场，而募款又是众所周知。地方银行拨款在前，而赵百辛垫付在后，令人费解。个中情况究竟如何，留下一个不大不小的问号。

邵元冲致朱铎民

（一九三五年八月十四日）

邵元冲（一八九〇——一九三六），字翼如，浙江绍兴人。同盟会会员。一九一四年入中华革命党。一九一七年任孙中山大元帅府机要秘书、代行秘书长职事。一九一九年留学美国。一九二四年任国民党中央候补执行委员，粤军总司令部秘书长，黄埔军校政治教官、政治部代主任，孙中山机要主任秘书，民国日报社长等职。一九二六年后，任国民党中央青年部长，次年北伐胜利，任浙江政治分会委员兼杭州市长。一九二八年初任广州政治分会秘书长。一九二九年国民党“三大”上当选中央执行委员、中央政治会议委员。此后历任国民政府委员，立法院副院长、代理院长，兼国民党中央宣传委员会主任委员。一九三五年春，因对日外交问题与中央政治会议主席兼行政院长汪精卫发生矛盾，辞去宣传委员会主任委员一职。后游历陕、甘、宁、青、绥、晋等省。西安事变期间不幸遇难。

铎民吾兄大鉴：

在兰晤教甚快。别后由宁夏转包头、绥远、大同，至太原，返京，沿途平顺，足慰雅念。抵京后即函询李拔可兄，以《丛书集成》优待折扣之数得复后，即将专款三百九十一元汇去，兹已收到预约券，特将该券奉上，其上次惠假四百元之尾数九元，亦由邮局汇寄，到后均盼赐复为幸。在兰屡次奉扰，并贻珍品，徒有□愧而已。洮河绿砚材，将来有便，烦代购数方，以不雕刻龙凤等，愈质朴（质较细者）愈妙，其价当续奉也。

专此奉候，并颂

近绥

弟元冲□□

廿四年八月十四日，京中

一民兄及诸友均候。

按，此函书于中央会议厅用笺，两纸，略有残缺。

李拔可，名宣龚，号墨巢，商务印书馆经理。一民，即朱一民，甘肃省政府主席兼民政厅长。

事隔一个多月，没有音讯，邵元冲不免担心，于是又去一信，恳求朱铎民以航空信回复。

其实，这期间朱铎民有所动作，于九月七日直接投书李拔可，告知汇款预约者乃甘肃电报局局长寿天章。

《丛书集成》，可称“丛书之丛书”，选出宋元明清丛书一百部，剔除重复的品种，共收录图书四千一百种，名义上是王云五主编，而在书目的选定上，张元济倾注了大量精力。一九三四年编定，一九三五年至三七年陆续出版发行。

戴炳聪致梅冷生

（一九三六年三月廿八日）

戴炳聪（一八七七——一九四二），字守雅，一作叔雅，别署璞庐主人，瑞安人。光绪贡生。一九一三年七月，浙江公立法政专门学校法律科毕业。次年起历任山西永和县公署政务科科长，浙江省第一师司令部军法处军法员，鄞县地方审判厅书记官，淳安、诸暨、桐乡、武义、松阳、仙居等县承审员。著有《璞庐诗草》《璞庐文存》等，辑《璞庐藏书书目》《戴氏先德联选》等。璞庐捐赠籀园图书馆书刊一三六三种，六〇一四册。

冷生先生大鉴：

日前叩府，不遇怅怅。留存张紫石先生《读史举隅》一册，贵会如要备录，可即交敝徒钱声秋抄，否则祈将原稿检还，免致失落。兹奉上翰卿孝廉诗稿一册，烦查收。又前寄《听鹂馆吟草》一册，谅已收到。

前后寄奉稿本约计有□□七八千字，已收到笔资叁元，多少原可照算，惟此等寒儒迫不及待，可否再付数元，交树棠侄转寄，请商之。

此请

大安

弟戴炳聪顿首

稿纸三刀□□□。又及。

三月廿八日

按，戴炳聪《永行八日记》影印本收入《温州市图书馆藏稿钞本日记丛刊》

第四十八册，丛刊付印之前承瑞安一位朋友专程查阅戴氏家谱，获知戴炳聪去世于一九四三年。今检《夏承焘日记》民国三十一年十月廿六日："戴树棠寄来其从父守雅翁讣告，辑有乡先哲遗著《戴氏诗荟》等书，六十六岁，钱天起撰行状。"更为可靠，当提前一年。

翰卿孝廉诗稿，指《戴翰卿先生诗集》，瑞安戴循良著，一卷。另据《浙江省永嘉区征集乡先哲遗书目录》，当时戴炳聪为乡著会过录戴信准《咫园诗稿》二卷、戴作鼎《戴庚山先生诗草》一卷、蒋锋《雪斋吟稿》一卷、余澜《罗山樵子吟稿》一卷等抄本，但张紫石《读史举隅》榜上无名，估计梅冷生与乡著会同人未委托他征录。

师友书札内另有一通，戴炳聪系受信人，原札不长，过录附后："诗稿奉璧，僭易几字，未知有当否，乞勿以草草为嫌也。大抵诗字二学晚境为佳，大著有与年俱进之象。守雅先生。钦上言。五月十八号。"钦为何人，待考。

王理孚致梅冷生

（一九三六年四月十三日）

冷生我哥大鉴：

春节集会，辱承宠召，满拟一行，以其时匪氛正盛，去敝地仅三四十里，县中调兵筹饷，日待会议，未克分身，至负殷拳，歉仄无似。

选诗一节，昨得厚师函，知已函托周幼康先生专办。弟已将搜得稿本及前领钞费慨行转致，计当有以报命。□□哲遗著已抄就零本数种，《玉介园存稿》亦经抄就十之八九，一俟全书告成，谨当校过先奉，馀俟再抄可也。

闻邺架藏有《周易指》一书，敢希惠交来者赍下一校，半月为期，准当奉赵。以敝处藏有初稿，朱墨狼籍，亟待董理也。郡城如有可买处，并希代买一部，尤感。

此颂

□□

弟王理孚拜上

四月十三

按，此札书于“念庐主人用笺”，两页。《玉介园存稿》系向北平图书馆借抄，《玉介园存稿》，明王叔杲著，十八卷，附录四卷，王理孚跋落款为“丙子四月八日”，公历为一九三六年五月二十八日，而此函称“《玉介园存稿》亦经抄就十之八九，一俟全书告成，谨当校过先奉”，则发于本年无疑，四月十三日为公历。

周幼康，名锡光，晚年改名喟，号井庐。平阳水头人，周锡经（季纶）之弟。

幼时与刘绍宽同学。参加民国《平阳县志》编纂。编著《南雁荡山志》《船屯渔唱笺释》（原撰者为清平阳张綦毋），用力甚勤，为时人所推崇。

函内所谓“零本数种”，不外乎平阳郑衡《雪舫斋吟草》一卷、平阳缪文澜《娱草》一卷等。

刘绍宽致梅冷生 四通

（一九三六年七月十一日至七月十九日）

第一通（一九三六年七月十一日）

冷生我兄先生大鉴：

敬启者。池君仲霖之令坦叶徵幹君，艺术毕业，甚工绘事。文理书法斐然可观，性行又甚醇良。闻其少习钱业，于计算亦所擅长。池君谆属于许专员前力为推荐，以现时公安局规模扩大，用人添多，拟求补书记等缺。宽近右目失明，趋走不便，以日间炎暑不能出门，至晚目又黑暗，不能履步如常。因此不敢晋谒，为之陈情，□□□□□□□□□□□纸送存贵处，敢请我兄于晋见之便，面请专员特加拂拭，藉以甄拔寒微，以慰渠冰玉之情，至为盼祷。

肃上，敬颂

著安，不一

弟绍宽顿首

□月十一日

查刘绍宽日记，民国二十五年七月五日首次提到池仲霖与女婿来访："池仲霖同其婿叶某来，并乞作题画诗序。"（第四册，一六五一页）但未提及求职事。两周之后池仲霖女婿再次出现，七月十九日（六月初二）："午后梅冷生来，余适出外访友，留字，云陈案可秉公办理，毋枉毋纵，叶惠人及池仲霖令坦当存记任委云。"（一六五六页）则此函当作于一九三六年七月十一日。

叶徵斡（一九一三—一九八七），艺名曼济，永嘉梧埏乡霞坊村（今属温州市瓯海区南白象街道）人。早年师从画家苏昧朔。之后加入池仲霖所办国医国学社。二十岁考入上海美术专科学校国画系。毕业后返温从事美术教育与舞美设计工作等。一九四九年之后，曾任温州市文联副主席、市文工团副团长等职。作品结集为《叶曼济画集》（叶青青主编，浙江人民美术出版社二〇一六年十月版）。梅冷生转达说“存记任委”，是否落实，日记未见下文。

至于“右目失明”，作者受此困扰，日记前不久提及：“昨晚得张云雷、高性朴信，闻余右目失明，劝静养一月，以念佛、念观音为清业障，甚感盛意。叶惠人昨以小女结婚，乞为证婚，以眼病辞之。”（民国二十五年四月十八日，第四册，一六二〇页）

第二通（一九三六年七月十九日）

冷生我兄大鉴：

日前触暑发痧，起即不能出门。幸在日间，如入夜恐为同庄之续矣。仲霖托其令坦事如何？

兹再有恳者。顷有故人子弟陈君叔芬，以贫故远游南洋，多年不见，兹以航空函来询其堂侄陈楚卿事。查该案本人以电报嫌疑拘入司令（部），据乡人云，在台湾为台商买办属实，指为汉奸未免冤屈。宽前在上海震旦闻马相伯先生□□，且外国书籍言，明代倭寇始由中国人经商外国，归，中人指为汉奸。□□人□□，前无归□而引寇。宽尝以入之平倭纪念碑文中。今日通商时代，□台密迩，如往来为商者，查禁不可不严，而察理又不可不恕。未审该陈楚卿情□究竟如何，敢请便询许专员示下，以便答复为荷。

肃上，敬颂

著安

弟绍宽顿首

七、十九、

附陈信。

再，玉环叶君惠人屡来，言渠于许专员特荷垂青，前承专员允为量才汲用，曾求补永嘉县公安局长。兹悉局长已省定，拟请另委他缺，俾得在永，以便宣扬佛法云云。

查公安设局以来，弟迫于友好之相嬲，滥作荐书，渎之□□□□厌，无如外人之不谅何也。乞晋谒时并为道及。惠人才智颇优，□□□好。专员倘有以吹植之，因材器□，□□必甚感激也。绍宽又叩。

按，《刘绍宽日记》民国二十五年七月十九日（六月初二）："为陈叔芬所言堂侄楚卿函致梅冷生，请转询许专员。少顷，许专员来，言该案尚须审慎考虑，以有南麂地图，可疑也。午后梅冷生来，余适出外访友，留字，云陈案可秉公办理，毋枉毋纵，叶惠人及池仲霖令祖当存记任委云。"（第四册，一六五六页）可互相印证。

此前先是建议寻律师商量，刘绍宽日记六月九日（四月二十）："张小玉同蒲门金姓人来，言其乡有陈楚卿者往来台湾，为某店买办。顷在温发电福建，云'八都人地生疏，不能合作'云云，为侦探者所获，解至司令部。余令转商之陈律师卓云。"（第四册，一六三七页）

直到接读陈叔芬海外来鸿，情况明了，于是直接致函向专员许蟠云陈情。

七月十六日（廿八）："陈叔芬自南洋日里巴敢中华学校寄航空信来，言其堂侄陈楚卿为台湾人在温州办货，侦探疑作汉奸，拘入司令部，乞代援助。查陈楚卿前在东瓯旅社发电台湾，有'八都人地生疏，不敢合作'等语，被拘。日前已有所闻，容再查之。"（一六五五页）作者主张"今日通商时代"，"查禁不可不严，而察理又不可不恕"，可谓持平之论。可惜所附陈信，未见。

平倭纪念碑文，题《明代平倭诸将戚继光等纪念碑》，系九一八事变之后永嘉县政府立平倭纪念碑，委托作者执笔。

又，叶惠人稍后与刘绍宽保持联系，日记留下两条记载。

同年十一月廿一日（十月初八）："叶惠人来，赠玉环女士戴礼《礼记通解》八册，计八十卷。其书汉宋说兼采，而说义理为多。"（第四册，一七〇一页）

十二月三日（十月二十）："玉环戴女士礼著有《礼记通解》八十卷，叶惠人为寄来五部。余受其一部，分致温州图书馆一部、高吹万一部、李佩秋一部、梅冷生一

部。”（一七〇四页）

同庄，指林同庄（一八八〇——一九三六），原名祖同，改大同，瑞安人。幼年父母早逝，由二叔抚养成人。后考入上海南洋公学特班，与邵力子、黄炎培、李叔同、项骧等为同班同学。一九〇九年毕业于日本东北帝国大学土木工程科。归国，历任浙江水利委员会技正兼主任、钱塘江工程局局长、钱塘江塘岸工程处处长兼代省水利局局长等职。主持温州旅杭同乡会会务达十二年之久，成绩卓著。据《浙东名宿林大同逝世》报道："终年以冷水浴身，体颇健硕。前日（二日）中午食饭三碗，睡后一眠不起，享年五十有七。"（原载《东南日报》一九三六年六月四日）此信开头顾虑类似林同庄病状发作。

第三通（约一九三六年）

冷生我兄大鉴：

王志澂函来，取乡哲遗著卷纸，多日竟忘奉知。如有，请即检惠携下，以便转寄，至荷。肃上，即颂

近安

弟绍宽顿首

闻□□尚多，乞惠□□纸□可。

按，《刘绍宽日记》民国二十五年六月十五日："王志澂来函，云吾侪号称绅士，对地方已无可为力，对官厅亦以土劣等夷视之，亦何乐而与闻人事耶？此皆深有刺激而为此愤慨之言，始信诗人'尚寐无聪''尚寐无吪'者，诚有许多委曲在也。"（第四册，一六四一至一六四二页）正因为对政局感到无望，才将精力转向实业与社会事业。整理乡邦文献也是其中一途。查《王理孚先生年谱》，一九三七年校勘平阳先哲遗稿《渠西先生遗稿》《潜斋诗稿》《雕虫诗草》等九部（张禹、陈盛奖编注《王理孚集》，上海社科院出版社二〇〇六年九月版，二五三页），这是继上一年抄缮《玉介园存稿》十八卷之后的后续工作，需要一大批稿纸备用，预先托恩师就近向遗著会总务股兼印行股主任梅冷生商取遗著会馀纸，自是题中应有之义。

第四通

冷生我兄大鉴：

奉上《书后》一篇，以近于归期，匆匆录奉，虽与《提要》立辨，颇针对时事发言，倘嫌冗长或有未妥之语，可由我兄酌节之为荷。

肃上，即颂

近绥

弟绍宽顿首

按，手札未书日期。《书后》待考。

张棡致梅冷生

（一九三六年七月卅一日）

张棡（一八六〇—一九四二），字震轩，号真侠，晚署真叟，瑞安人。清生员，曾受孙衣言聘为孙氏诒善祠塾主讲，又受孙诒让之聘为瑞安中学堂教员。后执教温州府中学堂、浙江省立第十师范学校、省立第十中学、瓯海公学等。著有《杜隐园诗存》《杜隐园文存》等。张钧孙整理《张棡日记》（全十册）新近由中华书局收入《中国近代人物日记丛书》出版。

冷生词兄伟鉴：

前月走谒，备蒙款接，兼示藏籍宏富，精本美备，确有黄、鲍遗风，欣羡之至。又遵督察专员许公宗旨，搜寻乡先哲遗著，抄辑达数百种，更见仁人君子之用心，超出流俗辈万万。将来倘能择善刊布丛书，定可为孙氏之《永嘉集》、杨氏之《瓯海集》、黄氏之《敬乡楼》后先辉映矣。弟囊苦羞涩，居又乡僻，于前哲遗编所见有限。惟石笥林先生《玉甑山馆诗文集》储箧几四十年，无力付刊；而其曾孙小竹君《颇宜茨室遗诗》亦有五六卷未刊。兹先命次儿抄《玉甑诗》八卷，校勘呈阅。所抄字数若干，希照算付洋是荷。至《玉甑文集》四卷、《尺牍》数卷、拙撰《石笥行状》一通及《小竹遗诗》，因卷格抄完，望拔冗再检数刀付次儿手下，续抄缴上。李君《瘦梅香室遗诗》四卷，已由舍弟类生抄就奉阅，并祈照算付洋。此诗弟亦校过，尚无大错。总之，抄本首贵考校，方为收藏家有益。只务旁罗，碔砆淆混，虽多奚为？此则鄙见如是，未知吾兄以为然否？

黄氏《敬乡楼》前三集，蒙朔初先生寄赠，久篆寸衷。其四集近出，未有，原拟函索一部插架，忽闻伊为通易公司收场，心绪不佳，碍难渎陈。可否请阁下暨孟晋兄代弟转致一声，倘荷复许发稿，实不翅百朋之锡，幸甚感甚。

耑此手布，顺颂

撰安不既

弟杜隐老叟㭎顿首上

敝藏尚有吾乡余梅史、蔡石次遗诗，未知已有人抄送否？如未，当再雇抄奉可也。㭎又及。

七月卅一号午前泐

按，张㭎《真叟日记》民国廿五年丙子六月十四（七月卅一日，星期五）留有记录："晴。校林氏《玉甑山馆诗集》。写寄永嘉梅冷生信一通。"所言即为此札。

开头提出"将来倘能择善刊布丛书，定可为孙氏之《永嘉集》、杨氏之《瓯海集》、黄氏之《敬乡楼》后先辉映矣。"表明作者的殷切期待。当时乡著会限于条件，只是印出《岐海琐谭集》一部而已，连征稿多时的《永嘉诗徵》《永嘉词徵》亦未能如期完成。平心而论，抄缮保存先哲著述毕竟是第一位的。

关于林石笥《玉甑山馆诗文集》，张㭎日记前后尚有两条涉及，一是夏历四月廿四（六月十三日，星期六）："晴。九句钟梅君冷生来行访予，茗谈片刻，并付来钞先哲文稿卷子数百张，云托人抄字，大约九千字计洋一元，予允归觅人为之。午后与黄瑞君弈一局。二句钟赴梅宅访冷生，引予坐其书室，示所辑先哲之本甚夥。"另外一条是夏历七月廿五（九月十日，星期四）："晨起订书面。下午校《玉甑文集》。写信寄永邑梅冷生。"可惜张㭎后一通书信未见保存。张震轩念念不忘林石笥《玉甑山馆诗文集》及曾孙林小竹（林骏）《颇宜茨室遗诗》的付印，后者虽尚待整理出版，所幸《颇宜茨室日记》经温州市图书馆委托沈洪保先生标点，已改题《林骏日记》于二〇一八年初与读者见面，差堪告慰。

张慕骞与梅冷生　四通

（一九三六年八月至一九六三年一月）

张慕骞（一九〇七—一九六五），原名毓鉴，后简作鉴，瑞安人。张棡之四子。一九三一年毕业于中央大学历史系，执教于上海松江中学。次年春应聘浙江省立图书馆任编纂组主任。一九四〇年后历任浙江大学龙泉分校讲师、副教授，浙江大学史地系（先后划归浙江师范学院、杭州大学）副教授。兼省政协文教组组员、省考古学会理事。著有《文澜阁四库全书史稿》等。

第一通（一九三六年八月六日）

冷笙先生道鉴：

昔岁承偕陈苑香先生过馆，得申良觌。倏忽不觉再易寒暑矣，驰慕曷极！夏初归省，道出郡城，又以行色匆匆，未遑走谒。谨托孙孟晋先生代为致意，附赠馆刊《文澜学报》一帙，求□□□赐近著，藉光篇幅。荏苒数月，未□□□，不胜延伫之至。望务有以□□□□之甚。

《瓯海轶闻》及《岐海琐谭》豫约单迄未寄下，询者踵至，无以为答，敢再以奉谂，恳即油印多份，石印更好。盖钤径□新民路省立图书馆售书处，俾有□□□□□□，无任感幸。征集温州先哲遗著，□□□□，于网罗乡邦文献，贡献至大。近闻□□□（残破多字）之讯，不识何故（以下残破半行）。

□候

暑安，并祝

纂福

□□□顿首

八月六日向午

按，此札书于浙江省立图书馆用笺，八行绿格框，两页。从信笺内容与笔迹可以判定系张慕骞手笔。一时疏忽，以致将受信人别字“冷生”误作“冷笙”。

第二通（一九五二年十月二十日）

冷生先生有道：

上月杪迺诵环示，且慰且感。方欲肃笺申谢，而舍侄来讯，告以寒门藏帙业荷贵馆接收启运（未遘争墩，足征敝邑之无人）。从此先君遗籍托庇广厦，不肖兄弟辈丰欠之虑，亦与焉稍息。唯是家学不传，楹书失守，五内摧楚，亦胡可言。昔赵清常没后，脉望馆书归虞山武康山中，白昼鬼哭，殇且如此，存何以堪？况其中先公手泽所存，与未刊遗稿，比比而是，即崟手校之本与治学所需要籍，今后决无力复置者，一旦生离，能无邑怜？此一月来于睡不安枕，夜恒雪涕。前日午夜梦回，犹忆为先生垂泪道其魂梦不宁之苦况，俨若梦中串梦，然性灵未灭，理智犹存，不虞之酷，讵能恝置所谓？先生俯念两世交谊，曲体愚衷，参照前函（闻拙作家书，舍侄已曾呈示），要为区处捐赠、寄存别白办理。今更勉就记忆所及，开具别纸尘览，其间弘昨撰《瑶华道人集》稿本一种，与我瓯文献无干，张崟拟将其初稿，有法时帆序一种全部收回，准备待价而为刊印；先君遗稿之资，谅雅怀锡类，当不见哂耳。刘祝翁及敝从兄醒同均不获考终，可胜嗟悼。醒同浣垞不乏珍藏，如仇十洲字画，不知时代人李英（或系宋元人）大轴中堂，刘申叔手札真迹及其他图籍等。以其居恒珍藏，不轻示人。张崟又作客时多，未获寓目。而崟且有多年搜求始得之近人杨殿珣撰《中国家谱学通论》《图书季刊》中。及拙抄《俞曲园年谱》、张氏旧谱以洎蒋汝藻《小说考证》等借伊未还也。孙公达君大前年临行前夕曾

匆匆一览，仅及普通籍数橱，其它各箱恐不乏孙氏秘籍，承下问刍荛，敢不附以奉闻。专此，复候
公绥，并盼
回示，不胜屏营待命之至

晚张崟再拜

十、二十

昨奉十六日手教，询及林增志山水绢本、赵氏《鸥波逭暑图》、林氏《再展重阳图》等。林画崟亦未见过，少岁长闻先君为此画为林家不肖子孙强索去，售与城中另一林姓似是漱芳。而叹息。盖林公撰述尚多传本，画恐天壤间止此孤本矣。《鸥波逭暑图》似在家二三两兄处，《再展重阳图》在家仲兄处，并非失散。工大醒同两家书亦荷接收，具见救护文物不辞况瘁之盛心，惟崟上述借阅各种，不知有无发见。如发见有寒门各书，务乞析出，暂作寄存，是幸是盼。雁迅近况极窘，一面亦难。值此热机之会，竟爱莫能助，徒呼负负，可叹可叹。

捐、寄分别清理就绪后，倘能编印简目（油印），寄赠一份（拙编书目暂作寄存，俟异日归领），俾书去目存，聊塞金吾之悲，亦万不得已之希望也。以先生执友，故敢沥陈衷曲，维垂亮而有以玉之，幸甚祷甚。

廿二日崟又顿首

客中记忆不真，兼之刺激孔多，思力甚纷，每一默涕，即觉热血坌涌，头脑昏沉。附单所开，仍多挂漏，尚恳左右甄采之际，宽其大度，凡属贵馆已有复本而在崟为必不可少之□力生产工具，或衰家一家一姓之纪念品者，统求暂作寄存，以便有回旋之馀地，如何如何？晚又及。

先君未刊遗稿

史读考异	（手稿）	十册（内夹柳翼谋先生长序文一篇）
又	（家仲兄誊清本）	册（未全）
杜隐园诗稿	（手稿本）	□十册
又	（清抄本　未全）	册

杜隐园文稿（手稿）　　　　　未全，本尚待搜集

杜隐园日记（手稿）　　　　　百馀册

坚瓠集索引　　　　　　　　　一册

杜隐园随笔

杜隐园联存

梓乡耆旧文钞

少年课艺（崟亦有少许窗稿，如未被毁，可否亦祈检还，目前自先作寄存）

先君遗物

扇（中有家叔浦兄绘《杜隐园著书图》一种）

砚（中有三足金星砚一大方）

笔

墨（有清初古墨两三丸，未用过；又银硃墨一锭）

铜墨盒

小铜刀

先君遗照

（中有八十一岁摄影一帧，上有先君自题诗句，原摄在书橱玻璃门上）

先君周甲唱酬集　一册

先君重泮酬唱集　一册

先君先母哀挽录

先大父遗稿

（手写本，字作颜体，书虽不足存，而在崟辈视之，固亦传家一宝）

先大兄（孟英）遗稿

（不多，本尚待搜访）

又先曾祖母及先母寿屏

先君寿联锦屏、诗画各轴，于公家未必有保存价值，将来可否亦乞赐还，藉留一家永念。

十三经注疏 石印本（有夹板六套）共二部，以一部捐赠，一部暂作寄存

清经解（正续全，连检目）石印本（有夹板□）

二十五史（开明书店缩印本，附索引）　二十五史补编（同上）　合装一橱

十通（附索引）　一橱

饮冰室合集（四十册，有三册携带在杭）

十三经白文　一册（开明本，十三经索引在杭寓）

越缦堂日记　又补编

九朝纪事本末（有夹板）

国学基本丛书（八十册）

笔记小说大观（两小书箱）

四库全书总目提要（大东书局两本，末一函在杭寓）

清代文集篇目分类引得（一厚册）

别集索引　一册

室名索引　一册

丛书子目索引　一册

二十种艺文志引得　四册

清代徵献类编　六册

清代进士题名碑录　六（？）册

此等为廿六年抗战初起时陈叔谅馆长托代保存者，应缴还省馆，目前且暂作寄存。

浙江省文献展览会专载　上册（与十通共度一橱）有峹勘误补正处

浙江图书馆馆刊　合订本　四册

文澜学报

藏书纪事诗　七卷　六册

续藏书纪事诗（杂志拆订本）

书林清话

瑶华道人集（稿本、清稿本，似共三部）

原稿本一部，有法时帆式善序者，暂作寄存。

拙编杜隐园书目　四册

爱山楼书目　清抄本一册

九通类纂

拙辑张氏族谱资料　数册（原与四库提要合庋）

策学统宗（一部分携带在杭，第四四、四五册）

国史读本十二册（有五册在杭，原与饮冰室合集共庋）

清代通史　上中二册

清朝全史　四册

中西交通史料汇编　六册

中日交通史二册

中国通史纲要二册

世界史纲　二册

白话本国史　第一册（馀在杭）

杂志单行本　如：史读考异、南浔刘氏嘉业堂观书记、旧杭州府学南宋石经考（似止存二本）、七阁四库成书次第考、诂经精舍志稿、文澜阁四库全书史稿（特别是有釜校改者）等，统祈另提三四份作为寄存，至祷，至祷。

录自据温州市图书馆档案H-7-1936~1962，37至44页。

按，夏鼐日记一九五二年十月九日：“下午赴籀园，遇梅冷生先生，并稍观新没收诸家之书，以瑞安张慕骞君9000馀册，永嘉王希逸4000馀册，戴幼和3000馀册为最多。”此处所谓张慕骞藏书，其实是张慕骞父亲张棡老先生遗留的杜隐园藏书，《杜隐园藏书目录》著录图书九七一九册、碑帖一四九件、书画二〇五件（参见真侠老人手辑、章亦倩整理《杜隐园藏书目录》，《温州通史编纂通讯》二〇一五年第一期）。

在杭州执教的张慕骞闻悉后，于同年十月二十日至二十二日致函梅冷生恳求分别捐赠与寄存，以便通融。信中强调：“捐、寄分别清理就绪后，倘能编印简目（油印），寄赠一份（拙编书目暂作寄存，俟异日归领），俾书去目存，聊塞金吾之悲，亦万不得已之希望也。以先生执友，故敢沥陈衷曲，维垂亮而有以玉之，幸甚祷甚。客中记忆不真，兼之刺激孔多，思力甚纷，每一默涕，即觉热血坌涌，头脑昏沉。附单所开，仍多挂漏，尚恳左右甄采之际，宽其大度，凡属贵馆已有复本而在鋆为必不可少之□力生产工具，或衰家一家一姓之纪念品者，统求暂作寄存，以便有回旋之馀地，如何如何？”可谓声泪俱下，不忍卒读。

可以告慰张棡、张慕骞父子和其他藏书家的是，包括杜隐园在内的以上几家藏书如今完好地保存在温州图书馆。

刘祝翁，指刘祝群；敝从兄醒同，即堂兄张组成，字醒同，一作圣同，晚号浣垞老人，浣垞系其藏书处，著有《浣垞日记》五十四册。两人均于一九五一年弃世。

第三通（一九五四年一月二十五日）

冷生先生函丈：

复示领悉，竟如所料。兹向敝校院长办公室再行洽办证明文件，附缴备用。有劳清神，感泐胡既。

专此敬复，顺候

公绥，馀容面罄不儩

晚张鋆顿首

一、二五

按，一九五四年二月，图书馆方面同意张慕骞以浙江师范学院（杭州大学前身）教学需要为由，归还原杜隐园藏本《历朝纪事本末》《越缦堂日记》《国学基本丛书简编》《饮冰室合集》《八十一老人真叟自述》等三十四种计四百五十三册。此札称“向敝校院长办公室再行洽办证明文件”，显系梅冷生提出的要求。所以此札当作于一九五四年。

第四通（一九六三年一月十三日）

冷生先生有道：

久未笺候，维道履康胜为无量祝。

胡宛春士莹先生覃研评话、传奇，知我乡先哲洪博卿炳文先生有《白桃花》之作，闻曾在《瓯海潮》周刊刊布，既渴望一观，并欲一读有关洪公传志。贵馆期刊目录收有是周刊一至六、八至十三各期，不知是否具备上述资料。倘能于本月半后莅与史学会年会时携视，藉塞至友之望，则感幸奚似！会期定本月十九至廿三日，外埠会员借寓红楼，会址亦然，通知书及出席证当已径寄。姑此附告。图书集成印书局铅印本《明季南北略》原系□□斋旧藏。一部，系徐君絜民代晚告借者。近闻贵馆有函向徐君催还，不知此当由晚负责，亦俟从者来杭，一并奉璧如何？

关于计氏《南北略》，除已粗成详校一书有待清写外，又草创《计氏生卒考》《著述年表》《南北略补例》《版本考》《引用书目》《计六奇与明季南北略》等若干种，近复赶写《旧抄足本〈明季南北略〉之发现及其价值》一篇，作为向本届史学会献礼，现已在付刻油印中。晤教不远，当当面求正。

率此，即颂

纂安不既

晚张崟顿首

一九六三、一、十三

《浙江图书馆馆刊》不见贵馆期刊目，殆未遑编入，晚此处竟乏一册，常愧无以应友好之索观，倘能以晚当年恶札批抹之本全帙见还，曷系感幸。

此札书于“阵中杂志用纸”，八开，二十九行框，天头下方印有“陆军”两字，框外左侧印有“东京小□□”五字，□□两字为手迹“即（颂）”覆盖，难以辨认。

陈亦侯复梅冷生

（一九三六年十月七日）

陈亦侯（一八八六—一九七〇），名承遵，永嘉（今温州市鹿城区）人。早年就读于京师译学馆，毕业后任湖南师范学堂英文教员。一九一二年入上海浙江兴业银行工作，一九二七年应盐业银行总经理吴鼎昌之邀转任盐业银行北京分行襄理，一九二九年调至天津分行，一九三三年任盐业银行天津分行经理，兼开滦矿务局董事、恒源纱厂董事。二十世纪四十年代，与胡仲文一起冒险保护包括金编钟在内的一批国宝，并在中华人民共和国成立后转交北京故宫博物院保存。另外一部分藏品则捐赠天津博物馆。

冷生先生惠鉴：

昨奉华函，备承藻饰，展诵之馀，祇增惭悚。《岐海琐谭集》二部，早经收到，啸麓观察适赴北平，俟其归来，当以一部转赠，并述台端倾慕之忱。《蛰□簃诗集》种种，稍假时□，当（中阙多字）前回里，已晤及。（下阙多字）三五日当可成行，知关锦注，顺以奉闻。敬颂

台祺

弟陈亦侯拜上

十月七日

查张棡《真叟日记》民国廿五年七月十三（八月廿九日，星期六）条："本日又收到梅君冷生寄赠《岐海琐谈》一部。"按常理推断，梅冷生分赠友好，同一部书，时间当大体相同，故将此信系于一九三六年。

另一位受赠人啸麓观察，即郭则沄（一八八二—一九四七），字蛰云，号啸

麓，一作筱陆，福建闽侯人，出身名门。光绪二十九年（一九〇三）进士，宣统元年（一九〇九）至三年任温处道，兼瓯海关监督，故陈亦侯以观察尊称。鉴于他与温州的这段渊源，梅冷生特地以温州出版物相赠。按郭则沄著《龙顾山人年谱》，新近由马忠文、张求会两位整理完成，改题《郭则沄自订年谱》出版。

徐寄庼复梅冷生

（一九三六年）

徐寄庼（一八八二—一九五六），本名陈冕，以字行，永嘉县城（今温州市鹿城区）人。早年留学日本，专习金融。归国后任温州府中学堂监学。一九一四年起从事金融工作，长达四十年之久。先任兰溪中国银行经理，后调九江中国银行经理。一九一七年入浙江兴业银行上海总行，历任副经理、协理、常务董事、董事长等职。兼温州旅沪同乡会副会长、名誉理事长。著有《上海金融史》。

冷生先生阁下：

久未晤教，至念。顷有令弟交到尊赐《岐海琐谭集》四册，拜领，谢谢。我公搜罗乡邦文献，俾垂久远，其功不在禹下。凡属乡人，无不感佩。

特此鸣谢，即颂

著安

弟徐寄庼上

十七

按，此札书于八行红格笺上，第八格页面略有残缺。

十七，十月七日，还是某月十七日，难以判定。《岐海琐谭集》永嘉区乡著会印行于一九三六年夏，故此函当作于是年。

许蟠云致梅冷生诗笺

（一九三九年九月）

许蟠云，别署謦檘盦小主人，浙江黄岩人。早年毕业于北京大学，师从瑞安陈介石。一九三五年任浙江第三特区（辖永嘉、乐清、瑞安、平阳、泰顺、玉环六县，稍后改名永嘉区）行政督察专员兼永嘉县长，稍后改兼区保安司令。任内重视文教与旅游事业，全力支持区征辑乡先哲遗著委员会、雁荡山名胜建设委员会等开展工作，成效显著。此前为杭州民国日报社社长，离温之后历任省政府委员、南京立法院立法委员兼立法院海事委员会委员等职。与王虞辅、范翰芬合著《平阳畲民调查》。

“九一八”八周年纪念，感赋小诗，即希斧正。弟许蟠云。

汉族中兴记劫痕，
相煎何亟对同根。
十年一觉侵华梦，
三岛空招战士魂。

按，此诗书于“蟠云用笺”上。《刘绍宽日记》民国二十六年八月四日：“许蟠云则以团防重要，非有军事家难负责任，电省恳辞本兼各职。”（第四册，一七六五页）老许可谓明白人。许卸任后仍关注温州乡邦文献。赵百辛从台州致夏承焘函，告以许蟠云问起《瓯海词徵》：“许君蟠云近携家泊宅于此，与弟居仅牛鸣之隔。休沐偶有过从，属询尊纂《瓯海词徵》有无脱稿，敢为代叩，便中乞见知。”

朱铎民致梅冷生

（一九四〇年秋）

朱铎民（一八八九—一九八五），名镜宙，乐清瑶岙人。章太炎三女婿。浙江公立法专毕业。先后从事新闻与金融工作。一九三三年任甘肃省政府委员兼财政厅厅长，一九三六年任陕西省政府委员兼财政厅厅长。抗战初期任财政部川康区税务局长，至一九四〇年夏以病辞职。一九四八年七月至次年三月任瓯海实业银行总经理，同年夏赴台。行前将其咏莪堂藏书及名家字画悉数捐赠籀园图书馆。晚年皈依佛门。著有《咏莪堂全集》《维摩室剩语》等。

冷生吾兄：

久未通问，不仅江浙道梗，亦国事家事均无可说故也。近得维摩室诗三章，另纸抄奉，即赐□□，并乞□□，□能转孙孟晋□□。□□兄抄《李诗选注》，抄费若干，即乞□□。（中缺多字）该书抄好时，祈兄代为核对，即将原书先还孟晋兄，其另一册只得俟事平后回□□理，再行归还也。

前月此间被炸，甚惨，□□□□，幸时令交秋，□□□□，少福耳。

近安

朱镜宙顿首

按，“近得维摩室诗三章”，作者寄赠各方友好，广征题咏。友人纷纷酬唱。如黄溯初《敬乡楼诗》卷三《朱铎民自乐山寄示自题维摩室图诗次和》：“傍山筑屋绝粉哗，身净应无着散花。图出争看摩诘画，图为王献唐所作。诗成闲饮已公茶。室距万福寺甚近。乌尤百丈岩前佛，雁荡三秋梦里家。引退依然思国恤，知君不使鬓空华。”（《黄群集》，上海社科院出版社二〇〇七年七月版，二九八页）既然言“引退”，表明朱铎民已脱离政界。因此上函当作于一九四〇年辞职之时。

孙经畲复梅冷生

（一九四一年八月三日）

孙经畲，名延铣，孙诒让之子，瑞安人。设广明书社（石印局），刊行孙氏遗著多种。并开办洋烛制造公司。时任瑞安县政府财务委员会常务委员。

冷生先生惠鉴：

前月三十日接二十九日所发手教，谨悉一切。敝邑涂税在舍弟接收前系采取包征制，年仅五六十元，经予整顿后岁收倍增，其税率每亩一角八分至二角二分不等，开征日期在十一月间，并非秋□，征收员另有人在。弟不过代表舍弟经手其事。查敝邑婴堂涂税及教育涂税，上年每亩征收一角五分至二角四分不等，去年经弟整理，每亩不分等，则一律征收四角八分，由敝财务会议决呈财政厅核准，曾经征收一年，成例具在，第以原卷疏散在乡，一时未能抄录。去年征收贵馆涂税时，已由征收员挨户通知，自三十年起征取四角八分。此举如承采纳，当专差赴乡将原卷抄奉，或可援案呈请办理，至征收员一节，如由尊处自行择妥更妙，万一因人地两疏，届时另荐一人，函请委任可也。征册尚存敝处，另再寄奉。

专复，即请

大安

孙经畲启

八月三日

按，此函三页，现由温州市瓯海区“书痴书迷藏书楼”主人收藏。所谈籀园图书馆涂税征收事宜，可补馆史之缺。

孙孟晋与梅冷生　二通

（一九四一年十二月至一九五二年四月）

孙孟晋（一八九三——一九八三），名延钊，号勖庵，瑞安人，孙诒让之子。民国初年国立北京法政专门学校政治经济科毕业。历任北京政府财政部赋税司科长、盐务署总务处帮办、财政部总务厅会办，温州籀园图书馆馆长，兼浙江省第三特区（永嘉区）征辑乡先哲遗著委员会委员、保管兼整理股股长，浙江省立图书馆馆长，省史料征辑委员会委员，浙江通志馆总纂等职。一九五〇年后任省文物管理委员会常务委员，后应聘为省文史研究馆馆员。民革成员。毕生从事乡邦文献的搜集和整理工作。《浙江图书馆志》有传。所著列入《温州文献丛书》第一、三辑出版。

第一通（一九四一年十二月七日）

冷生道兄大鉴：

奉手教并馆况一篇，拜悉，当即发表。承询《鄞县通志》，记得前由瑞安县修志局项慎初先生借去参考，请径向索还，或托张宋庼兄就近去取亦可。此书印本不多，外间颇重视之。

此间有人来索《蔘绥》创刊号及《籀园》月报第二卷一、二期，拟乞便中托人携几本交下，以备应用。不必邮寄，因邮费太大也。

匆复，即颂

撰祺

弟孙延钊顿首

十二、七

此函写于浙江省立图书馆用笺，夹在温州市图书馆档案，行政管理类A14（一九四一年七月至八月之间）。所谓“馆况”一篇，当即《旧温属联立籀园图书馆》，发表于《浙江图书馆通讯》第一卷第一期（五十二至五十三页），民国三十年十二月二十日出版。卷首《盛名难继之浙江省立图书馆事业》（代发刊词）系孙孟晋执笔（民国三十年九月识于丽水辞修别业）。故此札当作于一九四一年十二月。

项慎初（一八八〇——一九五一），名葆桢，一字任础，瑞安人。清廪贡生，京师法政专门学校毕业。曾任上海科学馆编译员、两广方言学堂历史教习，瑞安、宁波等地中学国文、地理教员。一九一四年应内务部第一届知事试验及格，签分山东省，先后在山东乐陵县、单县、济宁县、长清县任知事，一九二九年任山东全省司法视察员。一九三五年，任瑞安县修志委员会主任委员，主持《瑞安县志》编纂工作。

张宋庼（一九〇三——一九六九），名扬，别号冀父，又号仙岩山农，瑞安汀田人。一九六三年受聘为省文史馆员。著有《仙岩山志》《黄鲜盦先生年谱》《宋庼笔记》等。当时任瑞安修志局协纂。

《蔘绥》创刊号，即《蔘绥年刊》第一期，孙孟晋主持籀园图书馆时编印，一九三七年六月三十日出版，包括特载、专著、方志序跋、群籍序跋、藏家私纪、书林题咏、表格、章则及附录等栏目，内容丰富。可惜后来未见续刊，创刊号即为休刊号，前辈创业之难，守成亦难，令人深长思之。

第二通（一九五二年四月二日）

冷生我兄同志大鉴：

得三月卅一日手教，知已吉旋。赠书清单并收到，勿念。惟附还馆籍拾册，未见提及，想不致有误也。闻温馆藏有瑞安项申甫先生崧遗著《午堤集》及《日记》等稿，亟欲一观，可否即交邮挂寄示。

又，昔年温中开校庆会时，弟曾检《籀庼学会宣言书》石印本一件，寄奉金老，以存乡邦文献。今此间有人调查及此，据说将要编入近代浙江学术史料。我想此件署名者如兄与金老及周予同老等，均系当代名宿，实与先君学业有相得而彰的作用，拟请费神即向金老取来寄我，以便送编为幸。

崇上，复致

敬礼

弟孙孟晋顿首

四月二日

又，胡福畴兄前有长笺见赐，久稽裁答，甚为歉罪，拟稍暇时，当有以报命也，盼便希先为道意。朴垞兄通讯处，并乞示及。

按，《籀庼学会宣言书》，脱稿于一九二四年，杨绍廉、金嵘、梅雨清、李芑、项廷珍、宋慈抱、李翘、陈骏、周予同、伍倜、李杲、林熹、洪瑞昭、何辅幹、李骧、戴家祥、陈准、李笠、洪焕津、王释等二十人列名发起，倡议“整理籀庼遗著”“设立籀庼图书馆”，筹备处暂设瑞安第一巷李雁晴家。李雁晴为此致函孙孟晋，寻求支持。但最后籀庼学会未能如愿成立，更谈不上开展活动。梅冷生（雨清）后来曾将这份宣言书，连同李雁晴与孙孟晋来往函札录入《温州区地方资料汇编》，作为一份历史文献保存下来。

金老，即金嵘轩，名嵘，以字行，多年担任温州中学校长。

胡福畴，当时供职于永嘉县教育局。温州师院教师，《汉语大词典》温州编写组成员，晚年应约编辑梅冷生遗著《劲风阁遗稿》。

朴垞兄，指董朴垞（一九〇二—一九八一），名允辉，号敬庵，浙江瑞安人。一九三二年，毕业于北平燕京大学国学研究所。先后执教于厦门集美专科学校、杭州高级中学、温州中学，当时在瑞安中学任教。一九五六年，调浙江工学院执教。著有《孙诒让学记》《俞曲园年谱》《修学庐日记》等。

梅冷生复刘祝群

（一九四四年三月廿五日）

祝群先生仁丈道履：

积思之久亦将十年，世变迁流未知所届。惟故人老健，尺一东来，每为解颜耳。承询《南田山志》寄存籀馆，检阅移交案内，未有列入原部数，无从确稽。记得“四一九”乱后，在联中读书之令孙女曾取去廿部，为清经手。其馀杨雨苏取二部，吕古音县长取一部，池苏翁购去一部，卅一年春间送来代价十二元，暂存。现仅存一部。馆中藏书，清兢兢从事，决不有大批散失如尊谕相差之甚，还请明察。

孟晋兄闻赴云和，《通志》事处州部分必当借重，考献征文，益想晨夕丹铅。继《湘岩年谱》而成者，定多宏撰也。《渔村记》已检出，容觅便奉寄。

匆匆草复，顺叩

著安

晚学梅雨清顿首

三月廿五日

按，查刘祝群《疚庼日记》民国三十三年三月十七日（二月廿三日）：“前存籀园《南田山志》五十部，去年孙孟晋携来十部，今春又属焕椿取还十部，计尚存籀园卅部。后查允慈上年取回十部，计尚存籀园二十部。闻说仅存一部，因致函梅冷生，乞为检点。”允慈，即刘在联立中学读书的孙女。杨雨苏，名振霖，系实业家杨雨农之弟，当时任联立中学校长。吕古音县长，指吕律，字古音，山东黄县人，一九四二年十月代理永嘉县长，一九四四年十二月免职。池苏翁，指池源瀚（仲霖），瑞安人，陈虬的弟子，名中医，著有《倚山阁诗话》《医范》等。

《疚庼日记》同年四月二日（三月初十日）：“寄梅冷生，告以前存《山志》十包，每包五部，寇后来书，云无阙失。旋以雨苏索去二部；又由女孙允慈取回二包，计十部；孟晋、焕椿两次带回廿部；吕古音、池苏翁取去二部。以此计之，尚存十六部，今馆存仅一部，是阙失十五部，适为三包之数。可惜！”接到此函后再次去信说明。

所云“孟晋兄闻赴云和，《通志》事处州部分必当借重”，当时浙江通志馆内迁于云和山区，《浙江通志》处州（丽水）人物部分后来委托刘祝群主持编纂。

王荣年致梅冷生

（一九四六年七月十八日）

王荣年（一八八九—一九五一），字世瑛，号子箴，一作紫珍，又号梅庵，人称梅庵先生，别号天徒、仲子、三瓯斋主等。永嘉县三甲（今温州市龙湾区天河镇）人。毕业北京法政专门学校，留学日本明治大学。一九五一年，任温州市文物保管委员会委员。同年蒙冤下世，一九八九年平反。擅书法，章草尤独绝一时。《临褚河南圣教序》由商务印书馆刊行。

冷兄大鉴：

别后久阙音敬，愧悚无似。比想兴居万福。荣抵杭十馀日后以旅馆费用过□，移寓去馆，与孟晋兄同屋。初拟暂住即迁，日复一日，乃成久居之势，彼此均感不便。日昨与越园馆长商妥，借住□馆长室，始得独立自由，可以运用笔墨矣，一笑。谋事因种种关系，仅得□□，事务较闲，究非初志，姑俟将来演变如何耳。知注，敢□□闻。

慕骞已返温，想经□晤及。之芳曾过此，□□、孟晋、默庵□同饭。瞿禅寓所仅隔一孤山，每逾数日一晤对，尚不寂寞。惟物价奇昂，高出吾温四五倍，入城一次，来往车资需二千元以上，每顿客饭稍洁净者即需二千元，稍有酒菜，非五六千元不办。又天气极热，闻常有达到百度以上者。现住之屋倚湖面山，庭门立荫，极感舒适，但距城过远，势难□□，奈何奈何？

台端前有摆脱籀园之意，今作何计算？秋来杭一游，□□□□请正。

手布，敬颂

□□

荣年顿首

七月十八日

按，抗战胜利之后，浙江通志馆迁返杭州，孙孟晋作为总纂，理当随行，王荣年当时亦在通志馆兼职，因此两人一度有“同屋”共事之雅。越园馆长，即通志馆馆长余绍宋。

开头“别后”，夏承焘日记一九四五年七月廿八日条或许可作注脚：“王梅庵来，午与天五饮雨农家，贞翁、冷生、梅庵同席。听梅厂以日本音歌唐诗‘月落乌啼’一首，日人妇孺亦能歌此也。”此次杨雨农公馆相见之后，王、梅两人似尚未谋面。

至于“台端有摆脱籀园之意”，夏承焘一九四六年七月日记透露了个中端倪。七月七日：“午后过通志馆，晤孟晋、梅庵、墨庵、抱冲，谈冷生、永山事。”七月廿九日：“冷生以保永山事不慊于温州各校学生，又夫人病重，欲辞籀园书馆。寅侯以瓯中学生打浙瓯日报馆，一度欲投河，顷已辞职矣。”

永山，即王永山，温州城区人，早年与梅冷生同为第三届省议会议员，温州沦陷期间落水，令人不齿。梅冷生出于老交情为之投书专员张宝琛说情作保，专员公署就此批示：“冷生侠肠可佩。”引起社会舆论不满，自在情理之中。但梅冷生最后有惊无险，依然主持籀园馆务。至于寅侯，即谷寅侯，瓯海中学校长，当时亦未辞职。因之此函当作于一九四六年。

之芳，系梅冷生次子，曾供职于籀园图书馆，梅冷生接长籀园，以父子一馆共事不便，不得不辞去馆职。梅夫人叶氏，当月病故。夏承焘日记八月十日：“得天五书，冷生前月丧妇，心绪甚劣。梅夫人与予妇甚亲爱，数日前予妇告予，得一奇梦，到一积水处，如非人境，梅夫人以一黑纸衣赠予妇穿之。彼时虽知夫人病笃，不知其已故也。”

梅冷生与方节庵　三通

（一九四七年至一九五一年）

第一通（一九四七年六月三日）

节庵我兄：

别后返里，诸□安善。沪上诸承招待，下榻授餐，感何可言。濒行又赐多珍，并荷枉送，则非寻常交期可拟矣。兹请学文世兄带上香菇二包、海蜒二包，以半致泽敷兄，馀乞赏收，戋戋微物，非云报谢。再，前赠籀馆之《伏庐钛印》一部，弟终觉太好太费，并以璧还，此外印谱则拜领矣。

匆颂

大安

弟梅雨清顿首

六月三日

秀芸夫人均此不另。

按，此函作于浙江省旧温属联立籀园图书馆用笺。二〇一七年七月下旬在温州民间文献联合展上展出，引起读者浓厚兴趣。手迹影印收入《温州民间文献联合展》图录（三十七页）。

节庵，即方介庵，上海宣和印社主持人。秀芸，即其太太。学文、泽敷，未详。

梅冷生此行赴沪访书，缘于省教育厅一笔拨款，《访书日记》引言透露："承乏籀园垂七载，丁亥颇思于馆事有所扩充。黾勉师维，心力几瘁，行将退休，以谢邦贤。今夏蒙教育厅拨款千万，命购文物，病马加鞭，宁辟驱策。沪杭之行，为时二旬。瞻学海之无涯，愧书林之有获。近日所得，排比为言，好友音尘悉附丽焉。余本于网罗文献之任，毅然自责，第哀乐中年，神经衰谢，龚定庵有倦矣之叹。奈何！奈何！”

第二通

介庵、正孚二兄赐鉴：

前承惠赠书籍及画扇，敬领，谢谢。昨日又奉转来青阁代订《繇兴》二册、《梦蕉亭笔记》二册，诸费清神，深以为歉。装订费七万，《笔记》价六万，共十三万，兹交邻友季岩元兄带上，乞检收。旧书摊头有《古今》杂志，不论散帙或合订本，□为留意，尤请正孚兄特别关注。介堪兄□□拾万元，前由□□□□□□□到，惟□□□恒，尚在温中，不知如何归宿。此间昨□□□，顿生秋意。海上新谅，遥想起居增□矣。匆颂

□安

弟梅雨清顿首

九月九日

介堪兄并此致谢并候。

《中国历史参考图谱》近未出版，请向一询来青阁，有无新收佳籍，便祈示目。□芸夫人近有归兴否？

此函现存一私人藏家。

正孚，即方去疾（一九二二—二〇〇一），系方介庵之弟，后来膺选西泠印社副社长、上海市文联副主席等职。梅冷生丁丑访书日记提到方去疾陪同访书之事，经过商务印书馆、光明书局、开明书店、中国文化服务社等家门市部，一路殷勤。五月十四日："下午，节庵有事，嘱其弟正孚陪往福州路一带阅书，在地摊购进《近代通史》上中二册，价九万元。《近世妇人科学》《果树园艺学》《数理经济学大纲》《儿童心理学新论》，大学丛书本《中国哲学史》《中国史》，《中国参加伦敦国际艺展出品目录》等，共价十六万八千元。又至商务印书馆购进新书四十三万二千五百

元，光明书局四十七万三千九百元，中国文化服务社三十九万九千二百元，开明书店十三万零四百元。时人译著，单行小册，悉为购置，不遑一一审择内容也。正孚殷殷，付款携书，皆代任其劳，少年勤恳，与节庵洵称二雄。在商务售书所晤店员朱君，正孚介绍相识，询该馆近日出版状况。自朱经农就任经理，虽有重新编订《大学丛书》之计划，尚亦限于人力，一时未能实现。顷方致力《中学生文库》之推销，《四部丛刊》第四编等旧籍影印，目前暂置缓图。至欲购《四部丛刊》零种，亦须俟战前预约登记事务前厘后，始行出售。复询以唐圭璋辑《全宋词》，答言已绝版，仅检出林垦之校印明吴讷辑《百家词》一部，余即购之。"上海之行，来青阁逗留较久，《访书日记》五月十五日言："此次向来青阁购进共百四十七万元，以馆藏复本《宋元学案补遗》交换，作价四十万元，计找付百零七万元。"

方去疾当时不过二十五岁，所以作者称之为"少年勤恳"。

《梦蕉亭笔记》，当指《梦蕉亭杂记》，二卷，作者是贵阳陈夔龙，初版于一九二四年，书中记述了作者亲见亲历的重大历史事件，如戊戌政变、义和团运动、签订《辛丑条约》、武昌起义等等，史料价值较高。

第三通（一九五一年）

节庵兄鉴：

《中国历史参考图谱》续有出书，请即向来青阁一询，取交来友带回，秀芸已动身未？兄亦偕来否？顺颂

近安

弟梅雨清顿首

十五日

此通手札为八行笺，上方印有"慎社用笺"四字，时隔三十年之久，仍有保存并使用，足见作者对慎社思念之深。原件系乐清恒斋主人卓永兄收藏，后转让与桃源书院郑金才兄。

此札即托方节庵继续在沪帮助图书馆代购藏书。

信中所提《中国历史参考图谱》，系郑振铎精心编制的一部巨著，共二十四辑，三千多幅图片，上海出版公司发行一百六十套。此札未署年月，只有“十五日”字样。但从信中所提：“《中国历史参考图谱》续出书”一节看，此信当写于一九五一年。因郑振铎《中国历史参考图谱》一书开始于一九四七年，原计划一年时间完成，而到一九四八年年底仅编排四分之一。全国解放在即，郑振铎于一九四九年二月离沪，辗转赴北平出席新政协会议。由于工作繁忙，直至一九五一年春，终将二十四辑图册编毕付印。又，方节庵逝于一九五一年。故可推其时间为是年，今温州图书馆所藏《中国历史参考图谱》即为当年添购。

方介庵致梅冷生

（一九四八年三月廿九日）

方节庵（一九一三——一九五一），名约，字节庵，以字行，浙江永嘉人。与堂兄方介堪、胞弟方去疾合称“永嘉三方”。一九三五年于上海创立宣和印社，精拓印谱数十种，其中以番禺简经纶《琴斋印留初集》《千石楼印识》《苦铁印选》《晚清四大家印谱》（与方去疾合辑），精美绝伦，影响颇广。所制“节庵印泥”亦为时人推许。

冷生先生大鉴：

此次归里，诸蒙关垂，感谢之至。别后于昨晨安抵海上，嘱办来青阁之书，据称此书系属预约，任何同行一律无扣，不得已照数付清。兹取来第五辑一套，容有妥人返里，当连同令嫒所托买衣料等一并带上。该书取书定单暂存敝社，今将收据一纸奉上，希台阅。

专此，即请

台安

晚方约拜启

三月廿九日灯下

按，此函书于普通八行笺上，内容与梅冷生致方介庵第一、第二通相关联，可以推知，当作于一九四八年。

第五辑，即《中国历史参考图谱》第五辑。令嫒，指梅绿云。敝社，指作者供职之宣和印社。

沈凤麟致梅冷生

（十一月二十八日）

沈凤麟，生平未详。从书信开头“日前在郡，娓娓清谈”推断，同系温州地区人。当时供职于时事新报馆。

冷生先生大鉴：

日前在郡，娓娓清谈，备聆教益，快何如之。别后久稽裁答，至以为歉。所定《晶报》一月，近日想蒙接及。兹交邮奉上《蠡叟丛谈》一本，至希台收。该书据云特价对折期已过，故照八折，诸希台鉴。《晶报》如续定时，可请先行示知，并告。

专此，敬颂

覃安

弟沈凤麟顿首

十一廿八

按，此函书于时事新报馆笺上。

《蠡叟丛谈》一卷，锈竹居士撰，小说。梅冷生托作者代订《晶报》，不知是个人订阅，还是为图书馆订阅，未详。先订“一月”，估计前者可能性比较大。

方去疾复梅冷生

（五月十三日）

方去疾（一九二二—二〇〇一），名超，字正孚，号心斋、四角草堂、宋玺斋、岳阳书楼等，浙江温州人。历任中国书法家协会副主席、西泠印社副社长、上海市文联副主席等职。著述颇丰。

冷生先生惠鉴：

来示早经拜领，选购字画一部分已予保留，可是汇款至今尚未收到，请向有关部门查明为盼。

前为晚向温市图书馆借到有关赵之谦著作，已于月初直接寄还图书馆，多蒙关注，至为感谢。

专此，即请

著安

方去疾拜

5/13

按，此函书于朵云轩信笺上，下一行排小字“（ ）字第 号第 页”字样，空白未填。底部标印地址：上海南京东路422号，电话总机：291150。

刘放园致陈守庸

（一九五〇年三月卅一日）

刘放园（一八八三—一九五八），名道铿，号佛楼，闽侯（今福建福州）人。冰心表叔。清末优贡，朝考一等第一名。授法部七品京官。旋留学日本早稻田大学经济部。归国任法部主事。民国间历任众议院秘书长、内务部参事兼民治司司长。一九一八年起任北京晨报社长、总编辑等职。一九二一年当选上海通易信托公司专务董事。抗战胜利后任盐业银行董事会秘书。一九五三年受聘为中央文史研究馆馆员，同年移居北京。能诗。著有《放园吟草》（一九五九年七月序印本）。

《雪影吟草》一卷，敬烦

守庸先生转交籀园图书馆保藏，并希书一收条寄下，以便转与达权，藉清手续。费神之至！

刘放园拜启

一九五〇、三月、卅一

此便笺书于“刘放园用笺”上，夹在《雪影吟草》书内，曾发表于《温州读书报》二〇〇三年第五期二版“学人通信”专栏。

《雪影吟草》，署黄潘汝玉撰，一九四九年秋誊抄本。封面签条书名上方有“敬乡楼诗附稿”字样，落款“己丑九月，放园题”。潘汝玉系江苏吴县（今苏州）人，黄溯初姨太太。卷末《雪影吟草题辞》出自刘放园手笔，开头简要交代撰者生平及诗作编订经过：“吴县潘汝玉女士，为潘文勤公之曾从孙女，归余友永嘉黄溯初三十六载，以今岁七月十九日病逝上海，实后于溯初之殁四年有三月也。其嗣君达权闻病，归自北平，遵遗嘱亲视火化，并搜其遗诗视余，请为定之。余曩从溯初处常见女士诗，今获重读，独惜所留太少，谨为订定，以归达权，使附于敬乡楼诗集之后。”潘诗仅三十三篇四十五首，数量确实不多。誊抄本所用宣纸，版心即为“敬乡楼诗”四字。刘放园《题辞》又说：女士“近岁学佛，颇有所得，故又有见道语，固不能仅以吟风弄月、写恨言愁视之也。”如七绝《闻苏北水灾感赋》：“江北洪流荡屋庐，江南闻信亦惊呼。灾黎纵有还乡日，一片茫茫路已无。”可证刘放园所言非虚。

达权，即黄达权，黄溯初嗣子。刘景晨《永嘉黄君群传》言：“君无子，抚诸侄如所生。遗言不及身后事。弟之子达权，感君鞠育，愿承祀焉。”

中共温州地委宣传部复梅冷生

（一九五一年一月十二日）

雨清先生：

顷由李主任转来关于你对保护温州区古迹文物图书的意见，我们完全同意，并已通知各县及土改工作队加意收集保护管理。

此致

敬礼

温州地委宣传部

一月十二晚

此件录自温州市图书馆档案行政管理类A25（1951年1月至1951年12月，008页）。该件天头空白处有批注“存查，一、十九”字样，当系图书馆经办人手迹。

原信书于“中国共产党浙江省温州地委宣传部用笺”，无编号，落款处钤“中国共产党温州地方委员会宣传部”公章。

李主任，即温州市军管会副主任李培南（一九〇五—一九九三），江苏省邳县（今邳州市）人。一九二三年毕业于徐州江苏省立第七师范学校，一九二七年参加革命。一九四九年五月起，任中共温州地委副书记、温州市委书记、温州市军管会副主任，温州地委书记、温州军分区政委，一九五二年起调任上海交通大学党委书记、代理校长。

一个“晚”，足见事情紧急，系当晚回复。

一九五一年初，温州农村土地改革运动中，个别工作队采取过火行动，竟然将乐清倪悟真家藏古籍六万卷焚毁，梅冷生获悉，心痛如焚，连夜草就关于保护温州地区古迹文物图书的建议，翌晨由军事代表林大夏陪同谒见李培南，李表示接纳意见，即写手令，交代图书馆派人迅速下乡，抢救古籍文物。同时，温州地委宣传部也赶紧通知各县及土改工作队加意收集保护。梅冷生随即率馆员到近郊点收戴家祥白鹃楼、王希逸雪蕉斋等多家藏书。之后又奔赴各地，陆续点收瑞安张棡杜隐园藏书，戴炳聪、张组成等残留古籍，瑞安陈介石烛见知斋、林公铎叔苴阁、项慎初染学斋藏书，平阳刘绍宽厚庄、王理孚念庐、吴承志培英图书馆等藏书楼部分古书。温图古籍由此骤增至二十万册。除此之外，派员到温州造纸厂检回名贵图书多种。在这场轰轰烈烈的土改运动中，梅冷生为保护浙南诸家藏书，夜以继日，雷厉风行，立下汗马功劳。

梅廉方复梅冷生

（一九五二年三月十七日）

梅廉方，生平未详。经咨询梅家后人，似为梅冷生远房兄弟，做过警察，当时是否供职于上海中华第一纺织厂，难以肯定。

吾兄手足：

十一日来函敬悉。淑信之葬赖兄主持，感何可言，款当俟墓碣写来一并寄奉。

河庄坟面费用似乎过大。值此“三反”“五反”之时，弟意只要暂加整理修葺，毋使圮裂湮没足矣，似不宜过分铺张，一如往日，致遭非议而惹枝节。倘兄认为不妨，则为人子者，方庆本之不遑，何敢有所异议？此事盼兄慎重酌办为是。该项工料费估计在二百五十万左右，半数约一百卅万，弟当按月拨还，未悉兄能代垫否？弟家口众多，负担奇重，入仅敷出，有时尚感不足。今年民主改革，减薪自属难免，瞻念前途，忧危万状，只好得过且过，顺世推移耳。

天气转暖，拟将子女拍照寄呈，以慰岑寂。先此布复，敬请

双安

弟廉方手启

三、十七

按，此信两页，书于上海“中华第一纺织厂用笺”，八行，两页。

值此“三反”“五反”之时，“三反”“五反”运动系一九五二年开展，故此信当作于是年。

李佩秋与梅冷生　十一通

（一九五二年七月九日至十一月廿八日）

李佩秋（一八八四—一九五八），名泺，湖南衡山人。民国初年代理浙江南田县知事，署理分水、汤溪、象山等县知事。在分水任内建分阳诗人祠堂，结月泉吟社，发刊《分阳丛书》。在象山任内，倡修《象山县志》。与温州学人交往密切。客居杭州多年。著有《红缧馆诗钞》《分阳丛书叙录》等。晚年寄寓上海。

第一通（一九五二年七月九日）

冷生吾兄先生纂席：

湖上一面，别逾星纪。荷损教，喜出意外。就审坐拥书城，动定佳胜为慰。弟近患肺结核，兼肋膜增厚。医无药疗，但嘱静养，故两月已来，放下一切，如陈死人矣。承委代向拔可、起潜二君征询清集，拔翁已回信，言有《涛园》《沧趣》及其先德师友诸集，可汇交弟转赠；起潜久未复，续催罔应，不解何故。然弟稔知合众所印行者仅《罗镜泉》一集耳。拔翁久病沉绵，日来闻又增剧，甚望其渐愈，能践约送书也。至弟之藏籍已付六丁，劫后零星收弃，多属朋友赠贻，或有一二清集，俟病稍闲，定当检出奉赠。“湖山清集楼”之题额极雅。所愧弟尪瘵龙钟，待尽旦夕，不能多效绵薄耳！

恐劳远盼，先此布复。附致洗凡兄信，烦就近转之。敬颂

著安

弟洣顿首

一九五二年七月九日

按，拔可、起潜二君，即商务印书馆元老李拔可（墨巢）、上海历史文献图书馆馆长顾起潜（廷龙）。“合众”，私立合众图书馆的简称，顾廷龙曾任合众馆总干事。洗凡，姓吴，名江（一八八六—？），别署顽叟，号坐春水斋，以字行，永嘉（今温州市鹿城区）人，温州市文物保管委员会委员。

所谓“湖山清集楼”，一九四一年梅冷生接任不久，“鉴于该馆基地狭小，最近图书骤增，原有书库，已难容纳，将来各部门事业发展，更无回旋馀地，拟将馆后毗连民地六亩购进，筹资建筑，现正与地主谐价中，惟馆款势无从出，拟向渝、沪同乡暨六邑人士，募集基金十万元，以资挹注”。他打算扩建一座二层馆舍，将籀园前门改为后门，前门开向信河街，藏书楼即以此命名，动员各方友好捐赠图书，储存楼上，并广泛征购清人诗文集，突出籀园藏书特色。而“湖山清集楼”另有一层含义，为学界清高雅集之处所，依照籀园旧例，聘请国内名流学者来讲演，推动温州学术文化之研究。据老馆友潘国存先生回忆：“当时已将粗石条砼，运至籀园河边，准备开工，终因国民党政府腐败，趋向崩溃，金圆券贬值，所募基金，等于废纸”，建设计划化为泡影。

第二通（一九五二年七月十二日）

冷生吾兄先生惠鉴：

九日邮后一函，度已递缴棐几。紬绎札示，以清人别集为限断，则非清人或总集，皆不与焉，何意此次见征，乃下逮夏、黄耶？墨巢病剧，尚未送书；顾起潜回信云，丛书未有续刊，可罢论矣。弟昨强起，检出清集十二种，附目乞阅，如已有或不要，请自酌定，开示一单，俾便遵办。惟须与兄一约，弟为尊件与兄洎各方面通信之邮资，均由弟自认，至尊处需寄各书打包付邮，可不挂号。所贴票资若干，拟俟书到后烦一查点，照数算还，何如？

手此，载颂

纂安

弟洣顿首

一九五二年七月十二日

畏垒山人文集一册　长洲徐昂发

愳进斋诗文稿一册　归安姚觐元

抑快轩文钞二册　光泽高澍然

楞嵒草堂诗存二册　象山欧景辰

南丰刘先生文集四册　南丰刘孚京

濠隐存稿一册　奉贤庄礼本

怡隐山房小咏一册　镇洋沈兰徵

南园诗集一册　长沙曹广权

诗庐诗文钞一册　铅山胡梓方

散木居奏稿四册　满洲瑞洵

逋居士集一册　华亭沈维贤

微尚斋诗文二册　番禺汪兆镛

如限断从宽，尚有金天翮天放楼诗文二册，高燮吹万楼诗文存十册，黄孝纾匑厂文存二册，林志钧北云集，均可奉赠。

冷生先生再鉴：

前笺写就待发，旋经收到吾家拔翁送来书三种，共四册。其函言《涛园集》及自著诗集容再检送。今午后又接到刘放翁回信，言《聆风簃集》可由弟随时遣儿子往取。兹将拔信二件，顾信一件，刘信一件，并行附上，乞察阅之。弟俟收来沈、黄二集，并奉到示复一切后，即分别打包寄书也。《沧趣集》遇便当询问拔翁，其病体又平复，可喜。《忍古集》系中华排印，不知现价若干。放翁函言有许多近人诗集可捐赠，若果是近人，当非清集矣。

再此

致敬

弟又叩

七、一四

按，所附拔（李拔可）信二件，顾（顾廷龙）信一件，刘（刘放园）信一件，师友信札内未见。七月十二日之下钤有“佩秋启事”章。

金天翮（一八七四—一九四七），初名懋基，一名天羽，字松岑，号鹤望，别署麒麟、爱自由者、金一等，江苏吴江人。南社诗人。黄孝纾（一九〇〇—一九六四），字颧士，号匑厂，福建闽县（今闽侯）人。辛亥革命后，其父隐居青岛，与父同居，“滨海一楼，朝夕相慰”。一九二四年，鬻画上海，旋主刘承幹嘉业堂十年，遍读其藏书。林志钧（一八七八—一九六一），字宰平，号北云，福建闽县人。光绪癸卯（一九〇三）科举人，辛亥革命前留学日本。民国间任北京政府司法行政部总长，后为清华研究院导师。晚年任国务院参事室参事。

与台州项士元类似，李佩秋对温州图书馆充实馆藏也出过大力，嘉惠学林，值得后人永久铭记。

第三通（一九五二年七月十六日）

梅冷生先生：

九、十五两邮函谅均递达。兹奉询先君子《万山草堂诗集》十二卷凡四册，七卷六为东瓯集，即两次在贵乡五六年之久所作也，不知已奉赠贵馆否，乞查示。如无之，弟即检寄，邮资自认。又，拔翁询其旧题《敬乡楼图》诗，《图》未遭劫火耶？并希示及。

此颂

纂绥

弟洣顿首

七、一六

上海康定路179弄24号

贞晦、洗凡二公，祈代致念。张君慕骞近状何似，望示知之。又及。

按，第三通、第四通、第七通、第八通等数札，均为明信片。附言“贞晦、洗凡二公”一行，书于明信片正面。

先君子，指李登云，字孝笙，湖南衡山人，光绪己丑科（一八八九）进士，刑部主事。光绪二十七年（一九〇一）署理乐清知县。任内重修《乐清县志》。著有《万山草堂诗集》。

《敬乡楼图》，武进汤涤、贵筑姚华、衡阳萧俊贤先后应敬乡楼主人黄溯初之约而作，可惜如今下落不明。此处言“拔翁询其旧题《敬乡楼图》诗，《图》未遭劫火耶？”如今看来，图卷很可能与闸北寓所藏书、字画一同毁于上海“八一三”淞沪之役中。

第四通（一九五二年七月廿八日）

梅冷生馆长：

九、十五两日平信，十六日明信片，谅均察及矣。逾旬未见示复，不解其所以然。弟瘵病剧，恐一旦填沟壑，故亟将征到李、刘二家之书分作二包于今晨亲自交邮寄上，请收到后核填收据或□信函，由弟转为盼。

此颂

暑祺

弟洣顿首

七、二八

上海康定路一七九弄二四号李佩秋寄

按，“上海康定路一七九弄二四号李佩秋寄”书于明信片正面，“梅冷生先生”之前为“温州温州市立图书馆”，但右上角剪去一角，估计是集邮爱好者所为。

第五通（一九五二年七月卅一日）

冷生先生纂席：

廿一惠函诵悉。弟于廿八寄上书两包，计日可以递达。贵馆藏《圣遗诗》如无戊集，又《硕果亭》如无诗续文剩，则此非复本也。兹邮奉拙赠书七种，凡九册，皆属清集，间有一二殇于一九一二已后者，而其人要不先为一九一一以前之人也。末附金君松岑最后诗文两册，至祈检收见复。再，请不必汇款作邮资，查贴数算还，遇便则为之，否即由弟担负，亦为数无几。

此颂

暑安

弟洣顿首

一九五二之七卅一

来札云：此类剞劂，后恐渐稀。亮哉斯言。曹叔彦健存，其已刻皆经、小学书，未刻集。叶遐庵自刻集颇多，皆排印，不见重，无藏弆者。所印行《广东丛书》，待访。王病山、潘博山，皆未刻集。《陈苍虬诗词集》，蒋苏庵刻，小字本；北京刻，大字本，皆不易觅。其殁后，门人沈君赓梅为印《诗续》《词集》各一册，容代觅奉。蒋苏庵转益多师，比年从马租居湖上，所辑印《金陵丛书》四集，久已绝迹。坊间嘉业堂藏书业经籍没，所刻书版十九缺失。吹万楼书除遭劫外，其《诗经》一部分迻置在沪，亦籍没矣。惟此二君均尚健适。郭啸麓自刻书甚多，身后无继述者。李审言《贫士遗集》未刻，张次溪任辑刊之说，不确。孟莼生晚多投稿报馆之作，亦必有人为之收拾。要之，尊语剞劂渐稀，最能道著也。合众图书（馆）所印《黔文献目》，已转属顾君起潜径行检寄。馀再谈。

冷生馆长再鉴

弟洣又叩

七、卅一

按，“蒋苏庵转益多师，比年从马租居湖上”，马，指马一浮（一八八三—

一九六七），名浮，号湛翁，绍兴人。一九五三年任浙江省文史研究馆馆长。蒋苏庵，南京人，宣统年间接手杭州小万柳堂，改建为兰陔别墅，俗称蒋庄。一九五〇年四月，马一浮移居于此，“文化大革命”初被赶出蒋庄。

第六通（一九五二年八月三日）

冷生先生大鉴：

今日星期，晨九时又亲自交邮寄上书一包，内附信四叶，计贴票四千七百五十元，又上次七元，所寄书二包，计贴票六千二百五十元，合共一万一千元。如承慨允算还邮费，此戋戋之数，似可用人民币封入挂号信内惠下，弟当缮寄收据，因执事乃支用公帑。此颂

暑祺

弟涞顿首

八月三日午

应征之书暂告段落。

按，此处四千七百五十元、六千二百五十元、一万一千元等，均系旧币。一九五五年二月二十一日，国务院第五次会议通过《关于发行新的人民币和收回现行人民币的命令》，自一九五五年三月一日起实行，新币一元等于旧币一万元。

第七通（一九五二年八月四日）

昨函并书籍一包，计日可到。弟最爱读水心先生之文，敝藏《永嘉丛书》本已遭寇焜，贵馆如有复本《水心集》可出借者，拟请检齐寄下，俟籀读毕，仍以奉还。有无可否，盼示。

冷生先生

洣顿首

八、四

薛常州佚著散在《永乐大典》者，经文芸阁录入其《纯常子枝语》中，弟曾为人校刻是书，而世间则尠知者。又及。

按，附言“薛常州佚著散在《永乐大典》者，经文芸阁录入其《纯常子枝语》中”，即薛季宣（艮斋）《地理丛考》，萍乡文廷式（芸阁）从《永乐大典》卷一万四千三百八十五“冀”字下录出，光绪十五年（一八八九），瑞安黄绍箕从文廷式转抄得之。黄绍箕跋《舆地丛考》后，称：“明杨士奇等编《文渊阁书目》来字号第一厨有《地理丛考》一册，张萱等《内阁书目》无之，然则正统中此书当存，至万历乃亡。今虽从《永乐大典》录出，而止及幽、冀，馀皆阙如。幽、冀说存，而图亦尽佚，兹又重可惜矣。”近年由浙江博物馆张良权先生据《永乐大典》影印本整理，收入《薛季宣集》（上海社会科学院出版社二〇〇三年四月版）卷三十六。

第八通（一九五二年八月十六日）

《水心集》洎八、十一两手札并二万元均领悉。弟寒热不清，饮食不进，已逾旬矣，唯赖注射延存喘息，恐凌云一笑总在旦暮间。水心墓碑似以不书谥不加冕为适合时宜。馀俟托庇病瘥缕复，并续寄赠清集。

八、一六，洣顿首

最好奉托代为觅购《水心集》一部，即无，《别集》亦可。

按，末行文字书于明信片正面。“梅冷生馆长”之前为“温州窦妇桥市立图书馆”，右上角亦剪去一角，估计也是集邮爱好者所为。是时作者身体不适，“唯赖注射延存喘息，恐凌云一笑总在旦暮间”，为此忧心忡忡。

第九通（一九五二年十月廿七日）

十月十三日札敬悉。青溪之游有所导否，幸以见示。弟最爱石门瀑泉，秋瀑尤佳。《纯常子枝语》坊间少见，弟亦妙手空空。兹缴还《水心别集》二册，附上蒋屏侯钞《广艺舟双楫》。吾家拔翁作古，已安窆矣。

冷生先生纂席

弟涞顿首

十、二七，即壬辰九日

按。落款壬辰九日，指壬辰年重九日。此笺钤有两枚印章，一枚白文章为“红缥馆”。

“吾家拔翁作古”，李拔可于一九五二年十月二十一日（夏历九月初三）病逝。顾颉刚当日日记说：“假使渠不作搪瓷厂董事长，假使今年无‘五反’，假使渠于‘五反’中不出席，尚不至遽死也。”（《顾颉刚全集》，中华书局二〇一〇年十二月版，第五十册，日记卷七，二九一页）

第十通（一九五二年十一月十七日）

得十二日手书，知《水心别集》收到为慰。乐正子春下堂伤足，弟则端坐室中，偶起立即蹉跌。盖久病脚软，如两三岁小儿也。且苦贫甚，无钱购注射剂，惟以不劳心力口舌为精神疗养法，然已获效。关注奉闻，并希转告刘、吴二公，谢磊翁处，请先代致谢意。此片末所钤，即磊翁刻赠者。顺颂撰绥

弟涞

十一，十七

《纯常子枝语》沪肆少见，即有之，非十馀万元莫办，此与普通旧线装书不同也。又及。

按，明信片“十七”下方钤有“李佩秋”名章一枚，即出自谢磊明之手。

乐正子春，春秋时鲁国人。曾参弟子。尝下堂伤足，数月不出，犹有忧色。以为君子不亏其体，不辱其身谓之孝。“伤足”乃忘孝之道，是以有忧色。刘、吴二公，即刘景晨、吴洗凡。

第十一通（一九五二年十一月廿八日）

十七日明信片谅早递达。兹检得《北云集》一册寄上乞收。至《抑快》《匑厂》二集，一时无觅处矣。谢磊翁惠治之印，最好用邮局小包裹匣径寄敝沪寓。去年承方介堪兄刻二印，即用此法也。

冷生先生著席

弟洣顿首

十一月廿八日

按，此札钤有白文印两枚，一“红缥馆”，一“山人”。

林志钧《北云集》有两个版本。反右之后重印本，因刘景晨（贞晦）已划为“右派”，避忌而删去相关唱和之作。如《报刘贞晦》（初版七四页）：“墙东长忆君公在，别后垂垂历几秋？穿贯七经公是集，题刊千卷敬乡楼。栖迟久弃江中玦，浩荡还看海上鸥。影里美髯如雪白，灯前细认醒昏眸。”所幸温图所得系一九五二年初版本，拙编《刘景晨集》附录得以增添夹注五条。

“去年承方介堪兄刻二印”，作者赋诗道谢，温州友人吴洗凡读后作《承示谢介堪惠治印及予寄虾尾诗次和奉酬》，末句曰：“新诗已下玄英拜，季子交情在宝刀。”

李鸿文复梅冷生

（一九五二年十二月十七日）

李鸿文（一九〇三—？），永嘉人。进过私塾，高中毕业。曾任浙江纸类运销处经理。抗战中期应永嘉县社会服务处之托，独资承建鸿文图书馆。当时系上海三兴仁纸行（即三兴仁企业股份有限公司）经理，温州旅沪同乡会监事。

梅馆长台鉴：

前奉函电，稽未作复为歉。

兹将赠书目录抄呈：

百衲本廿四史	十五小箱　八百八十册
影宋局大字本史记	壹箱　卅二册
汉魏丛书	四函计四十册
清季外交史	十七册
影明刊本历代小史	廿二册
同治东华录	六十册
光绪东华录	六十四册
宋拓孟蜀石经孤本	八册
群雅	五册
故宫月刊	四十三册
淳化阁帖	日本印　一函十一册
昭代名人尺牍	一函二十册
昭代名人尺牍续集	廿馀册　未加廿四册

古今逸史	六十六册
小屯第二本殷墟文字甲篇一巨册	附小册一本
积微居文录	三册
积微居小学金石编	二册
朱批范时泽奏折	一百十二册
宋本唐人小集廿四册	壹箱
太平广记	六十册
夷坚志全集	三函廿册
入唐记	四册
竹人录	二册　缺一册
八琼室金石补正	六十四册
李仲明营造法式	一函八册
日本即位大礼纪念	一册
四季洋花	一册
丽春	一册
古本第一奇书	卅二册
唐新修本草之解说	一函六册
又禽兽部卷十五	一函一册
湖北省通志	三册
湖南省通志	五册
畿辅通志	八册

古今图书集成　六箱八百馀册　内有目录六册，因友人取去，为了公司债务，迄未送还，容取来补上。

李北海书古诗真迹　一册

以上所选的书籍均在检交运上，内中所缺水经注释十六册，乃友人借去未还，容收来补记（寄）。名人人物集壹册，郝翁集锦壹册，大约杂在丛书中，遍查未着，容找到交邮补记（寄），勿念。我认识有几部版本稍好些，加运来，至希补收。

影宋台州本荀子四册　　日本金泽文库

明刊本说文解字　　十六册

隶辨　　八册　其版本还好

文选　　廿四册　内全部加批

国外风光图册　壹包　请观后能可保存者更好，否则请代烧毁，因我不懂有无保存价值，希谅之。

易图碑研	壹块	
金沙铁研	壹方	一箱共计六方
不知朝代碑研	壹方	
古研	叁方	

先后书研均交同义公运输公司运上，所有运费及包装等费，届希照付。戴夷乘先生及郑平的古佛，容与洽好，仍交同义利运上不误。馀详正信。

此致

敬礼

晚李鸿文（章）顿首

十二月十七日

介堪先生均此。

赠书研人李鸿文，三兴仁企业股份有限公司经理，家住延安东路七十七弄六号三楼，电话八三二七二。以上书研并非买卖行为，经过沿途，希望查明事实，放行为盼。

此致

税务局

赠书研人李鸿文（章）谨启

反动宪法壹册，不可保存，请毁。

德国图片一函计一百十三张，此部颇有历史的价值。

按，此函一共三叶，系方广强收藏。第三页左上角钤有三枚蓝色或黑色方章，每枚横刻三格文字，其中两枚是税务局所钤，一为“进口货运登记章”，一为“入口货运登记章”，后者第一格文字为“温州市人民政府税务局”，中间加盖竖排日期“一九五二年十二月卅壹日”，表明此信当作于一九五二年。

去年六月，黄瑞庚先生得知我们正在筹备百年馆庆，主动提供信札照片，令人感动。最近我向他了解信札来源时，黄先生解释：“这不是我收藏的，是方广强托我整理编辑《玉篆楼藏信札集》（上海书画出版社二〇一五年十一月版）时发现的，因这一信札与方先生没有直接关系所以没编入《信札集》，当时你馆正在收集此方面资料，所我发给你参考。”于此可见黄先生的古道热肠。

所谓“反动宪法”，指一九四六年十二月二十五日南京“国民大会”通过，一九四七年元旦国民政府颁布，同年十二月二十五日施行的《中华民国宪法》。

此次寄赠书刊，不计“反动宪法”，约二四九八册，外加德国图片一一七张，古旧碑砚（研）六方。

李鸿文赠书不止这一次。查《温州市图书馆七十年记事》：一九四七年八月，旅沪同乡李鸿文将旧藏《湘绮楼日记》十六册、《李文清公日记》十六册、《故宫博物院史料》旬刊四十册、《历代方镇年表》五十三册，合计一百二十五册，托林醒民赠馆公览。（《七十春秋录》，一二一页）可惜前后这两笔赠书，章亦倩编《籀园受赠书目汇编》（上海远东出版社二〇一五年一月版）均遗漏未收。而第二笔赠书，新编《百年温图》（上海书店出版社二〇一九年九月版）只字未提，也是美中不足。

马涯民致梅冷生

（一九五二年九月九日）

马涯民（一八八三—一九六一），名瀛，后字涯民，号伯年，笔名古彦、谛僧等，以字行，定海县（今属舟山市普陀区）人。早年就读宁波储才学堂、上海中西书院。一九一五年任商务印书馆字典部编辑。一九二二年后历任省立宁波甲种工业学校、效实中学、民强中学、甬江女子中学等校教职，定海县修志局编辑。一九三三年一月，任鄞县通志馆编纂主任，至一九五一年四月全志出齐，凡六编三十六册五百馀万言，以体例新颖、资料翔实著称。当时主持宁波古物陈列所。一九五三年受聘为省文史研究馆馆员。

冷生先生有道：

三日手教敬悉。光绪《永嘉县志》三十本亦已寄达，蒙逾分推奖，祇增惭愧。先生学富望隆，莞领瓯郡典籍多年，即就所搜罗方志目录观之，亦足见对地方文献有殊功，何自㧑抑若此？

兹寄奉配补《鄞县通志》二十四本，至祈检收。承询各事，答复如下：

（一）本所收藏《定海县志》及《四明清诗略》皆有复本，俟整理后可与贵馆交换；

（二）《绍兴县志资料丛刊》及《祁忠敏日记》不特本所无此二书，即甬书肆亦罕见，似当向绍兴征求；

（三）《四明丛书》第六集，除函述十种外，尚有十一种，且已刻至第八集，其详目可查《鄞县通志·文献志》第七册戊编上艺文三板刻类（二一四七至二一四八页），惟约园先生后人星联君近在北京供职，不知住址，俟渠回沪后，可为介绍，或其家中尚有零本，可供配补；

（四）《抹云楼书目》已有省方拨给本所接管，不日即由范鲁其君往慈搬取。

匆促奉复，希加指教。

鹿其君嘱笔代候。即致

敬礼

马瀛手启

一九五三，九，九

按，此函三页，书于“鄞县修志馆用笺”上，与底下一行文字“馆址公园路十号”，均自右至左。“手启”下方钤印两方：“马瀛”“涯民”。现据温州市图书馆档案，藏书建设类F6（1953—1962年，103—105页）录入。

本所，指宁波古物陈列所。此前十天，宁波古物陈列所负责人马涯民、范鲁其（鹿其）两人具名函复“温州市立图书馆负责同志”，感谢温图寄赠天一阁与马涯民《馆藏方志目录稿》各一册，并回赠《天一阁藏方志试录目录》一册。当时天一阁由宁波古物陈列所代管，鄞县修志馆于《鄞县通志》印竣后连同鄞县文献委员会亦并入其中。宁波文教局随时将没收书籍文物移交该所代管，这给宁波与温州两地图籍交换提供了契机。

约园先生，即张寿镛（一八七五——九四五），字伯颂，号咏霓，别号约园，鄞县（今宁波市鄞州区）人。教育家、藏书家、文献学家。光绪癸卯（一九〇三）举人，清末曾任淞沪捐厘总局提调、宁波法政学堂监督、杭州关监督、苏州知府等职。辛亥革命后历任浙江、江苏、湖北、山东财政厅长，转任财政部次长。后执掌私立上海光华大学二十年。刊刻《四明丛书》共八集，生前完成七集，身后由哲嗣续编第八集，合计一百七十八种，一千一百七十七卷。一九五三年遗孀蔡瑛将约园藏书三千七百六十八种、计四五四一〇册全部捐献国家。近年天一阁博物馆编印《天一阁藏四明丛书珍稀文献图录》，以示缅怀。

戴家祥复梅冷生

（一九五五年三月十四日）

戴家祥（一九〇六—一九九八），字幼和，永嘉上田（今属温州市瓯海区）人。民盟盟员。清华国学研究院毕业，历任大公中学天台分校教务长、南开大学经济研究所研究员、四川大学等校副教授，上海华东师大教授。主编《金文大字典》。

冷生馆长：

久别得书，欣慰何似。谭书（《文学史纲》）我已粗粗地读过，觉得还不错，因为此书系徐德麟兄所有，当时并未问何处出版，亦未问如何购到。

徐君刻在北京开会，已函托渠就近设法，如有消息当即奉告。弟前数月草拟《兮伯吉父盘铭考释》，发表于我校《学报》第一期，本想寄一份请求教正，不料孙正容兄来书索取，先行寄去，后来亦未去买。疏懒如此，可笑之至。

近拟再写《毛公鼎考释》一篇，闻张文伯曾写过一篇，彦远一度寄赠介堪，未知此书还可借到否。如果可能，请借我一阅，约一月之内奉还，决不拖延。

此致

刻安

弟家祥敬礼

十四日即复

如兄处无此书，请代向介堪一问，请四月底寄下，因为《学报》五月初集稿故也。

按，《兮伯吉父盘铭考释》，发表于《华东师范大学学报》一九五五年第一期，故此函当作于是年，落款未标月份，考虑到下文“请四月底寄下，因为《学报》五月初集稿”，大抵是三月。

至于张文伯所撰毛公鼎相关文章，题为《毛公鼎斠释》，脱稿于一九三四年，有自印本行世。张文伯（一八六七—一九三九），名之纲，号君辅，晚号谢村老民，浙江永嘉人。光绪二十八年（一九〇二）举人。后曾师事瑞安孙衣言。另著有《契亭金文校释》《池上楼诗稿》《池上楼文集》等多种。

哲道人贺梅冷生六十初度诗笺

（一九五五年仲春）

哲道人，疑为南社社友蔡哲夫。蔡哲夫（一八七九——一九四一），原名珣，更名守，字哲夫，别号哲道人、茶上人、樗散画师等，广东顺德人。以字行。

今岁八月十六日为冷生老友六十初度，兴怀旧雨，同到白头，长昼三春，情殷摛颂，偶成一律，倡以为寿，知不足博大雅一粲也。

十年坐拜小诸侯，掌领书城古骆瓯。

隐吏宗支世大雅，月圆人寿节中秋。

白头济变才无敌，绿水常依兴自幽。图书馆初在依绿园故址。

更有豪情钟坡老，高吟何止逼琼楼。

乙未春仲，哲道人献草。

按，“哲道人献草”下方钤有朱文章一枚：“哲道人七十后吟草。”

乙未，即一九五五年。夏承焘同年十一月十九日日记：“得天五函，依绿园，告冷生覆书，欲辞温市图书馆，入浙江文史馆。”结果梅冷生到点未退，得以留任。当然也就不需要省文史馆馆员的头衔与待遇了。

吴景文致梅冷生

（一九五六年三月廿日）

吴景文（一九二六—二〇一六），号蠡庐，永嘉（今温州鹿城区）人。毕业上海立信会计学校。当时在上海南翔一家工厂工作。从潘伯鹰、陈仲陶问学，沾溉湛深，晚年辑成《陈仲陶遗编》。著有《蠡海庐文稿》。

白云如驶，叩别四年，春节返里，匆匆未能常亲霁诲为怅。文于二月廿六日抵翔销假。路经杭州，曾至孤山探梅，灵隐礼佛。十年重游，建设焕新，西湖已成为世界公园矣。回厂后正值掀起生产热潮，响应中央号召，努力完成第一个五年计划，工作紧张，无暇修书，奉候迟迟，乞恕。《虬苍阁诗集》书肆无存，未能报命，至感耿耿。已托方正夫兄候机征求，或可得之未定。

前人民日报社论谓今年大学招生165500人，目前却遇高中生来源不足的严重困难，并谓要保证完成招生计划还必须根据中央关于知识分子问题指示的精神，注意克服与防止对社会停学待业青年入学问题上所存在着的要求过严的倾向等语，因念小妹秀蔚客夏高考，因故不取，今年体格成绩如佳，或能录取，若遇疑难问题存在，已嘱请教吾公，恳祈培植，坐化春风，感惠无涯。

伯鹰师先祖母张凤慧女史《留香阁诗存》残稿，七年前曾经仲陶师细心校阅，欲谋付梓行世，蹉跎未就。春节时潘师举此以语，怃然共感前尘，因思吾公搜集乡邦先哲文物，不遗馀力，若遇张迹书画，乞代购贮。石火电光，永留鸿雪。或蒙欣诺欤？江南春好，缕缕不尽罄宣。

雨清吾公著席

后学吴景文顿首

五六年三月廿日南翔

此札三页，笺纸花纹图案不同，左下角均钤印“荣宝制”字样。

按，《虬苍阁诗集》，系《苍虬阁诗集》之笔误。《苍虬阁诗集》，陈曾寿撰，正集十卷，续集二卷。陈曾寿（一八七八——一九四九），字仁先，号焦庵，湖北蕲水县（今浠水县）人。家藏元吴镇《苍虬图》，因以名阁，自称苍虬居士。光绪二十九年（一九〇三）进士。入民国，筑室杭州小南湖，以遗老自居。诗工写景，能自造境界，系近代宋派诗的后起名家，与陈三立、陈石遗齐名。

方正夫，即方正孚（去疾）。张凤慧，字筠香，永嘉人，有《留香阁诗存》。

温图藏《留香阁诗存》，乡著会钞本，一卷，当年即据潘伯匋藏稿本录副，题名“诗存”作“诗草”。

马公愚复梅冷生方介堪

（一九五六年四月廿八日）

马公愚（一八九〇——一九六九），本名范，初字公驭，后改公禺、公愚，晚号冷翁，永嘉城区（今温州市鹿城区）人。早年与朱自清共事于浙江省立第十中学（温州中学前身）。后任省立第四中学、上海中学教员，上海美术专科学校书法教授，复旦大学国文系教授等。晚年供职于上海中国画院。上海市文史研究馆馆员。

冷生、介堪□兄□：

本月廿二日寄上一函，谅承察入矣。

接奉廿四日惠函，敬悉一是。冒老赠件已于前日由方去疾君取去，交与陈传书带瓯，据云陈君定于月底赴瓯，顺便带去甚妥。

叶恭绰先生嘱查吾瓯手工纸产销情况，如承略示一二，以便早日答复叶老，至为感祷。

汉语拼音方案草案，全国各地曾展开热烈讨论，提出不少意见，吾瓯政协会当亦讨论过矣。弟在上海市政协会上所提之意见，登载《语文知识》48期，曾寄奉一册请教（另作印刷品寄江心寺文管会），谅承收到矣。

匆匆不尽，即颂

安好

弟马公愚

一九五六年四月廿八日

按，此札依据陈胜武编著《马孟容马公愚昆仲年谱》（中华书局二〇一三年十二月版，一八四页）收录。原札保存于温州一私人藏家，信封书“温州市沧河巷16号温州市图书馆梅冷生方介堪先生”字样。

冒老，即冒广生（一八七三—一九五九），字鹤亭，号疚斋，江苏如皋人。举人出身。民国初年做过瓯海关监督，任内捐俸刊刻《永嘉诗人祠堂丛刻》。

梅冷生致夏鼐　三通

（一九五六年十一月至一九六二年十二月）

第一通（一九五六年十一月廿三日）

作铭吾兄：

别后在廿一晨五时许车抵苏州，勾留一日，游览城内各园林，即于昨日下午快车到沪，预备再少住数日，经杭返里。首都之游，适馆授餐，深感贤夫人盛惠。濒行复辱冒寒远送车站，尤见殷挚。清恙须加意调摄，许国之身，不独友好祈企也。小孙在校尚能励学，但身体羸弱，不无悬悬，极盼随时照拂。米票遵命少寄五斤，以备宾客不时之需。

专此，敬颂

俪安

文郎问好！

弟梅雨清顿首

十一月廿三晨九时

按，二〇〇四年初，应老馆友潘国存之请求，《梅冷生集》列入《温州文献丛书》整理出版计划，主编胡珠生以《文献丛书》整理出版委员会办公室副主任郑笑笑名义致函北京夏鼐家属，恳切建议前往中国社科院考古研究所，复制提供梅冷生致夏鼐手札。

此事得到夏鼐女公子夏素琴的热心支持与考古研究所的积极回应。

当年三月十四日，夏素琴女士给整理出版委员会办公室回复，称：“在考古所同志的协助下，我从考古所资料库中寻找到家父遗物中所收藏的信笺，按来函要求，我从一九四九年一直查到一九六四年，发现有梅冷生先生来函24封，计32页，今复印一份寄上，请查收。”

因此，《梅冷生集》得以收录梅冷生致夏鼐信札二十四通，其中一九五三年四月至一九六〇年一月十通，一九六二年一月至一九六三年十一月十四通。

笔者从中选出三通，目前发现的夏鼐致梅冷生三通（见下文）与之直接呼应，收入本书时经与梅冷生手札复印件复核一过。

此件今藏中国社科院考古研究所夏鼐文库内，书于温州市图书馆用笺，下方隔线下一行字注明：“温州市沧河巷16号，电话号码：一〇三二号。”当时温州电话还是四位数。

小孙，指梅光春，当时在北京钢铁学院就读。

第二通（一九六二年十一月十六日）

作铭先生所长：

接奉航函，心感神驰，本即束装来游，得依居停之谊。适有浙江历史学会特邀弟参加年会，于昨日下午抵杭，会后拟即由金华回里。明年再践尊约。此间天气尚和暖，未穿棉衣。西湖秋色，以招待会在花港，近接几案间，小住数日，故亦愿勾留耳。匆此，敬颂

俪安

弟梅冷生上

十一月十六

按，此函今藏中国社科院考古研究所夏鼐文库内，书于温州市图书馆用笺，下方印有“温州市沧河巷16号，电话号码：一〇三二号”字样。抬头“作铭先生所长”，误作“作铭先生馆长”，梅冷生偶然疏忽，匆忙之间未及改正。

第三通（一九六二年十二月六日）

作铭我兄所长：

在杭曾寄一札，谅达典签。归后积尘满案，扫除无暇晷，反觉神倦意疲也。英教士苏惠廉著作二册，此间宗教界为写文史资料，转嘱赐寄以供参考。据称有人能译，由弟负责，用毕奉还。

京市同仁堂阿胶为妇科药物，特效，费神代购一斤，付邮寄下。近来想无排队之烦，如带便并购杜仲粉一瓶，至为盼感。今晨去送苏惺石先生出殡，老友凋零，黄垆一恸。写此奉闻。

杭州大学于明年五月间纪念孙仲容先生学术活动，近已筹备，届期拟请莅杭参加。

即颂

冬安

弟梅冷生上

十二月六日

按，梅冷生此函今藏中国社科院考古研究所夏鼐文库内。

苏慧廉（William Edward Soothill,一八六一——一九三五），英国传教士，受英国循道公会（时称偕我公会）派遣来华，在温州生活、工作二十五年。创立医院、开办学校，并将《圣经》翻译成温州话。苏慧廉著 *A Mission in China*，近年由张永苏与李新德两位合译，中文版题名《晚清温州纪事》，二〇一一年五月由宁波出版社出版。苏慧廉太太苏路熙（Lucy Soothill）则著有回忆录 *A Passport to China*（《中国纪行》），中文版教会内部前些年印行过。

苏惺石（？—一九六二），一作醒石，名钧宗，系夏鼐内堂姑父。

从夏鼐日记看，梅冷生“文革”期间曾致函夏鼐。一九七四年十月二十日（星期日）：“下午任梓良夫妇及其女来访，携来梅冷生先生一信及虾尾一包。”可惜夏素琴女士赴考古研究所查找时，未及检获。

夏鼐复梅冷生 三通

（一九五六年十二月至一九六二年十二月）

夏鼐（一九一〇—一九八五），字作铭，永嘉城区（今温州市鹿城区）人。考古学家，中国现代考古学的奠基人之一。清华大学历史系毕业。一九五〇年起，历任中国科学院考古研究所副所长、所长、名誉所长，中国社会科学院副院长。国务院古籍整理出版规划小组成员，国家文物委员会主任委员。一九五一年元旦，温州市文物管理委员会成立，与孙孟晋等兼任委员，支持故乡文化事业不遗馀力。著有《夏鼐文集》《夏鼐日记》等。

第一通（一九五六年十二月廿二日）

冷生先生大鉴：

前接由上海来示，欣悉已安抵沪江。近接家中来信，知大驾已返故里，甚慰。

马公愚先生曾晤及数次，住在景山东街文改会中，离寒舍甚近，曾前往造访，马先生亦曾临舍下一次，闻及台驾曾来京少住，马先生以为近在咫尺，竟失之交臂，颇为怅然。马先生现已南下，据云阴历春节以前拟返故乡一行云云。届时当可晤及。

自台驾南下后，北京又曾下雪一次，现下天气颇冷，公暇只能闭门拥炉读书而已，罕曾出游。贱疾已渐痊愈。知关锦注，故此附闻。蒲柳之质，望秋先零，深自惭愧。

专此，敬请

近安

后学夏鼐敬上

十二月廿二日

内子嘱附笔问候。

与马公愚见面事，见于夏鼐日记一九五六年十一月三十日（星期五）："下午写了几封信。马公愚先生来谈，已三十年未见面，几不认识矣。"随后回访。十二月二日（星期日）："上午赴中国文字改革委员会访马公愚先生，在座有王利器同志等。"马公愚离京返沪之前与夏鼐道别。十二月十日（星期一）："晚间马公愚先生来谈，谓日内即将南返。"（《夏鼐日记》卷五，二七七至二七九页）此信作于一九五六年无疑。

按，此件系"头条号/捕峰捉影"公布于网络。可惜回信当日夏鼐日记漏记。慎重起见，今年三月十日，我特地咨询整理《夏鼐日记》的考古所研究员王世民先生，承蒙王先生答复："来件收到，笔迹可靠无疑。当时夏先生住美术馆后的泰安巷，与马公愚先生下榻的景山东街文改会，确实近在咫尺。此件不知现存何处？"

第二通（一九六二年十二月三日）

冷生馆长先生大鉴：

接奉十一月十六日来示，获悉以参加浙江历史学会之故，首都之游，只能留待来年，闻讯未免怅然。现下文旆谅已安返故乡。此次历史学会开会，收获必多，能否示知一二？沈炼之先生现在此间社会主义学院学习，曾经面晤畅谈，闻年底结业后即南返杭垣。京中已届冬令，室内已生煤炉，寒舍因有暖气设备，虽省生炉火之劳，然亦缺少围炉取暖之风趣。凡事有得必有失，此亦一例也。

匆此，敬请

道安

夏鼐敬上

十二月三日

此件系乐清卓永兄披览所得，据卓兄《夏鼐复梅冷生信札》一文介绍：夏鼐信札上过拍卖行有据可查的仅此一件，尺寸21×14.5cm，出现在二〇〇五年十二月二十二日上海敬华拍卖公司举办的秋季艺术品拍卖会上，结果以1650元成交。上款冷生馆长，拍卖行于图录上标注为："夏鼐致张宗祥手札。"张宗祥，别号冷僧，一作冷生。新中国成立后任浙江图书馆馆长兼省文史馆副馆长、西泠印社社长等职。字号冷生者，另有温州梅雨清，字冷生，以字行。因该札无封，卓永兄结合梅冷生致夏鼐信（见上录第二通），内容互相呼应，认定收信人应是梅冷生，而非张宗祥。夏、梅两位通信时间应为一九六二年。（《温州读书报》二〇一〇年第八期）

卓永兄言之有理，自当予以纠正，不再张冠李戴。此函当作于一九六二年。

第三通（一九六二年十二月十五日）

冷生馆长先生大鉴：

接奉十二月六日来示，惊悉姻丈苏惺石先生已归道山，闻耗不胜哀悼。英教士苏慧廉夫妇著作两册已另邮挂号奉上，即请察收。

京市同仁堂阿胶及杜仲粉，京市现皆脱售。曾亲往大栅栏同仁堂及王府井永安堂、东安市场鹤年堂等数处购买，皆答以目下无货，有熟人在中医研究院附属医院工作，据云前月曾到一批，今亦售罄，已托其代为留意，如有货到，请其代为购买一斤，及一并购得后当即寄上。

匆此，敬请

道安

夏鼐

六二年十二月十五日

此通书于八行笺上，现编入温州市图书馆档案H-7-1936~1962，47页。

夏鼐日记记于次日，一九六二年十二月十六日（星期日）："写信复梅冷生先生，并寄去苏惠廉夫妇著作二册。"内容吻合。

有熟人在中医研究院附属医院工作，所谓熟人，其实是内侄女李素娟。同年五月，李素娟回温探亲，夏鼐托她将瑞安许刻本《真腊风土记》捎归交还温州图书馆，结果在金华候车时不慎失窃。夏鼐日记一九六二年六月一日（星期五）："上午赴所，途中遇及李素娟内侄女由温州返京，肩挑两个大提包，多是别人托带的东西。我到所后，审查赴日考古图片展览的照片，所中同仁如苏秉琦、安志敏、佟柱臣、王伯洪等也一起商量。审查毕后，我提前返家，偕秀君及素娟一起至华侨大厦的大同酒家用餐。素娟谓归途至金华车站候车入睡，被人偷去手提包一个（我托她带给温州图书馆的许刻本《真腊风土记》即在其内）。"后来如何就此向图书馆解释，日记未见交代。

梅冷生与苏渊雷 四通

（一九五七年至一九六二年）

第一通（一九五七年三月六日）

渊雷先生：

前奉一械，并附呈小词乞教，想荷察收。

介堪兄最近来沪，当已晤及。温馆举办中国文学讲座，有地方首长以至干部群众参加踊跃，风气一振。春假期内拟请外地各教授一来，瞿禅兄亦有允意，他来讲词，兄能为担任楚辞一课，更所盼望。或代请徐澄宇先生同游雁荡，顺便讲一课。川途含宿，均可由馆招待。此亦大事，因缘非善知识者不能成也，盼复千万。馀由介堪面陈。匆颂

著安

弟梅雨清顿首

三月六日

按，此信书于“温州市图书馆用笺”，影印件收入苏月笑编《苏渊雷往来信札》，国家图书馆出版社二〇一五年十月版，中册，六一二页。

苏渊雷（一九〇八—一九九五），原名中常，字仲翔，晚号钵翁，平阳（今属苍南）人。曾执教于哈尔滨师范学院、上海华东师范大学历史系。中国佛教协会常务理事、中国孔子基金会理事。民盟盟员。有《苏渊雷全集》五卷。

徐澄宇（一九〇二—一九八〇），名英，湖北汉川人。诗人。当时任复旦大学教授。苏渊雷的老友。

接信不久即应邀在温州图书馆以《论司马迁及其文章风格》为题作讲座。此前梅冷生复夏鼐函也提到此事："苏渊雷年假回乡，弟亦邀其演讲一次。今年馆中拟多开讲座，惟聘人不容易，安能源源而来乎？一笑。"（一九五七年二月七日）

第二通（一九五七年十二月十日）

苏渊雷吾兄：

久未通候，至深翘企。守庸先生回沪，想已转陈鄙状。弟声名俱泰，差堪告慰。遥念起居定多佳胜，寒假能一归否？此间古典文学讲座，尚缺唐诗一课，能来担任，以偿前诺。寓庐仍可下榻也。年内清理借出古籍还库，兄处一部分如能交路局运回最好，并恳检今年所得近刊见赐。宋平子遗集，弟拟整理一帙，再丐兄作序，交出版社印行，现已约友人着手。

匆颂

著安

弟梅雨清顿首

十二月十日

听鹂后人现状何若，仍任原职否？

按，此信影印件收入苏月笑编《苏渊雷往来信札》，中册，六一三页。

检夏承焘日记一九五七年六月一日："午睡初醒，闻冷生叩门，谓昨来杭州开全省图书馆会，谈至夕六时半去。谓近搜集宋平子诗成一册，予谓可属浙江人民出版社印一部《宋平子全集》，合《六斋卑议》、文、诗词为一集，以太炎诸人文字为附录。冷生属予必成此事。"九月七日："浙江人民出版社来函，（中略）问《宋平子全集》，即作函催冷生九月内寄稿来。"可见夏承焘为编印此书出过力。对照信中所言"宋平子遗集，弟拟整理一帙"，此札当作于一九五七年。

鉴于苏渊雷早年编过《宋平子文钞》，又著有《宋平子评传》，梅冷生预约苏撰序言，顺理成章。

“现已约友人着手”，所谓友人，当即胡珠生。因为浙江人民出版社有顾虑，宋平子作品删选后再出版，梅冷生被迫另找出版社，转而与中华书局上海编辑所联系。夏承焘日记透露个中原委。一九五九年五月三十日：“浙人民出版社送来冷生所编《宋平子集》，共《六斋卑议》及《六字课斋津谈》二种。出版社以后者不合古为今用原则，拟仅印《卑议》。”十月二日：“上海中华书局陈嗣英来，不遇。中华属予审查温州胡珠生所编《宋恕文集》，当即冷生所编者。”

第三通（一九六〇年二月八日）

渊雷吾兄：

前奉诗简，匆冗未复，至歉。“平安季子谁传语，多丽江山浪说归”，三复佳咏，无限低徊。温州于腊底曾下瑞雪，遥念兴居，极盼以新吟赐读。

校课想很忙，学习进程如何？均在念中。嘉业堂、峭帆楼丛书二帙，早已检出驱蠹待寄，最近候示遵办。

陈守庸先生常晤，温市政协优礼有加，暂不返沪。陈仲雷兄仍在工厂，经常有遇及。但怅天各一方，不能聚首倾尊耳。

晨兴草草，顺颂

大安

弟梅冷生

60.2.8

按，此信影印件收入苏月笑编《苏渊雷往来信札》，中册，六一一页。

苏渊雷原在华东师大历史系执教，一九五八年四月被错划为右派，同年八月调黑龙江哈尔滨师范学院任教。“平安季子谁传语，多丽江山浪说归”句，见于《北迁后周南老迭过沪寓存问并寄诗远慰读之感泣》，作于一九五九年秋冬之间，收入《苏渊雷全集》诗词卷，“季子”改为“书札”。前两句：“落落长松风自远，霏霏寒雨客何稀。”霏霏寒雨，一语双关，感慨系之。

陈仲雷，早年参加革命，任中共温州独立支部书记，苏渊雷、戴树棠则是支部成员，三人一道以个人身份加入国民党，分别担任国民党永嘉县党部工人部长、组织部长、秘书，一九二七年四月三人同时被捕，随后关押于杭州陆军监狱数年，成为难友。患难之交，刻骨铭心。梅冷生通报老友近况，自在情理之中。

第四通（一九六二年春）

渊雷我兄先生：

奉书快慰之极！以前月海防有戒，忙于图籍检理，致稽复。台澎解放，颇劳梦寐。去年在省民革会上，弟曾易剑南诗一字为“北望王师又一年”，以为托兴之辞，有张君慕槎极致欣赏。今年张君病卧若耶溪畔，以杂诗见示。弟和其一绝云：“写寄萝村病榻边，心期为国各绵绵。赏音欲击南溟水，忆话龟堂又一年。”情见乎辞矣，录诒一笑。

夏瞿禅近莅此讲学，故乡快晤，辄思良友。适兄书到，开怀引觞，益念吴天五兄蛰居未起，不久当有弹冠之庆。瞿兄留旬日回杭，声闻甚盛。故乡虽在备战状态中，人心兴奋，安堵如恒，请纾远念。仙岩风景因借水发电，梅雨潭已改观。他日结庐，最好在会昌湖上。近日麦秋梅夏，市集盘飧，物产丰饶，恐非外地所能企及。哈埠情况何似？明乐清李后峰（五峰后人）“园林初夏樱桃熟，时序无言燕子归”名句，不第当时群公欣赏，亦可作今日客子殊乡思归之引也。

匆匆，敬颂

著安

诗甚好，想和未成，函嘱诸友已遍达。

弟梅雨清顿首

张慕槎（一九〇六—一九九六），又名宗骞，字紫峰，浙江诸暨人。诸暨大东公学（今学勉中学）毕业后做小学教员。后弃笔从戎，历任十九路军少校秘书、湖南省平江县县长、第九战区长官司令部少将参事、浙江丽水县长等职。一九四九年三月在丽水起义。随后任浙东行署主任秘书、省人民政府参事室参事。系浙江逸仙书画院暨西湖诗社创始人。民革成员。

查张宗祥（阆声）《归杭续草》，收入《张慕槎兄养病苎萝山诸暨医院书来索西施故事诗率成三章》：

苎萝山下几人家，可有女儿仍浣纱。不必若耶溪水涸，西施一笑灭夫差。

一棹烟波随范蠡，又言沉水逐鸱夷。陶朱屡散千金日，不及婵娟事可疑。

闻君长病苎萝村，村里施家几辈存？若有女儿真国色，劝他耕织守柴门。

落款“冷僧戏笔，时年八十一”，而张紫峰求是草《苎萝书怀六首奉答阆老并呈湖滨师友即乞政和》落款：“一九六二年三月十九日于诸暨苎萝山人民医院第七病区七〇六室。”（馆藏油印稿）其五曰：“右军曾此挥神笔，又见刚峰续判词。总为溪山添韵事，夕阳芳草立多时。”梅冷生亦有和诗，当不相先后，故此函作于是年春。

江蕙林马翊中与梅冷生 二通

（一九五七年四月至七月）

江蕙林，平阳人。历任平阳县昆阳中心小学校长、县立图书馆馆长等职，并曾供职于县救济院，协助院长刘绍宽。

马翊中（一八九〇——一九七四），原名毓骅，字颐钧，一作翊翀。居平阳县城西门外荫泽巷，曰翊庐。一九一一年毕业于浙江两级师范学校，执教于温州瓯海公学。创办扶风书院，新闻界巨子马星野出其门下。一九六二年受聘为浙江省文史馆馆员。著有《翊庐賸稿》。

第一通（一九五七年四月廿一日）

冷生、节庵、照征三位先生：

此次赴温，向贵馆运书，承殷殷招待，感谢之至！

兹奉上《四部丛刊》正式收据一纸，即希察收，并将弟等临时收据寄还为荷。关于复本书籍，承面允尽量拨助我邑图书馆，俾读者得能满足研究的愿望；非特馆中同人深感厚意，即文教界人士亦莫不喜通雀跃。至再往领取日期，俟商定后另行函告。

瑞中《万有文库》复本，已与接洽，但彼处正在着手整理，如有复本，当可调拨。本县二中之《万有文库》，另日前往协商。知关锦注，用特附闻。

此致

敬礼

弟江蕙林、马翊中同上

一九五七年四月廿一日

附：县图书馆收据乙纸。

今收到

温州市图书馆拨还《四部丛刊》八箱，共计贰仟零八十二册。

此据。

平阳县图书馆

一九五七年四月廿一日

按，此信书于“平阳县图书馆”信笺上，十六开，两纸。现据温州市图书馆档案，藏书建设类F7（1953—1963年，65—66页）录入。收据则见于市图书馆档案，藏书建设类F10（1957—1962年，01页）。

冷生、节庵、照征三位先生，指温州市文物管理委员会副主任梅冷生（图书馆馆长兼）、方介堪、吴兆瑛。

落款江蕙林、马翊中分两行具名，下钤“江蕙林印”“马翊翀印”朱文章。

第二通（一九五七年七月二日）

冷生先生：

前月台旌莅平，招待诸多不周，歉仄奚似！兹奉大札，知《平阳县志》一部，及温州前人著述刻本三扎，已交由江一山笔庄转寄弟处，本应即复，因书未寄到，致延时日。现已托人往取，照收无误，自当妥善保管，藉副台从之属望。附上收据一纸，希察收！此后有关平阳文物事件，倘有搜罗之必要，还祈随时函示，当勉尽棉薄，用作涓埃之助。

来函谈及蔡笑秋女士事，承予关怀，已代为致意。蔡女士于绘事一门，虽非杰出，但在温属艺术界中，亦不愧为作家之一，倘能赴温获得教席，想亦不无贡献于社会也。

再者，游君雪门近来搜得大雅山房篆石一百多颗，并印成印谱三十多本，渠意愿将是项篆石献给政府，作为乡邦文物纪念，乞为先容，未悉允为收纳否？惟游君年老在家，生活困难，政府方面，是否可能予以照顾，即希复示，以便转知为感！

此复，并颂

著绥

冠三先生暨介庵、宋颀诸同志均此问候！

弟江蕙林、马翊中同谨上

七月二日

按，此信书于普通信笺上，十行，竖排，十六开，两纸。现据温州市图书馆档案，藏书建设类F7（1953—1963年，66-2页、66-3页）录入。

落款江蕙林、马翊中分两行具名，下方亦钤“江蕙林印”　“马翊翀印”两章。温图档案内保留平阳县图书馆一九五七年十一月八日收条一张，上书：“今收到温州市图书馆古籍计七十四部共二百七十四本。此据。附书目清册一本。”附注交代：“上项书籍系前寄存江蕙林同志家中，现已照数交来，特此声明。”故此函当作于一九五七年。

大雅山房，指苏璠（一七七二——一八三四），字仲玙、号石缘，平阳人。清中期金石篆刻家。因仰慕乡贤高风，在城西雅山（马鞍山麓）林景熙故居遗址筑大雅山房。道光六年（一八二六）手打钤印《大雅山房印集》两册，收录秦汉古印数百枚，均为罕见之作。据说连陈寅恪也称其“久闻其名但从未得见”。

蔡笑秋（一八八五——一九七四），名巽，号语香居主人，平阳人。系马翊中夫人蔡墨笑之姊。画家。与张红薇同出汪如渊（香禅）之门。光绪三十年（一九〇四）考入天津北洋女子师范攻读美术。毕业后留校任教一年，转任广州秀实美专教席、平阳县立第一女子高等小学校长。擅长工笔花鸟，尤工牡丹、菊花。一九五六年受聘为省文史研究馆馆员，为当时全省唯一的女馆员。后供职于温州工艺美术研究所（工艺美术学校）。

冠三先生，即温州市文管会主任、市政协副主席刘景晨。此前不久刘景晨在市政协小组上的发言，被媒体与读者来信歪曲为“反共言论”，正处于风口浪尖之上，被迫检讨。连同情刘景晨的市文管会兼职副主任方家溪也受到批判，稍后被打成“反党分子”。而江蕙林、马翊中两位在刘景晨落难之际，特地附笔问候，看似平平淡淡，其实饱含深情，很不一般。两天之后，七月四日的报纸公开点名，称刘景晨“确是右派分子”。

六年之后，梅冷生赴平阳参观城西公社，曾与老友马翊中相聚，马赋诗纪事《梅冷生先生来平参观城西公社枉过奉赠一律》：“联翩佳客到山城，我与先生有旧盟。柬作方兴歌举趾，春寒未减喜新晴。倾谈相对欢宾主，妙句真堪媲玉琼。难得不忘他日约，图书给与见高情。”原注：“先生曾将温市图书馆古书复本寄赠县馆，约有二万馀册，高情雅谊，殊可感也。”

包通华致梅冷生

（一九五五年十二月十八日）

包通华（一八八九—一九七八），永嘉人，包梓亭长女。瑞安绅士项申甫遗孀。

项申甫（一八五九—一九〇九），名崧，一名芳兰，字申甫，瑞安人。清光绪二十年（一八九四）进士，官户部主事，以候补知府分发江西。与其兄项湘藻创办瑞安方言馆、通济轮船公司。光绪三十二年（一九〇六），任瑞安县中学堂副总理。晚年被举为浙江教育会会长。著有《午堤集》《项申甫日记》。

冷生老先生：

首先祝你精神愉快，工作顺利。我家近来一切如常，日来儿媳旧病复发，卧病在床，医治无力，没有办法，冒昧拟向先生暂借人民币拾伍元，一俟孙儿薪水寄到，如数奉赵，请勿见却为感。并祝

大安

项永鳌母包通华上

12.18

赐寄处：瑞安南堤街27号包通华收。

按，项申甫前两位夫人（王氏姐妹）去世后，续娶包通华。宣统元年七月初二（一九〇九年八月十七日）丈夫逝世之时，她才二十一岁。子永鳌，谱名项成，生于一九〇九年八月十二日（己酉六月廿七），省立第十中学（温州中学前身）高中部毕业，依靠通济轮船公司的股金生活，一九四九年之后公司改制，失去收入。长孙杰荪、次孙鎏荪，一九三四年、一九三七年先后出生。经请教知情人吴树乔先生，信中

提到的孙儿，系指长孙杰荪，毕业于北京铁道学院，当时在辽宁锦州铁路职业学校工作，现已过世。包通华年长梅冷生七岁，依然称之为“老先生”，大约是从俗随儿子称呼。

乐清张云雷一九五五年因为上海、温州两家公司股息收束停止，生活发生困难，估计包通华情形与之仿佛，致函梅冷生求助，当在同年或稍后。以常理推断，梅冷生不会拒绝她的请求。

秦翰才与梅冷生 四通

（一九六〇年三月至一九六二年十二月）

秦翰才（一八九五—一九六八），名之衔，字又元，号翰才，上海人。江苏省立松江第三中学毕业后，经黄炎培介绍任江苏教育会文书，一九一七年后转入上海中华职业教育社任总务科秘书、通讯主任。一九二七年后，供职于上海市公用局、京沪沪杭甬铁路管理局。抗战爆发后，随管理局内迁重庆，任交通部专员。一九三九年夏，赴港参与编纂《中国经济建设资料》。一九四二年秋，任甘肃水利林牧公司主任秘书。一九四五年抗战胜利后，任上海中国纺织机器制造公司秘书处长。一九五六年十月，受聘为上海市文史馆馆员。自署千谱楼主，整理、汇集年谱达二〇九〇种。著有《左文襄公在西北》《左宗棠全传》等。一九八二年子女遵其遗愿，将家藏年谱和左宗棠资料悉数捐献上海图书馆。

第一通（一九六〇年三月八日）

冷生先生：

兹拟了解玉海楼藏罗以智抄校诸书，另纸开陈，乞就可能范围内，惠予指示，事非急迫，请得暇图之可也。

前年承示张君所撰黄、鲍两种年谱，有录副可能，比即奉托请人代抄，以后未奉复示，想有困难。我对于搜集年谱，仍在努力从事，如还有可能，仍仗鼎力玉成。姑以奉布，但不敢强求也。

渎神感谢。

秦翰才上

1960.3.8

上海茂名北路141弄八号

玉海楼藏罗以智抄校诸书

1.叙古千文

2.集韵

3.华阳国志

4.道藏目录详注

5.陈仲渔校华严经音义

6.大藏音

7.仙苑编珠

8.敦交集

以上曾在抗战前浙江文物展览会中陈列，载入《文澜学报》二卷三、四两期合刊，并云玉海楼收藏罗氏抄校书有二十馀种，不知

1.玉海楼藏书现在何处?

2.玉海楼藏书有无目录刊出?

3.罗氏抄校书在上列八种外，还有那几种?

4.有何方法把罗氏抄校书跋语、年月、图章等等查录一份?

按，此信书于十六开练习纸上，横格，两页。

罗以智（一七八八—一八六〇），字镜泉，号学博，自号恬翁，浙江新登（今富阳）人。道光五年（一八二五）拔贡，任慈溪县教谕。藏书家。辛勤借抄私家藏书，抄本有唐虞世南《大唐内要》一百六十卷，宋欧阳修《太常因革礼》一百卷、朱淑真《断肠诗集》十七卷、施谔《淳祐临安志》六卷，元李文仲《字鉴》五卷以及明清诸家的著作数十种。勤于校勘，首题尾跋。咸丰十年（一八六〇）太平军进占江浙，逃至海盐遇难，藏书为战火所焚。著有《赵清献年谱》《文庙从祀贤儒考》《宋诗纪事补》《诗苑雅谈》《怡养斋诗集》等。

张君所撰黄、鲍两种年谱，张君指张宋庼（一九〇三—一九六九），生平事迹见前，两种年谱指《黄鲜盦先生年谱》《知不足斋年谱》（知不足斋主人鲍廷博）。后张宋庼出差上海，与秦翰才见过面，并答应提供两部年谱的抄件。

第二通

冷生先生：

奉诵三月廿六日手复，颇为兴奋。

宋顾先生来沪见过三次，业已回温。承他慨允将所著黄、鲍两谱觅人各抄一份。《黄谱》已定稿可先抄，当将纸张即托其带回进行。鲍谱尚在修正补正，俟定稿再抄。以后可由敝处直接同他联系，请释念。

吴彦复、宋平子两家年谱，拟即烦托人代抄各一份，纸张另寄。（张君宋顾云，温州市无相当格纸可购，上海亦然，所寄是搜索得来，只能说勉强可用。）公事情很忙，以后即嘱代抄同志直接与我通讯何如？

罗氏抄校之书，既有着落，当由敝处进行访问。孟晋先生不通讯已有两年，得示始知尚在杭州也。罗氏月令跋文，已在他文钞中见到，他日如发见此书，请将作跋年月及所钤图章等告知为荷。

谢您□寄（下缺）

按，此信页面欠完整，“谢您□寄”以下数行撕去。原括号文字系作者本人所加，可见当时格子稿纸供应紧缺。

孟晋先生，即省文史研究馆馆员孙孟晋，抗战胜利之后一直生活在杭州。

第三通（一九六二年十月三日）

梅老：

张君宋顾寄来抄赠《葛洪年历》一份，此为敝藏所未收，恰好有一份现成之《抱朴子自叙》，合装一本，使我收年谱又增一种，极感，谨谢。年来各地书市，年谱越发少见，故搜集越发困难也。

去年夏天，夏瞿庵先生曾顾观年谱目录卡，惜我因听觉较前更坏，畏与人交谈，故未多多领教耳。

秦翰才

一九六二、十、三

按，张宋庼接《黄鲜盦先生年谱》抄录提供之后，又寄赠《葛洪年历》抄件一份，填补了千谱楼的空白，对秦翰才可谓热情有加。

至于“去年夏天，夏瞿庵先生曾顾观年谱目录卡”之事，夏承焘赴沪开会期间曾与钱仲联结伴拜访。夏承焘日记一九六一年八月二十日：“午后与仲联访秦翰才于茂名北路，看其所藏年谱目，云解放以后开始收购，共得二千三百种，尚未整理。秦君浦东人，重听，六十七岁而像四十馀人。”

第四通（一九六二年十二月十二日）

奉诵手札，敬承所示，另寄梅氏年谱抄本，亦经收到。此补订之谱，以前确未收得，承关注，使充实敝藏。近来搜求，渺不可得，此本之来，正如空谷足音，欣慰之至。其抄寄所费，尚祈明示，以便照缴，万勿客气。

下次莅沪，幸先示税驾之所，俾获诣访领教，感幸非浅。

一九六二、十二、十二

按，此件系明信片，正面六行文字，依次书温州市/沧河巷/市立图书馆/梅冷生老先生/上海茂名北路133/8/秦翰才。

梅氏年谱，谱主何人未详。

中华书局上海编辑所致梅冷生　三通

（一九六一年八月至一九六二年四月）

中华书局上海编辑所，一九五八年三月，上海古典文学出版社与财政经济出版社（中华书局）上海办事处合并改组为中华书局上海编辑所，成为整理出版古籍的专业机构。一九七八年一月改名上海古籍出版社。

第一通（一九六一年八月廿三日）

梅冷僧馆长：

我所闻你馆藏有章太炎信札三百馀件，内中颇多近代史料及讨论学术问题的言论，拟考虑影印出版；又你馆藏有明潘之恒著《亘史》一书，内对戏剧有极重要材料，各方面需要甚切，我所亦拟整理出版，因特函恳，务请将章太炎信札及《亘史》惠予借用，当负责慎重保管，不使污损遗失。又你馆所编善本书目，亦盼见寄一份。所有书目价格及寄费，统由我所担负，务恳惠允，盼请速复为荷。

此致

敬礼

中华书局上海编辑所（章）

1961年8月23日

按，原件手书于“中华书局上海编辑所”信笺，落款处仅钤公章“中华书局上海编辑所”，天头编号：（61）华沪3字第1520号，信笺右下角钤椭圆章“中华书局上海编辑所文书□□章”。现据温州市图书馆档案，藏书建设类F6（1953—1962年，118页）录入。

梅冷僧，梅冷生本人从未写作梅冷僧，编辑所去信时同音而误植。

因梅冷生未及奉复，上海编辑所随后于九月四日致函梅冷生（编号：（61）华沪3字第1630号），重申上述要求。

不久，温州图书馆遵嘱将《章太炎书札》钞本三册与明潘之恒《亘史》十六册借给编辑所使用一段时间。编辑所于当年十二月二十九日及次年五月十四日两次挂号寄还。

温图所藏《章太炎书札》，钞本上中下三册，每册各为一人所抄，朱界十行，行二十五字，共六十五通，并无“三百馀件”之多。钞本系一九四八年章太炎季女婿朱铎民捐赠籀园图书馆（温图前身）。其中二十六通未刊信札由老馆友张宪文辑录，刊于北京《文献》季刊一九九一年第二辑。

第二通（一九六一年九月十五日）

冷生先生：

九月一日、九日来函及书稿两部均收到。书稿正在审阅中，俟作出决定，再行函告。

至整理陈虬先生著作的约稿问题，请先将原书稿寄来一阅，再作进一步的联系。感谢您对我们工作热情的支持。

近代文史研究资料选辑（内部发行）系北京中华书局出版，我们已将温州市图书馆的意见转给他们，请他们直接与您联系。

特此奉复，并致

敬礼

中华书局上海编辑所（章）

1961.9.15

按，原件手书于“中华书局上海编辑所　古典文学出版社”信笺，落款处仅钤公章“中华书局上海编辑所”，天头编号：（61）华沪1字第1753号，信笺右下角钤椭圆章“中华书局上海编辑所文书□□章”。现据温州市图书馆档案，藏书建设类F6（1953—1962年，120页）录入。

此件笔迹、用语与前一通不同，显然是另一人手笔。

陈虬以维新变法思想和中医实践两方面的杰出成就彪炳史册，关于“陈虬先生著作的约稿问题”，梅冷生当时的提议并未得到编辑所采纳。后来得以列入国务院古籍整理规划小组的工作计划，但好事多磨，直到一九九二年，胡珠生编《陈虬集》作为《温州文史资料》第八辑，交由浙江人民出版社出版，那是三十年之后的事了。《陈虬集》增订本，二〇一五年中华书局收入中国近代人物文集丛书推出。

近代文史研究资料选辑，即《文史资料选辑》，编辑所将图书馆购书意图告知北京方面，中华书局印制组于同年九月二十五日直接回复称：“《文史资料选辑》一部分由新华（书店）内部发行，一部分由全国政协掌握，我们不备存货，所请代购一节难以从命。如果在工作上实在需要，可请浙江省政协协助解决。”

第三通（一九六二年四月二日）

冷僧同志：

据张阆老致我所金兆梓同志信，谈及您对我所出版物甚为关怀，发现标点错误，甚盼您将图书有错误处摘录见示，俾便重版时订正。尤盼今后对我们工作多提意见为荷。

此致

敬礼

中华书局上海编辑所（章）

1962年4月2日

按，原件手书于“中华书局上海编辑所”信笺，落款处仅钤公章“中华书局上海编辑所”，天头编号：（62）华沪一字第1124号，信笺右下角钤椭圆章“中华书局上海编辑所文书□□章”。现据温州市图书馆档案，藏书建设类F6（1953—1962年，

122页）录入。

此件与第二通同出一人手笔。

张阆老，即张宗祥，字阆声，浙江海宁人。早年做过瓯海道尹，与温州刘景晨、黄溯初、夏承焘、梅冷生等交谊颇深。参见拙文《张宗祥与温州人士交游考略》（《中国越学》第七辑，潘承玉主编，中国社会科学出版社二〇一六年三月版）。当时任浙江图书馆馆长、省文史研究馆副馆长。

金兆梓（一八八九—一九七五），字子敦，号芚厂，浙江金华人。学者型出版家。北洋大学矿冶系出身，历任金华浙江省立七中校长、北京高等师范讲师、北京政府外交部主事、上海中华书局副总编辑、苏州市副市长等职。将近古稀之年，重返出版岗位，担任中华书局上海编辑所主任。继张元济之后兼任上海市文史馆馆长。民进成员。国务院古籍整理出版规划小组历史组成员。

中华书局复温州市图书馆

（一九六二年二月八日）

负责同志：

惠寄《水心文集》八册，早已收到，感谢你们对我们工作的协助和支持。

此本系据明正统黎刻本刊刻，来信引沈曾植跋称“惜前后无序跋，不能知何人所刻”，但又断为“晚明刻本”，不知何据。我们怀疑就是孙衣言在《校刊黎本水心文集书后》中所说的“清初大字本”。孙氏校勘《水心文集》功夫很深，他指出永嘉本“多讹脱，又以意改窜，颇类浅人所为”，又说“永嘉本之误皆自大字本出”。我们将此本与黎刻本及孙刻本对照，觉得此本沿袭了黎刻本的许多讹误，又有以意改动的地方。但可能有些地方也可以校正孙刻本的错误。孙氏校刊《水心文集》及撰《水心文集校注》，自称曾参考大字本。我们这次印行《叶适集》是以孙刻本为底本，并采纳了孙氏的《校注》。由于此书已排校完毕，不便改动，故出版前未用此本校改。但我们已在清样上进行了校勘，备作重印修订时参考。原书八册谨挂号寄上，请查收。

上述意见，不一定对，谨供参考。

敬礼

中华书局编辑部

一九六二年二月八日

按，原件两纸，书于中华书局信笺上，天头右上角印有（62）编字第197号字样，下方一行文字：北京复兴门外翠微路 电话中继线：81.0462 电报挂号：6586。落款“中华书局编辑部”系钤章。现据温州市图书馆档案藏书建设类F6（1953—1962年，124—125页）录入。

同日，中华书局附函致温州图书馆，告知：“寄上赠送的《叶适集》一部，请收。前由你馆借阅的《叶水心集》大字本不久可奉还。附闻。”

就温图对中华书局编辑《叶适集》的帮助一事，知情人周梦江后来回忆说：“中华书局整理《叶适集》的同志知道温州是叶适故乡，可能有些资料，于是通过上海图书馆和温州图书馆联系。温州图书馆当即寄去馆藏的《水心文集》几种本子和一些选本，如《水心文集》的明末清初大字本，方婺如的《水心文钞》，还寄去温州学者张棡过录的孙衣言《水心集》校正本，以及孙衣言的《水心文集校注》六卷（抄本）。其中《水心文集校注》是全国唯一的抄本，对整理《叶适集》大有好处。因为《水心文集》《别集》中的宋代俚语和官牒用语，今天已不通行了，而且书中还涉及宋代的官制、兵制、食货等等问题，是编校中最棘手的问题。有了《水心文集校注》，一切都可迎刃而解。而张棡的过录本又校正了文集中许多误刊的字，更给校点工作带来不少便利。凡是整理过古籍的同志都知道，写文章时，如遇自己不热悉的问题，可以避开不谈，而校点古籍则无法逃避。一个字，一个词，你都要弄懂校正，如需注释，则加注释，丝毫不能投机取巧。我自己前几年也校点过陈傅良的《止斋文集》，深知其中苦楚。所以说，温州图书馆的这些资料对于校点《叶适集》的同志是大有好处的。那时，我正借用于温州图书馆，梅馆长还叫我将拍摄的叶适塑像相片寄给他们（现刊于《叶适集》扉页，下仅注‘摄自温州市金锁匙巷叶水心祠’）。以后，《叶适集》出版了，近年又再版，而《编校后记》中对温州图书馆所给予的帮助竟只字未提，因此不为外人所知。”（《英雄和石子——记温州市图书馆的贡献》，《七十春秋录——温州市图书馆七十周年纪念集》，一九八九年十月铅印本，四三至四四页）周梦江对此深有感触，还在另两篇文章中谈及此事，其中一篇见之于《中国历史文献研究》一九八八年第二期。

梅冷生复张宗祥

（一九六二年三月七日）

冷公尊右：

奉教敬承，图册早至，蒙惠题词，使拙藏增色。瓯兰盛发，展图一读，如挹清芬矣。中华书局邀人校《周礼正义》《论语正义》等书，未知计划如何。二书在解放前均有纸版，亦有句读，或重新改校，涉及内容，则非宿学研经者不能为。此间友朋数人闻之欣然，愿任此役，乞转达书局当事，明告要求、标准，如校印样、订错文、正句读，或用新标点，均可承乏。

春节为孙籀公遗展会忙碌一时，尚觉学术空气不甚浓厚，座谭赴席多为面子应酬而来，只得草草终场耳。

匆此奉复，敬颂

颐安

后学梅雨清上

三月七日

按，此函从中华书局旧档案流出，友人杨瑞明兄网络上见到，果断拍下。后来与我谈及此事，当即借归，复印一份存底。时隔两年，读书报同仁选编《瓯歌——温州读书报文选》，收入《梅先生对我读书的指导》（陈增杰，原载《温州读书报》二〇〇七年第二期）一文，于是将此札作为插图（上海远东出版社二〇一一年九月版，三十二页）配上，但未附释文。

当时流散出来的，尚有中华书局总经理金灿然批单一纸，大意是暂不回复，无非是顾虑温州学人难以胜任，免得搬起石头砸自己的脚。后来中华书局编辑部没有委托温州方面点校《周礼正义》《论语正义》等书。

张宗祥生于一八八二年，时任浙江图书馆馆长、省文史馆副馆长，梅冷生则生于一八九五年，两人相差十三年，尊称冷公，自称后学，礼数周至。

此信结尾感叹温州“学术空气不甚浓厚，座谭赴席多为面子应酬而来”，令人动容。其实，半个多世纪过去，面对先贤丰富的文化遗存，我们又做了多少，做得如何？对比之下，不得不生发惭愧之情。弘扬传统文化，任重道远，决不是开几次会，办几场展览，说几句豪言壮语，即可轻而易举。

徐波人复梅冷生

（一九六二年十二月廿九日）

徐波人，当时在杭州工作，具体情况未详。

冷生先生：

手示敬悉，当即持尊函与省轻工业厅及省政协文史组联系。关于《蚕桑验要》一册、《童温处公遗书》二册，直接由轻工业厅付邮奉还，并嘱代为道谢。至于《知不足斋鲍廷博年谱》，早已由省政协送交浙江人民出版社，在省政协方面，已电话催过好几次，据回电，尚在审查之中，今番又去电催促，不久当有确实消息函告。省政协还迫切盼望你在其他文史方面多多提供资料。

张模槎同志已病愈回省政协工作，知关锦念，特此附闻。张同志并嘱我向你代为道候。专此肃复，敬致

敬礼，并祝

新年万事进步。

徐波人

1962.12.29

按，《蚕桑验要》，系清末瑞安务农支会吴诒寿撰。《童温处公遗书》，六卷，温处兵备道童兆蓉撰，民国宁乡童氏椿阴书屋刻本。童兆蓉（一八三八——一九〇五），字拙修，号劭甫，湖南宁乡人。同治六年（一八六七）举人。在温主政期间

积极推行新政，颇受孙诒让好评，可惜天不假年，卒于任上。当时省轻工业厅成立浙江丝绸史料编纂委员会，托徐波人向温州图书馆借阅《蚕桑验要》与《童温处公遗书》。次年元月十五日编委会挂号归还，并致函梅冷生道谢，特意解释称："前借阅三册，波人先生曾先后催还，因抄摘未能及时，致延误时日，深为抱歉，尚希原谅。"

《知不足斋鲍廷博年谱》当系张宋庼所撰，亦已脱稿，并通过省政协交付浙江人民出版社安排出版，尽管催问多次，后来仍未见问世，原因未详。近出《鲍廷博年谱长编》（国家图书馆出版社二〇一七年九月版），出自天津图书馆研究馆员刘尚恒之手。

雪克复梅冷生

（一九六三年一月二日）

雪克，一九二七年八月生，山东济南人。一九四八至一九四九年就读于华东大学文学院，后随军南下。一九五二年调入浙江师范学院（杭州大学），历任中文系助教、讲师、副教授，一九八三年调杭大古籍研究所，后晋升教授。致力于孙诒让、陈汉章遗著的整理研究工作，点校出版《籀庼遗著辑存》《尚书骈枝》《周书斠补》等，并著有《孙诒让学术要著述略》《孙诒让评传》。

梅老先生：

顾颉刚先生题词并发票一纸，早经收到，忙于工作，未能及时函复，祈长者见谅。关于纪念筹备工作，现正多方接头。王栻先生上月初曾来杭，惟晚回校时王先生已将离去，匆匆正未得晤，《学务枝议》手稿事，拟托人问询。晚此次由温回杭，途径沪地，曾去上海图书馆访求孙氏遗稿、遗墨。蒙顾馆长赐教，得知上海图书馆藏有《墨子间诂》手稿，据知该稿乃甲午二次增订稿，与排印本及丁未刊本皆有异同。又，上海馆藏汪康年友朋书札亦有孙氏札。这项材料，皆可珍贵，校钞摄景，尚待来日。今接长者大札，询及《周礼政要》自题诗墨拍摄事，晚意如何处理，祈长者费神酌定，至于报销种种，晚当依发票遵办。

专此，寄上

大安

晚雪克谨上

一月二日

此函写于“杭州大学”信笺，下方印有“校址：杭州市黄龙洞　电话：24006（总机）”字样。编入温州市图书馆档案H-7-1936~1962，47页。

关于请顾颉刚为孙诒让遗著遗物展览会题词，夏鼐日记一九六二年一月二十五日：“晚间拍一回电给梅冷生馆长，转告接洽请人为孙诒让先生遗著遗物展览会题词事也。”一月二十六日：“中午将温州市图书馆的信及宣纸送到顾颉刚先生处，才知道他尚在广东未返，留下一字条。”七月二十二日：“傍晚，顾颉刚先生来，送来为孙诒让先生遗著遗物展览会的题词一幅，谓明日将赴大连休假。”可见此事惊动了夏鼐。至于梅冷生将顾颉刚题辞寄给雪克，大约是温州图书馆与文管会举办孙诒让遗著遗物展之后，杭州大学另一场纪念会借用。

王栻（一九一二—一九八三），原名载栻，字抱冲，浙江平阳人，王理孚之子。毕业于清华大学历史系，曾供职于浙江省通志馆。当时系南京大学历史系教授。于中国近代史尤其是维新运动史和严复研究造诣颇深，卓然有成。

“晚此次由温回杭”，知情人董朴垞《清季温州区各县兴学之经过》（一九六二年十二月）提到了雪克温州之行的缘起：“明年五月，我浙江省会文教界同志，将由杭州大学中文系发起，为纪念孙公仲容诞生百十五周年，开一盛大纪念会。于是雪克老师特来温州，调查资料，金市长嵘轩前辈召集在温文教界几位同志，如梅冷生、陈逸人、胡福畴、马锡鉴、洪震寰与余，开座谈会于政协招待室。会上推梅馆长与余陪同雪克老师赴瑞参观玉海楼与了解孙公学术事业成就之慨况。”（温州市政协文史稿，藏温州市图书馆）

顾馆长，即上海图书馆馆长顾廷龙。

徐规复梅冷生

（一九六三年一月五日）

徐规（一九二〇—二〇一〇），初名毓珠，字仲矩，后改名规，号絜民，平阳县江南区半浦村（今属龙港市）人。一九三九年毕业于温州中学，考入浙江大学龙泉分校。杭州大学史地系教授、古籍研究所副所长。长期致力于宋史研究，著有《仰素集》。

冷丈尊鉴：

去年十二月杪惠书欣悉。致雪克君函已托人转去。近孟晋丈言其尊人仲容先生在温主持学务处时，曾印发《民报》文章作为学生国文教材，又谓清末曾有革命党人在温散发传单，事觉，仲容先生即设法将其隐蔽起来。未审我丈知其事否？如贵馆藏有该类教材，乞抄示题目及作者姓名。便中晤及陈守庸先生，亦请代询。因我校沈镜如教授拟在寒假中着手研究孙先生的政治思想，故特恳我丈予以帮助。屡渎清神，不胜歉仄。

肃此奉恳，敬叩

公安

乡后学徐规再拜

一九六三年一月五日于杭州大学

清末在温教授传单的革命党人姓名及事件经过如有所闻，请示及。

按，此函编入温州市图书馆档案H-7-1936~1962，45页。

清末在温教授传单的革命党人，即陈乃新（一八八二——九一〇），名梦熊，乐清虹桥明强女学主持人。所谓传单，一说是小册子，题名《新山歌》。这起事件发生于光绪三十三年（一九〇七），一时震惊朝野，后人名之为“新山歌案”。周起渭《陈乃新的〈新山歌〉案和月空和尚起义》即持此说：陈“创作了一本《新山歌》小册子，内容是叙述清朝政府腐败，外祸日亟，号召群众起来救亡图存。当时温（州）、台（州）、处（州）所属各县都有流传。”陈乃新因此被人告发，不得不避居南洋，后病故于爪哇岛，年仅二十九岁。其间孙诒让在温处学务分处总理任上，致电湖北提学使黄绍箕求援，湖广总督张之洞适内召入军机，即将主张严办此案的浙江布政使宝棻调至山西，温州知府锡伦调为金华知府。

此案的前前后后，孙孟晋《孙衣言孙诒让父子年谱》光绪三十三年丁未（上海社会科学院出版社二〇〇三年七月版，三五九至三六〇页）有扼要记叙，南星《清末浙江一大文字狱——陈梦熊和〈新山歌〉案》介绍比较翔实，刊于《乐清文史资料》第一辑（乐清县政协文史组编，一九八四年十月印行，二十五至三十七页）。南文说：“《新山歌》是陈梦熊采用白话体写成的通俗的革命宣传品，对普及民主革命思想，有积极作用。他请爱国学社的总理蔡元培审阅，蔡元培阅后甚为嘉许，就在上海代为印刷，陈梦熊携归的最多。各县在上海的青年都纷纷添印，带回去作宣传品。”如此说来，印数应该不少，流传面也不狭窄，可是相距不过百年，《新山歌》文本迄今未见公私藏家披露或读者引用，作者当地的乐清、温州图书馆也无缘收藏，不能不令人倍感遗憾。

沈镜如（一九一〇—一九七一），曾名鉴，浙江孝丰（今安吉）人，近代史专家。一九三六年清华大学历史系毕业留校。抗日战争爆发，任平阳临时中学教务主任。一九三八年任独立出版社编辑。一九四〇年秋起，历任厦门、浙江、齐鲁、金陵、四川、杭州等大学历史系讲师、副教授、教授，杭州大学历史系副主任。当年寒假所撰《孙诒让的政治思想述评》，由杭州大学语言文学研究室收入《孙诒让研究》，一九六三年印行。梅冷生具体提供哪些帮助，因相关书信未见，待考。

卓亦溪致梅冷生

（一九六三年三月二十七日）

卓亦溪（一九二一—一九九五），福建福鼎人。中华诗词学会发起人之一。福鼎市政协太姥诗社首任社长。著有《太姥诗词》《福鼎的古迹》《也是居诗稿》等。

冷生前辈史席：

一月前邮寄拙作《太平天国革命时期赵启所领导的闽浙边金钱（会）起义》初稿四份，想已收到矣。未蒙复音，甚引为念。万恳在最近期间与同道共同研究，对拙作所叙述过程以及论点提出宝贵意见，以便晚继续进行定稿工作是祷。

晚准备在半月后来温一行，届时当趋教。

匆此，不尽欲言，顺请

著安

卓亦溪 拜上（章）

三月二十七日

通讯处：福鼎中华路125号。

按，《太平天国革命时期赵启所领导的闽浙边金钱起义》油印件，六张十二页，收藏于《温州区地方资料汇编》（九十四号，军事类），稿件上方有一段征求意见的文字，并查询《钱币杂志》第四号（一九四一年一月刊，发表《义记金钱考》一文）

能否割爱，请示明交换价值，落款“一九六三年二月十八日”，此信与此内容吻合，当作于同年。

但卓亦溪稍后是否成行，梅冷生有否提出修改意见，目前未见记载。

许思言复梅冷生

（一九六三年五月十四日）

许思言（一九一八—一九八七），原名铁生，又名许寅，瑞安人，许漱玉次子。青年时代即喜爱京剧。一九五一年任上海京剧院编剧。著有《老生流派讲话》及《东郭先生》《红旗魂》《劫皇纲》《七侠五义》等京剧剧本四十多部，对弘扬京剧艺术作出重大贡献。二〇〇四年三月，家属将其秉烛楼藏书（连同业师郑剑西日记稿等）一八七三册捐赠温州图书馆。

冷翁表舅父赐鉴：

来京学习已两个半月，时思驰函问候，由于一日三班太紧张，迟迟未执笔。今接家书，附来教谕，拜读之馀，益增歉疚！请原谅我的疏懒。

这次文化部举办戏曲编剧讲习会，选全国各省市戏曲院团编剧四十五名，集中学习一段时间，上海京剧界有一名额，我蒙院领导大力培养，提名报京，部批准后，于二月廿四日起程北旋。

这是一次极为难得的机会，我获得是太侥幸了。中央的要求是各剧种有代表性编剧，而以我的资历与才力，均不能与其他剧作者相颉颃，只是凑凑数，跟在后面赶耳。此时我的心情是感激万分，将不知如何用心学习，有所收获，带到工作中去，做出一点成绩，才不辜负院领导十馀年来一贯对我的大力栽培，知恩报德，我应好好地干。

学习了两个半月，我的心得总括起来是一句话：学习过程也就是我的思想改造过程。思想改造之重要，如空气之对于人的生命，知识分子已到了非改造不可的时候了。

这次讲习会由中国戏曲学院承办，学习地点就在该院，该院人马全体出动，协助我们学习。

我们住在东四旅馆，二人合一房，五元半一天房间，伙食一元五角一天，中央贴六角，上海贴四角，生活照顾得无微不至。学习条件，如此优裕，劲头更大了。

最近北京展开新五反运动，我们觉得住旅馆太浪费，响应报名，全体搬到学院去住，三人一间，生活依然舒适。以后我的通信处，请您记一笔：

北京、东四、八条、中国戏曲研究院、编剧讲习会转

我在旅馆住了两个多月，明天开始搬家。

此番学习的性质是对戏曲剧目来一个革命运动，因解放以来从未彻底革命过。

我们学习的方法是：听报告，小组讨论，大组讨论，阅读文件，观摩戏曲、越剧、电影等等。

为我们作报告的有中央首长，各门专家、名流。

时间是上下午两班，晚上观摩。

学习课程总的说来，分政治与业务两门。

项目有：

第一单元为反修学习。

第二单元为对传统剧目封建道德观念的认识与批判。

第三单元为历史剧问题，现代剧问题。

第四单元为戏曲艺术的技巧与语言问题。

第一个月专攻反修，听了许多极其珍贵而重要的报告，看了许多罕见的而骇人听闻的参考电影。我的思想大有提高。我才知道修正主义者的文艺已堕落到什么地步，我才懂得我们的国家是绝对正确的，中国共产党已举起真正马列主义大旗，解放全人类的责任已落在我们的身上，今天起，我们已开始向解放世界的道路上迈步了（这口号，已提出来）。我们已挑起了重担。通过学习，我的头脑清醒了，追求个人生活上的享受必然落空，知识分子赶快改造吧，否则痛苦二字会永远纠缠着你。“智者乐道”，这个“道”字，

我的解释是：只有听党的话，从内心到行动，乖乖地跟着走，将来总错不了。“道”即如此之谓。我们一定要与资产阶级思想决裂。表舅舅，您是个博学的大智者，您一定明白我这句话是从心坎深处迸发出来，而且是相当现实又准确的。

一方面通过学习，一方面目睹最近国内外形势越来越转好，我的思想确是搞通了，我非常后悔过去有重视业务忽视政治之倾向，如果我早意识到这一点，早就该在工作上做出一点成绩来了。

我倒不是学到一点东西，就向您老人家说教一番，您其实比我明白得多。因为您是我所敬慕的老人，所以我以我的思想进步来告慰关心我的您，请您相信，我将来会找到幸福的道路的。有些顽固的老人，我不能向他说一句话，因为他们不懂得“朝闻道夕死可也”这个真理。同时我希望和我年龄不相上下的亲友都能割舍旧的，投入新的，舍此别无他途。望将我体会转告之芳兄，共勉之。

报告与观摩均属保密，因此我也不能向您汇报。其中精神在《人民报》的字里行间可寻也。

现在我们还在第二单元学习。

先学道德，从哲学的意识形态上研究封建道德的“忠孝节义”，然后落实到具体剧目。有革命大学哲学专家来为我们的作报告，历史家吴晗、侯外庐等专家也为我们作德道问题报告。总的收获是：道德是有历史性的，阶级性的，通过决裂、批判，然后才能继承。其中最重要的一点是批判共同性这一论点，即统治阶级与被统治阶级没有共同的道德。

下周始转入第三单元学习。

两个半月来，所闻所见所学所接触所交游，对我人生是个大收获。我没有时间向您一一汇报，将来有机会面奉。

星期天休息，有时组织游览，首都名胜，足迹几遍，如十三陵地下宫殿，万里长城，颐和园，历史博物馆都去过了。故宫已玩了四五次，宫中还有书画展，看到晋二王真迹，扬州八怪名画。

记得去年您想北上一游而未果。我认为首都是非游不可，此地是无一景无一物不值得留恋的，看上一眼，使人终生不忘。可以说全国文物的精华都集中于此了。我希望您准备条件，创造条件，在春秋两季时，来京作两至三周遨游，庶几不枉此生也。

北京人精神面貌，比上海人还开朗些，看得出政治气氛浓厚。他们物质条件并不比上海好些，可见政治进步不是绝对依靠物质的，其与社会风气大有关系。

我想起了同乡夏鼐老人，您能为我写封介绍信吗？我想去拜访他，告我地址，持函去访。

我的孩子世开在京求学，这星期天带他去游名胜，天伦之乐盎然！

戏曲学院藏书有十三万册，任我们翻阅。据说其戏曲部门书籍，比北京图书馆还多。我读了一些罕见地方戏古本，也是人生幸遇。

《太白剑》蒙校毕掷还，谢谢！

寡母旅沪仅一百天，我夫妇苦留不住，原因无他，说是“生落处，住落处”，总觉得不习惯，如不放她走，就要绝粮。不得已，忍泪送老人家上轮船。

我在物质方面，尚未能满足老母要求，使老母能舒坦几年，这是我内心最不痛快的地方。我只希望她长寿，再等一二年，我就可以移子女教育费为老母市鱼肉虾蟹。

您的血压降低了吗？治血压药物，品种甚多，望长期服用，勿一日间断。肉类是高血压的仇敌，望控制。海带要多吃，此物含有大量碘质。社会主义中的长寿老人是最最幸福的。

我万分希望您注意饮食，控制脂肪食物，从保养中争取鹤寿松年。

试一试，吃一个月的斋后，再去量量血压，包您得到惊人的满意。

得暇再奉告。此祝

崇安！！

甥铁生叩首

五.十四.于北京戏曲学院

夏鼐日记一九六三年六月五日（星期三）：“上午治疗。去理发。返室，得家中来信并附来梅冷生先生一函，介绍许铁生同志。秀君云，许同志前日礼拜天曾来过自家。”此处所称梅冷生先生一函，函内特地谈及：“兹介绍表甥许铁生晋晤，并候健康。许甥与兄有葭莩之谊，双屿山李宅。近来京参加编剧作家学习也。”（参见《梅冷生集》九十二页，原信未标日期，受信人特地在右上角注上“63／Ⅵ／5”）

相隔十天，许思言第二次造访，终于见到夏鼐。

夏鼐日记六月十五日（星期六）：“赴东安市场及王府井大街购书。楷儿来，谓同乡许铁生同志来访，遂返家。铁生系许漱玉先生之庶子，在上海京剧院工作，此次来京参加编剧作家学习，据云主要系如何贯澈反封建精神。又谓濑玉先生已八十四岁，近由沪返温；马公愚先生之父温州耆宿马秀眉（兰生）先生今春去世，享年九十六岁；郑剑西先生已于一九五七年去世，亦在上海京剧院工作，即许铁生君之师傅，享年约六十岁。谈话颇久，辞别时还说月底离京以前，再来会谈一次。”

信中提到“《太白剑》蒙校毕掷还”，查《秉烛菊坛》一书附录的《许思言编写剧本简表》，未见记载。简表列有《白发丹心》，系一九六三年在“北京编剧讲习会”期间为周信芳、王正屏创作，演绎宗泽识拔岳飞为元帅故事。所言“北京编剧讲习会”，即此次文化部举办的戏曲编剧讲习会，足见作者进修、创作两不误，当年工作热情之高亢。

按，许思言写给梅冷生的信函当然不止这一通。据他自己回忆，一九七六年初夏，天安门事件发生，郁闷难泄，“就写了一封约五千字的长信给冷舅倾诉打倒在地，踩上一脚之痛苦。信中还提到当年他要我通读《资治通鉴》，一直捞不到空暇时间，现在时兴批儒家尊法家，重印《资治通鉴》，我在牛棚里却捞到机会，于是偷偷摸摸中偿此宿愿”。梅冷生收到后，由家人代笔回复，仅要他就近打听上海图书馆顾廷龙先生的安危，是否健在人间。许思言感慨：“乌云压顶下，知识分子相濡以沫有如此者，洵令我顿生无限感叹！”（《追忆冷舅》）

王国桐与梅冷生　三通

（一九六三年六月十二日至八月九日）

王国桐（一九一三——一九八〇），永嘉南田乡上田村（今属温州市瓯海区梧田街道）人。中山大学教授王季思之弟。高小毕业后，进钱庄当学徒。后考取浙江农民银行训练班，毕业后供职于温州农民银行。抗战时期，在上海租界合办诚隆贸易有限公司，任副总经理兼温州分公司经理。抗战胜利后，集资设立南强轮船公司，任总经理。兼温州旅沪同乡会常务理事。上海解放前夕至香港，嗣后与三兄国桢在港成立侨联航运贸易公司，出任总经理。兼香港中华总商会常务会董、中华出入口商会副会长等职。

第一通（一九六三年六月十二日）

冷生姻兄先生赐鉴：

此次返里，适台端公出，未得亲聆教益，深感怅怅！正欲修书奉候，乃承朵云先颁，拜悉与居楙邕，贤劳卓著，钦慰之至。尊嘱购寄《傅斯年全集》、钱宾四著作及其他古典文学，径托同乡周寿钱兄搜寻数日，据告《傅斯年全集》香港并无出版；钱穆作品虽可寻到，惟其内容难免有涉及政治之处。兹将宾四著作书目附后，并先另邮钱著《先秦诸子系年》《庄老通辨》《秦汉史》各一部，到希台收为要。其他钱著各书并盼赐告，以便再行购寄。《温州府志》荷承赐赠，盛情至感。惜因系古典书籍，广州海关不准出口，请勿改寄上海，并希作罢。

兄搜集前辈未刊遗著，拟从事出版，鸿猷伟业，不胜敬佩！关于邀集侨胞共同佽助事，不知刊资完需若干，如为数不多，或可筹措；若系巨额，当此香港经济受世界不景气的影响，市面在衰退之中，募款殊非易易也。家兄季思仍在北京，暑假中或可南旋。

专此奉达，敬颂

夏安

弟王国桐敬启

1963年6月12日

购寄书款不多，请勿挂齿！

钱穆著作书目

先秦诸子系年　820.00

秦汉史　4.00

庄老通辨　6.00

国史大纲　16.00

中国近三百年学术史　16.00

学籥　2.50

国史新论　4.00

庄子撰编　5.00

中国历史精神　2.00

人生集论　2.00

中国思想通俗讲话　1.00

中国文化史导论　3.00

国学概论　4.00

中国思想史　3.00

元明学术要略　2.50

中国历代政治变更　2.00

孔子与春秋　3.00

驳胡适说儒　2.00

录自温州市图书馆档案。

梅冷生《馆务日记》一九六三年六月二十六日："香港王国桐昨寄到钱穆书三种，供内部参考：《先秦诸子系年》增定本一册，《秦汉史》馆前有油印本一册，《庄老通辨》在港自印本一册。"两天之后作者作复。馆务日记六月二十九日："下午复王国桐函，谢赠书之惠，并问《大英百科全书》价若干。"

按，王国桐向家乡图书馆赠书，这并非第一次。早在一九四七年，王国桐与金逸中托俞寰澄在沪访购《燕京学报》三十一册、各种《引得》全份七十四册捐赠籀园，当时费用三百八十万元。（《七十春秋录》，一二一页）

第二通（一九六三年七月十七日）

冷生姻兄先生赐鉴：

奉六月廿九日手书，并附温州市立图书馆赠书收据壹纸，均经拜悉。英国出版之《大英百科全书》，共十二厚册，价值港币壹仟六百元。香港可以买到翻版本，虽其印刷较原本稍差，而内容完全相似，价约港币七百元左右，弟可代办，装箱船运至申，并将其提单径寄尊处，以便向申提取。如何，即盼示复。

专此复达，顺请

夏安

弟王国桐敬启

1963年7月17日

按，此件系桃源书院掌柜郑金才兄于二〇一九年八月十三日收得，当晚特地微信传来："卢老师，不知道是否已经收入，今天新买的。"

原札书于香港"侨联航运贸易有限公司"便笺上，落款与敬启之间钤有"王国桐"朱文章一枚，以昭慎重。按，梅冷生《馆务日记》一九六三年七月二十四日："得王国桐函复，《英文百科全书》价约港币七百馀元。"当即此函。

第三通（一九六三年八月九日）

冷生姻兄先生大鉴：

八月二日赐书奉悉。前拟在港购买《英国百科全书》，现嘱从缓，自当遵照。温州今年早稻大庆丰收，闻之不胜欣慰。香港近有小雨，并从珠江运水前来。存水较前增多，供水情形想不久当能改善也。家兄希逸强健登山，清晨散步，承告谢谢。

匆复，顺颂

台绥

弟王国桐上

一九六三年八月九日

缓购《英国百科全书》的原因，梅冷生《馆务日记》同年七月二十六日披露："（温州第一中学教师）洪震寰来说，温一中已有《英国百科全书》，无人翻阅，如是，馆可不买矣。"

梅冷生复王国桐

（一九六三年八月二日）

国桐姻兄先生惠鉴：

奉前月十七日手书，承示香港可以购到《英国百科全书》，极感关注；惟连日洽商外汇，未有头绪。此间温一中校早已备有一部，足供参考。领导意拟从缓，谨此奉复，并志谢忱。温州早稻幸庆丰收，阅报载香港缺水，近日旱情如何？令兄希逸强健登山，每晨均有晤面。鳞鸿有便，乞时惠德音。

匆匆，顺颂

大安

弟梅冷生上

八月二日

按，梅冷生《馆务日记》一九六三年七月二十四日："得王国桐函复，《英文百科全书》价约港币七百馀元。"王国桐原函见前。八月二日："下午复王国桐信，告以《英文百科全书》缓购，又致夏鼐信。"

令兄希逸，即王希逸（一八九七—一九九二），名学羲，永嘉人。民革成员。省立十中毕业。五四时期编辑《救国讲演周刊》。一九三〇年一月至一九三五年四月，任旧温属联立图书馆馆长。后当选县参议员。晚年应聘省文史研究馆馆员。

韩天衡致梅冷生

（一九六三年七月十八日）

韩天衡，一九四〇年五月生于上海，江苏苏州人，号豆庐、味闲，篆刻家。专工篆刻，兼国画，以花鸟见长。现为上海中国画院艺术顾问。著有《天衡印谭》《天衡艺谈》《韩天衡书画印选》等。一九六〇年在温州海军某部服役，从方介堪研习书法篆刻。

梅老先生：

前次我有（由）状元桥来温，未曾在图书馆见到你，谅近来工作忙吗？

您老曾嘱为治“沧江白发”一印，由于工作关系，再则人较懒散，拖延至今才告完成。见克桂兄为你治了一方白文印，故我就刻朱文印二枚，不知合你口味否，请提出意见告我，以便去芜留菁。

下次我来温即把印章奉上。另不知馆中有无定海方若作的《校碑随笔》，想借阅一番，如有请梅老代挪出放案间。

祝

夏安

韩天衡拜上

1963.7.18

来信地址：市郊状元桥4203部队61分队。

梅老先生过目。

韩天衡作于一九六三年夏，时客状元桥海军

按，克桂兄，即林剑丹，韩天衡的同门，曾任温州博物馆副馆长、温州书画院院长。

《校碑随笔》，考订历代碑帖拓本的专著。方若纂，成书于清末。方若，字药雨，浙江定海人，近代古泉收藏家和碑刻鉴赏家。此书专校碑字，碑字无可校者不录。编排以时代先后为序，从周秦至五代共搜校碑刻、墓志等四五〇品，其中还附有龙门、云峰山、宝山等碑目一〇八条。书后列历代伪刻五十六种。每品名下记书体、行字数、碑刻所在地，立碑之年月。或记出土年月、出土地点、现藏何处。最后记是否著录。中间主要部分是考校碑刻的拓本，以古碑缺字之多少来定拓本时代的先后新旧，以笔道、石花定真伪。虽点划残泐细微之处，也一一详载勿漏。北凉以前碑刻，凡未见前代著录者，均录其全文。所记简切明了，颇便读者，至今仍有参考价值。王壮弘修订成《增补校碑随笔》。

所谓印拓两枚，一为“梅冷生”，一为“沧江白发”，经向梅冷生后人与温州博物馆了解，原印不在家属案头，而据博物馆前馆长王新宇兄三月五日透露：第一方印原石五年前已收到温博。

李怀宇《诗心文胆韩天衡》访谈记录介绍：韩天衡在部队兼做宣传工作，主要是写稿、写字、画画和板报，客观上给了他一个搞创作的机会。当年篆刻资料十分匮乏，书就更少。韩天衡主要得益于方介堪和温州图书馆馆长梅冷生。部队每两个星期才放半天假，韩天衡从郊区的海军驻地，风尘仆仆地坐三十里路公交车到温州。先到博物馆找方介堪，人家说方先生开会去了，再找到开会的地方，拿出自己的图章，让方介堪评点。韩天衡再到图书馆找梅冷生，梅先生从库房取出几本珍贵的印谱，说："这书是不能外借的，可以借给你，但是有一条，如果我写信给你，你连夜都要给我送回来，要不然会出事情的。"韩天衡拿到印谱，回到军营里。人家中午休息，他在临摹，人家晚上去看电影，他还在临摹。（广州日报·艺企联盟微信平台，二〇一四年七月二日）

一九九五年秋，梅冷生百年诞辰之际，韩天衡应温图之邀，题"烟霞不遮梅香"六字，跋语曰："三十六年前，吾从戎瓯海，经方翁及剑丹兄引见，时向梅翁冷生先生请益，且多次得藉印谱善本多种抚习。今吾从艺有寸进，而于前辈扶持之恩，则不可忘也。值先生百年诞辰，敬书六字志缅怀。乙亥秋，韩天衡。"（《怀梅录》，温州市图书馆编印，七页）于此可见先辈提携之恩，感人肺腑，亦是晚近温州与客籍学人"事必言籀，言必怀梅"的生动一例。

唐澄士致梅冷生

（一九六三年八月七日）

唐澄士（一八九八—一九七五），名溥，瑞安人。上海大夏大学毕业。历任浦东中学、温州中学、英士大学等校教职。参与发起瑞安图书馆协会。一九四九年后执教于瑞安、文成中学。一九五六年与宋慈抱、李孟楚、张宋庼、俞春如诸人将搜罗的私家藏书上万册整理编目。一九六三年受聘为省文史馆馆员。著有《老子哲学》《爱国诗人陆放翁》《王阳明哲学》等。

冷生先生赐鉴：

阔别三载，曷胜驰企，临风轸结，不胜愿言之怀。比惟著述宏富，道体清豫为颂。

敬恳者。弟自离职四年半以来，除一度惠承亡友李雁晴教授之邀赴沪过温外，均在瑞安政协政治学习，忝任组长。弟行年六十有六，老当益壮，桑榆非晚，馀霞在天。领导知弟努力学习，积极自我改造，兼以老幼九口之家，仅赖小儿伟栻（任杭五中英文教员）月汇40元（每年房租一项已占此数）过活，经济极度困难，曾于1961年11月初旬、今年初春，两度由瑞安县统战部替弟推荐于省统战部任文史馆馆员之职，听说日内又来第三次向省统战部提名。至于填表、自传等一切手续，早于61年冬完毕。弟因日益困匮，无法安心治学，又于今年7月21日径致函于省统战部，8月1日径去函于省文史馆马、张、邵三位馆长，外附寄稿件与自传共6种，尚未获回讯。

闻省方选拔文史馆员，素由张宗祥兼馆长主持其事，弟比年已数度通过组织提名上报，敬恳先生鼎力即去函，向张冷僧先生为弟推荐。言以人重，机不可失。瑞安涂墨西、宋慈抱、李孟楚（于今年五月廿一日逝世，弟为经纪其丧事）先后物故，弟满望递补此缺，以安定生活，自矢以投老馀年，整理祖国文化遗产，为社会主义建设贡献一份力量，皆先生之恩赐也，不胜迫切待命之至。乞惠德音，伫候大教。

此致

敬礼

弟唐澄士敬上

1963.8.7

回教请寄瑞安城关镇金带桥9号弟名收。

按，此信钢笔书于普通横行信笺，一页，落款姓名与“敬上”之间钤“唐澄士章”一枚。马、张、邵三位馆长，指馆长马一浮，副馆长张宗祥、邵裴子。夏承焘与省文史馆副馆长张宗祥（冷僧）、宋云彬熟稔，当年温州老先生谋求馆员之职，借以改善生活待遇，往往请求夏承焘帮助推荐，如一九五五年受聘的王景甫（绍志）、一九六二年受聘的谢磊明（光）、一九六三年受聘的张宋庼（扬），均是如此。其中谢磊明、张宋庼请夏承焘援手，先托梅冷生出面疏通。夏承焘日记一九五六年十二月十一日：“得冷生函，托荐宋庼。”一九五七年六月十四日：“冷生书属为磊明介文史馆事。”这次唐澄士亦不例外，同样求助于梅冷生。可惜夏承焘日记未留下相关记载。

瑞安涂墨西、宋慈抱、李孟楚三人，先后于一九五四、一九五三及一九五六年聘为省文史馆馆员，此时均已辞世。

周起渭致梅冷生

（一九六三年八月十三日）

周起渭（一八九一—一九八〇），名喆，乐清人。历任乐清芙蓉、虹桥、乐成等地小学教师。后开设天一书局，广结翰墨缘。辑行《雁山鸿爪》，许蟠云为之题签。任乐清县商会会长多年。著有《斗陋室丛稿劫馀录》四卷。

冷生先生道席：

久钦荆范，未遂瞻韩，仰止之私，与时俱进。本年春间，满拟赴温趋谒崇阶，曾请敝世交郑空性兄作一介函（附阅），嗣以贱躯多病，迄逾半载，竟未成行。风烛残年，冰渊自凛，而平生师友几尽凋零，旧雨谷风，晨星硕果。回忆从前与亡友卢霞九兄每谈及东瓯许燕，咸推台从暨严琴隐先生。忽忽卅年来，卢兄墓木已拱，而下走又饥驱栗六，竟未得见大君子一面，殊深愧悚。金风解暑后，贱躯如得复元，当过江走访，畅聆教益。

兹有恳者。去年十二月间，有拙编《瞿振汉起义》弹词一稿，寄请温市文化局审查，阅时八月，消息杳然，拟乞高轩代为询问一声，是否审查完毕，转知将原件寄还，有劳清神，容当晤谢。

肃此奉祈，敬候

潭绥

弟周喆拜启

六三、八、十三

按，梅冷生《馆务日记》一九六三年八月十四日对此留有相应记叙："有乐清周起渭函来，托探《瞿振汉》弹词，去冬已送市文化处，有无录用消息。此人会写文章，信札亦雅，而能达情。"印象相当之好。信函当日邮寄，次日递达，效率不低。

周起渭所编《瞿振汉起义》弹词稿，张炳勋先生曾撰文介绍："应省政协文史委员会之邀，于乡邦史料源源贡献。如陈梦熊新山歌案及月空和尚起义等，详稽博考，表征甚力，尤对瞿振汉起义始末，匠心独运，编成弹词，拟供弹唱，雅俗共赏。"（《怀馨阁杂俎》，百花文艺出版社二〇〇三年一月版，七十一页）于此可见作者晚年的追求。

郑空性致梅冷生

（一九六三年三月九日）

郑空性（一九〇三——一九九四），名建南，乐清黄华堡村人。一九一九年考入省立第十中学高中部（今温中），与张淮南、郑亦同同学。一九二一年考入上海大同学院，后转宁波、上海其他高校就读。一九二四年参加中共，受组织派遣赴广东、福建从事革命工作。一九二八年起辗转在上海、乐清、永嘉等地大中学校执教。

冷生先生：

前谈张日永事，曾托人查阅黄花张姓族谱，惟至今尚无回音，得暇当亲去一查。未知尊处近来有否获得新线索，便希示及。

友人周起渭兄，平日对乡邦掌故极为留意，兹因赴温之便，深愿一接麈谈，祈拨冗延见为幸。

匆此，并候

兴居

郑空性手上

三月九日

按，从上一通周起渭致梅冷生函“本年春间，满拟赴温趋谒崇阶，曾请敝世交郑空性兄作一介函（附阅），嗣以贱躯多病，迄逾半载，竟未成行”，郑空性此函系为老友周起渭引见梅冷生而作，周延搁半年未能成行，故而投书梅冷生，附上此函。此函当系于一九六三年。

觉澄法师致梅冷生

（一九六四年八月二十五日）

觉澄法师（一八九六——一九七一），俗名蔡道登，瑞安莘塍人。十八岁考入杭州农业专科学校，毕业后执教于温州蚕桑学校。一九一五年四月，大病初愈，即赴沪拜静波老和尚为师，于常州清凉寺削发为僧。嗣后做过瑞安仙岩寺住持。一九三一年“九一八”事变后，重回清凉寺。一九三五年转韶关南华寺，亲近虚云老和尚，任职首座。一九四七年返仙岩寺重任住持，直至解放。一九五一年夏，往粤北云门山大觉寺投奔虚云，同年秋到广州六榕寺。一九六二年六月任六榕寺住持。中国佛教协会理事。

梅老：

您我揖别十四载，所幸相逢于孤屿，不亦乐乎！转瞬又是天各一方，慨人世宛如春梦。

幸今党国维新，年老者有所栖息。我在温市，获承当地党和政府和您老、显师等关怀照拂，得能病除，安然南返。不胜感谢！

松台山之游，得您老提醒永嘉大师塔院，直至于今，仍然孜孜在怀。吾瓯素称山川秀丽，而宿觉号称六祖门下三俊之一，尤其杰出者也。师之文章道德，在唐代可说是宗教界中首屈一指，在文学界中也不愧称为当代贤哲。在今天的永嘉大师塔院，应当列为文物古迹之一，其塔院内应当建立一个永嘉大师纪念碑。需款并不多，而成绩浩大。

历数温州区市和全浙高僧，如永嘉大师者能有几人呢？幸梅老和显师直向当地有关部门协商玉成之，则幸甚。

绥兹不既，顺祝

安乐

阮同志均此问好。

1964.8.25

贫衲觉澄合十

此函两页，写于普通白纸上。觉澄念兹在兹的永嘉大师塔院（净光塔）历史上多次被毁，已于二〇〇一年重建，二〇〇六年竣工。

阮同志，指阮延陵（一九二八—二〇一九），又名延龄，瑞安莘塍人。温州中学高中毕业，后参加浙南游击纵队。建国后从部队转业，一九六二至一九七九年供职于温州图书馆，当时在古籍部工作。离休后参加《汉语大词典》温州地区编写组。中国红楼梦学会理事。著有《美的本相》《美学经纬》等，在美学上私淑朱光潜，以“见人见心见我见情”八字为其主体论思想。

顾廷龙致梅冷生

（一九六四年十一月七日）

顾廷龙（一九〇四—一九九八），号起潜，江苏苏州人。毕业于燕京大学研究院，历任燕京大学图书馆中文采访主任、上海合众图书馆总干事。兼暨南大学、光华大学教授。一九四九年后，长期主持上海历史文献图书馆、上海图书馆馆务，并主编《中国古籍善本书目》。一九八五年改任上海图书馆名誉馆长。著作结集为《顾廷龙全集》。

冷僧馆长：

久未奉笺，近想起居安适，血压正常，时以为念。

去年承指正拙稿，极为感荷。

比闻贵馆有鲍以文手校某书，现在上海古籍书店修理。修好后颇思借读数日，一饱眼福。珍本例不外借，今适在沪，机会难得，不知是否可行？如有不便，即作罢论。便希酌复。

专此，祇请

撰安

顾廷龙敬上

一九六四，十一，七

按，此札钢笔书于上海图书馆小便笺，下方印有“馆址南京西路325号　电话563176（第　页）”字样。《顾廷龙全集·书信卷》（上海辞书出版社二〇一七年十二月版）失收。鲍以文某书，据老馆友潘猛补兄留言，指鲍廷博校《绳水燕谈录》《侯鲭录》。

梅冷生《劲风阁遗稿》编就，顾廷龙应邀题签书名，抬头一行“梅冷生先生著”，落款“顾廷龙题”。据许思言《追忆冷舅——一个毕生手不释卷的形象》（一九八一年八月）回忆：“今夏接之芳表兄函云，温图将排印冷舅遗稿，嘱向上图顾廷龙馆长乞书题签，并要我写个感言。”（见《秉烛菊坛》，温州市政协文史资料编辑室一九九七年十二月版，一三四页）

梅冷生复夏承焘

（一九六六年二月廿六日）

瞿禅兄：

来教奉悉。敝箧所藏，解放后泰半捐归馆库，《南社集》亦在其内（尚阙数册）。如须参考，可以馆际互借办法出借也。春节后弟患重感冒，卧床半月，省民革开会，亦以病阻未去，致稽晤觌。血压尚高，引起心脏不良，疲苶之身，欲振无力，奈何奈何？去岁□秋，贱降七十，承鹭山兄惠诗，弟亦感酬一首，别纸并录求教，老友无多，因音求和，不能无望于兄，苟蒙见锡，岂胜大愿。

匆复，顺敏

俪安

弟梅冷生上

二月廿六

按，此札两页，书于温州市图书馆小便笺上，今由北京吴常云先生珍藏。参见吴常云《万卷平生有三风》一文所配手札影印件，收入《籀园芳馨——温州图书馆百年馆庆文集》，上海书店出版社二〇一九年五月版，七十九页。

夏承焘日记一九六六年二月廿八日："得冷生复，谓藏书已捐籀园图书馆，去秋其七十生日，寄来与鹭山唱和二首，谓鹭山近作《周易象象微》，心叔甚赞其为为己之学。"所言复函当即此通。

信中言去年秋日"贱降七十，承鹭山兄惠诗，弟亦感酬一首，别纸并录求教"，别纸未见，吴、梅两人友谊深挚，可惜《光风楼诗词》正补编、《劲风阁遗稿》未收相关贺诗与唱和之作，或许两人均未留底，令人遗憾。

附　录

慎社社约

本社不涉政治，不限地域，不论男女，凡经社友三人以上介绍，足为文章道义交者，得列社籍。

入社者先填入社书寄社，以姓氏刊入“交信录”为准，不另给入社证。

本社不设社长，社事分书记、会计、庶务三部董之，各设理事二人，由社友推任。

社友每年须纳常年费一金。如缴特别捐助至十金以上者，得为名誉监事。

社友著作，随时投社，由书记部选辑付刊，各赠一册。

雅集常年二次，择春秋佳日举行（临时雅集无定）。日期、地址，庶务部于半月前通告。

本社收支各款，每年由会计部报告一次。

社友违悖社约或丧失人格，攸关本社声闻者，得临时召集社友公决，削除社籍。

社友如有发展本社计画，得商同理事行之，但以不妨本约为限。

社址暂设浙江永嘉城内道前街。

（《慎社》第一集，庚申春季印行，卷首）

慎社交信录（以入社先后为序）

梅雨清	冷生	永嘉	郑　猷	姜门	永嘉
吴　劲	旸湖	永嘉	林　仲	默庐	永嘉
沈　翔	墨池	永嘉	郑任重	渔父	永嘉
薛钟斗	储石	瑞安	严文虎	客星	永嘉
徐锡昌	秋桐	永嘉	徐　淇	偃庐	永嘉
王　渡	梅伯	馀杭	龚　均	雪澄	汉阳
林一同	佛伦	瑞安	陈　珩	纯白	永嘉
夏承焘	瞿禅	永嘉	李　骧	仲骞	永嘉
宋慈抱	墨庵	瑞安	汪如渊	香禅	龙泉
郑　穆	昂青	永嘉	沈震泽	云巢	永嘉
叶毓滂	范卿	永嘉	斯资深	道卿	诸暨
徐致青	原白	临海	谷　旸	寅侯	永嘉
苏毓琳	天民	瑞安	郑　经	叔伦	永嘉
王毓英	俊卿	永嘉	谢　光	磊明	永嘉
许念祖	达初	瑞安	周显桢	雪庵	瑞安
叶毓芳	雨田	永嘉	叶景辉	次莩	瑞安
徐　勤	溉夫	永嘉	薛显名	立夫	永嘉
金　南	南盦	青田	曾廷贤	公侠	永嘉
张　勋	绚霞	永嘉	叶广汉	廉夫	永嘉
汪劲扶	孕愁	婺源	胡振霖	药农	镇海
王人骥	超凡	永嘉	林　翀	云龙	永嘉
林文选	岑溪	永嘉	王　任	沧庐	永嘉
杜师预	左园	青田	陈化熙	初白	乐清
叶其菁	木卿	瑞安	江步瀛	蓬仙	永嘉
金　珠	韵琴	青田	林超尘	作幹	丽水

池雨时	泽民	瑞安	张也衡	润玉	永嘉
翟　駥	楚材	泾县	阮　堉	惠斋	绍县
黄　光	梅生	平阳	刘绍宽	次饶	平阳
张成鹗	剑秋	永嘉	姜会明	啸樵	平阳
柳景元	会贞	景宁	吴嘉彦	梓培	龙泉
郑闳达	剑西	瑞安	李　笠	鹤臣	瑞安
吕渭英	文起	永嘉	项承权	舆卿	永嘉
许毓璞	顽石	瑞安	杨世贤	子刚	瑞安
张世镳	织孙	鄞县	王朝瑞	廷谔	永嘉
汪　莹	楚生	休宁	林浮沚	浮沚	永嘉
李金奎	葛夫	永嘉	邵池师孟	心侠	瑞安

木　节	斡斋	瑞安	张希良	西侯	永嘉
陈闳慧	仲陶	永嘉	邱翊华	潜庐	上杭
卢　敏	霞九	乐清	林鹍翔	铁尊	吴兴
汤立贤	拙夫	丽水	陈益轩	益轩	青田
吴　銶	声玉	平阳	何继武	吉斋	绍县
毛蒙正	养先	遂昌	陈　经	洒周	永嘉
陈　蔚	鲸量	平阳	王理孚	志澂	平阳

（《慎社》第一集至第三集）

瓯社词钞姓氏录

林鹍翔	字铁尊	吴兴	王　渡	字梅伯	馀杭
郑　猷	字姜门	永嘉	夏承焘	字瞿禅	永嘉
梅雨清	字冷生	永嘉	曾廷贤	字公侠	永嘉

徐锡昌	字秋桐	永嘉	严文黼	字琴隐	永嘉
黄　光	字梅生	平阳	翟　駥	字楚材	泾县
龚　均	字雪澄	汉阳	王理孚	字志澂	平阳
郑　锷	字昂青	永嘉	陈闳慧	字仲陶	永嘉
王蘅芳	女　史	永嘉			

（《瓯社词钞》第一集，温州翰墨林代印，卷首）